Aposta na perdição

KELLY BOWEN

Aposta na perdição

Tradução
Daniela Rigon

HARLEQUIN
Rio de Janeiro, 2025

Copyright © 2017 by Kelly Bowen. Todos os direitos reservados.
Copyright da tradução © 2025 by Daniela Rigon por Editora HR LTDA.
Todos os direitos reservados.

Título original: Between the Devil and the Duke

Todos os direitos desta publicação são reservados à Casa dos Livros Editora
LTDA. Nenhuma parte desta obra pode ser apropriada e estocada em sistema
de banco de dados ou processo similar, em qualquer forma ou meio, seja eletrô-
nico, de fotocópia, gravação etc., sem a permissão dos detentores do copyright.

PRODUÇÃO EDITORIAL	Cristhiane Ruiz
COPIDESQUE	Thaís Carvas
REVISÃO	Thais Entriel e Pedro Staite
DESIGN E ILUSTRAÇÃO DE CAPA	Mary Cagnin
DIAGRAMAÇÃO	Abreu's System

Dados Internacionais de Catalogação na Publicação (CIP)
(Câmara Brasileira do Livro, SP, Brasil)

Bowen, Kelly
  Aposta na perdição / Kelly Bowen; tradução Daniela Rigon. - --
Rio de Janeiro, RJ : Harlequin, 2025.
-- (Temporada de escândalos ; 3)

  Título original: Between the devil and the Duke.
  ISBN 978-65-5970-524-5

  1. Romance canadense I. Título. II. Série.

25-268993   CDD-C813

Índice para catálogo sistemático:
1. Romances : Literatura canadense em inglês C813
Bibliotecária responsável:
Eliete Marques da Silva - Bibliotecária - CRB-8/9380

Harlequin é uma marca licenciada à Editora HR Ltda. Todos os direitos
reservados à Editora HR LTDA.

Rua da Quitanda, 86, sala 601A – Centro
Rio de Janeiro/RJ – CEP 20091-005
Tel.: (21) 3175-1030
www.harpercollins.com.br

Em memória de meus avós, que sempre tinham um baralho em mãos.

Capítulo 1

Londres, abril de 1820

Os oponentes de lady Angelique Archer estavam todos bêbados.

Ela se certificara disso. Não porque achasse que não era esperta o suficiente para vencê-los, mas porque aprendera a nunca deixar nada nas mãos do acaso. E um jogador de cartas embriagado era um jogador de cartas tolo. Ele se esquecia de disfarçar suas expressões. Ele se esquecia de que uma pequena fortuna estava sobre a mesa à sua frente. E se esquecia de que o último às tinha sido jogado havia três rodadas.

Angelique sentiu uma gota de suor gelado escorrer pelas costas, e ajeitou a máscara que cobria seu rosto. Estava começando a coçar muito, mas ela ignorou o desconforto. Partiria ao fim do jogo, antes de chamar atenção para si mesma. Não podia se dar ao luxo de os clientes do clube começarem a se perguntar quem ela era e como tinha conseguido ganhar tanto dinheiro. Não podia ser lembrada, porque, em quinze dias, precisaria fazer tudo de novo.

Não havia muitos lugares em Londres nos quais uma dama podia se envolver com os nada femininos jogos de azar — no caso, jogos que requeriam apostas de quantias bem maiores do que meras mesadas e que aconteciam bem longe das salas de casas nobres. Mas o clube Lavoie era um desses lugares. Um local exclusivo para os que possuíam títulos, riqueza, poder ou uma combinação dos três. Os homens usavam trajes feitos sob medida em tons escuros que contrastavam perfeitamente com os ricos vestidos de seda e cetim brilhantes usados pelas mulheres que circulavam naquele ambiente. Em orelhas, pescoços e braços, o equivalente a um tesouro de um rei reluzia sob a luz suave e sutil do salão.

E, para aumentar a ilusão de mistério e extravagância, as mulheres usavam máscaras com o intuito de esconder sua identidade. Era uma boa oportunidade para uma dama ousada se divertir e desafiar as regras da sociedade protegida pela movimentação noturna.

Mas Angelique não se considerava uma dama ousada. Era apenas uma dama desesperada.

— Vai comprar outra, milady? — perguntou o homem que estava distribuindo as cartas da partida, enquanto encarava descaradamente os seios de Angelique.

Ela manteve a expressão neutra, engolindo a resposta grosseira que saltou até a ponta de sua língua. Se ganhasse um centavo a cada homem que ficara boquiaberto com seu generoso decote desde que completara 16 anos, seria mais rica que o papa. E certamente não precisaria estar ali, suportando aquele tipo de atenção indesejada.

Um barão, lembrou ela, ao observar o senhor bigodudo que ainda olhava seu decote. E o mais importante: um barão com uma fortuna recém-adquirida graças a um investimento de sorte. E Angelique ficaria muito feliz em pôr as mãos em uma parte dessa fortuna. Então, fingiu considerar a pergunta dele. É claro que ela não ia comprar outra carta.

Ela tinha as duas últimas cartas de figuras na mão. Se o barão tivesse se dado ao trabalho de dar uma olhada na própria mão e na dos dois jogadores da mesa que já haviam ultrapassado o total de vinte e um, ele perceberia que as chances de Angelique ter aquelas cartas eram muito altas. Mas a combinação de conhaque francês e seios ingleses o deixou distraído.

— Hum... não sei — respondeu ela, apertando os lábios e deixando uma mão cair na frente de seu corpete, dedilhando a renda que adornava a seda dourada. Previsivelmente, o barão arregalou os olhos.

Como ela odiava fazer isso...

— Você tem apenas duas cartas — lembrou o barão, pegando o copo de conhaque sem olhar para o rosto dela. — Talvez eu possa... induzi-la a arriscar.

— Hummm.

Angelique colocou as mãos na mesa. Ela precisava ter certeza de que aquele homem aceitaria a derrota de bom grado, pois perderia muito dinheiro.

— Uma oferta intrigante — afirmou ela, tentando sorrir.

— Não é? — murmurou o barão, tomando um gole de conhaque.

— Mas vou ficar com minhas cartas — respondeu Angelique, fingindo ser uma dama indefesa. — Temo não ser tão aventureira quanto você.

O barão abriu um grande sorriso.

— De fato, tenho a reputação de ser bastante aventureiro. Talvez depois eu possa lhe mostrar o quanto.

Angelique olhou as cartas restantes no baralho e as duas que ele tinha viradas para baixo na mesa. Faltavam duas cartas de dois, uma de sete, uma de oito e uma de nove a serem jogadas. Ainda era possível que ele vencesse com a combinação certa, dependendo do que já tinha em mãos. Ela se mexeu na cadeira, sentindo o espartilho apertá-la.

— Por que não faz isso, então? Me mostre o que tem.

O barão riu, acompanhado dos outros dois jogadores que ainda estavam sentados à mesa.

Angelique deu uma risadinha, apesar de estar com o estômago um pouco embrulhado.

— Muito bem, milady.

Ele virou as cartas. Um oito e um sete. Angelique quase desmaiou de alívio. Era impossível para ele vencê-la.

— Quinze — murmurou ela.

— É o suficiente para ganhar? — indagou o barão, ainda a encarando de forma descarada.

Angelique reprimiu um arrepio de nojo. O homem tinha idade para ser seu pai!

— O que acha? — brincou ela, tentando usar o tom de flerte que nunca tinha conseguido evocar direito na juventude, mas que o barão pareceu gostar muito.

— Acho que não é o suficiente.

Ele colocou o copo de lado e virou outra carta.

— Dezessete — contou Angelique.

Os outros dois homens na mesa se inclinaram para a frente com interesse.

— Eu nunca faço as coisas pela metade — declarou o barão.

Ele virou outra carta.

— Dezenove — apontou um dos homens, pegando a garrafa de conhaque que Angelique havia levado mais cedo para a mesa. Ele encheu o copo quase até a borda. — O que vai fazer? — perguntou ele ao barão, deslizando os olhos para as cartas de Angelique, ainda viradas para baixo.

Havia uma única carta restante no baralho. O nove.

Se o barão a virasse, ele teria uma soma maior que vinte e um e perderia. Se não virasse, a soma de vinte das cartas dela ainda superaria os dezenove dele. De todo modo, Angelique manteria a despensa cheia por mais uma semana, o pior dos credores sob controle e, o mais importante, a mensalidade da escola dos irmãos mais novos em dia.

O barão a encarou.

— Dezenove, minha senhora. Uma boa pontuação. Vou encerrar por aqui. — Ele girou o conhaque no copo antes de terminar tudo em um gole só. — Agora me mostre as suas cartas, lindinha.

Angelique respirou fundo. Aquela era a parte crucial.

Vencer sem humilhar os perdedores, coletar os ganhos e sair do clube sem ser notada. Felizmente, ela tinha experiência nisso, pois fora invisível a vida inteira.

Ninguém nunca se lembrava de Angelique Archer.

Alexander Lavoie notou a mulher de vestido dourado no minuto em que ela entrou no clube naquela noite. Não porque ela chamasse atenção, mas porque estava se esforçando para passar despercebida. O que, em meio a tantos homens e mulheres que iam ao clube para serem notados, era um pouco estranho.

Ela já estivera ali duas outras vezes, e não para socializar. Muito menos para aproveitar os entretenimentos adicionais que Alexander disponibilizava aos clientes — entretenimentos estes que faziam de seu clube um lugar tão popular. Ela evitara o tabaco e as bebidas alcoólicas que Alex comprava de uma rede de contrabandistas em Hastings e Dover. Também ignorara os doces exóticos e as comidas sofisticadas que raramente podiam ser encontradas até nas melhores salas de jantar de Londres.

Aquela mulher parecia imune aos músicos talentosos que garantiam uma ótima trilha sonora para as conversas das quais ela nunca participava. E não havia se encontrado com nenhum cavalheiro em particular — nem abertamente no salão de jogos ou às escondidas em uma das salas privadas do clube.

No entanto, Alex sabia qual era o objetivo dela: negócios. Ela controlava qualquer mesa de *vingt-et-un* à qual escolhesse se sentar. De alguma forma, mantinha o clima leve, mesmo quando despojava seus oponentes de quantias substanciais, partida atrás de partida. Ah, é claro que ela perdia vez ou outra, mas Alexander tinha visto o suficiente para saber que aquela jogadora só perdia mãos insignificantes. Ele também estava certo de que ela perdia de propósito para não levantar suspeitas.

Ele não fazia ideia de quem ela era, além de uma jogadora de cartas extremamente esperta e que estava se esforçando muito para parecer o contrário. O que o intrigava bastante. E Alexander Lavoie não se intrigava com qualquer coisa.

Ela com certeza não fazia parte dos grupos de mulheres que frequentavam seu clube regularmente. Viúvas ricas, algumas atrizes ou cantoras de ópera e damas cansadas e entediadas que buscavam a emoção e o entusiasmo que a vida perfeita delas não podia proporcionar. Apesar das máscaras, era fácil reconhecê-las, pelo menos para Alex, e elas passavam mais tempo flertando, bebendo e rindo do que apostando nas mesas de jogos de azar.

A mulher de vestido dourado era diferente. E o fato de ele ainda não a ter identificado o deixava bastante irritado.

Ele estava quase certo de que ela era uma dama. Suas maneiras e seu modo de falar indicavam que se tratava de uma mulher bem-criada e acostumada a transitar pelos altos círculos da sociedade. Não era muito alta, mas também não seria considerada baixinha. Seu cabelo era loiro-escuro, coberto por mechas cor de mel, e naquela noite estava puxado para trás em um penteado simples. Seus olhos, ou pelo menos o que aparecia por trás da máscara, eram azuis, embora ela nunca tivesse olhado diretamente para Alex.

E ele suspeitava que a falta de contato visual não era um mero acaso.

O vestido dourado que ela usava era elaborado, embora pudesse ser considerado simples se comparado aos trajes das outras mulheres presentes, que normalmente ultrapassavam os limites da ousadia. Mas as curvas que a seda adornava não eram nada ordinárias, e o atual oponente da mulher, o barão Daventon, ainda não havia tirado os olhos do decote dela.

Alex não ficou surpreso quando a mulher colocou na mesa um par de rainhas e saqueou todo o dinheiro restante de Daventon. O que o surpreendeu foi a ridícula satisfação que sentiu quando ela fez isso. *O barão merece*, refletiu Alexander antes de perceber o que estava pensando e se perguntar por que deveria se importar. Ou, pelo menos, por que deveria se importar para além do que afetava seus próprios interesses. Questões como quanto Daventon ainda poderia perder de sua fortuna recém-adquirida, ou quanto dessas perdas poderiam acabar nos cofres de Alex. Ou, ainda, a que extremos o barão poderia ir para recuperar seu dinheiro. Se Daventon era um homem facilmente provocado por desafios, ameaças ou qualquer outra forma de idiotice, Alex preferia saber com antecedência.

Afinal, limpar sangue era um trabalho entediante. E caro. E inconveniente, se precisasse lidar com policiais ou advogados.

Alex pegou seu relógio e viu que já eram quase duas da manhã. A mulher de vestido dourado partiria em breve. Levando em conta suas visitas anteriores, ela nunca passava mais que três horas no clube. Tempo suficiente para conseguir o que queria, mas não o bastante para ser lembrada pelos outros.

Exceto por ele.

Como se tivesse um relógio interno, a desconhecida de olhos azuis ficou de pé e começou a depositar sutilmente seus ganhos em uma bolsinha, enquanto a seda dourada agarrada ao seu corpo reluzia. O barão não parecia nada satisfeito e, pela primeira vez desde que Alex começou a assistir à cena, Daventon finalmente tirou os olhos do decote e fitou o rosto dela, segurando o pulso da mulher, que tentou se desvencilhar.

Alex logo se empertigou, observando-a se encolher, embora se mantivesse firme e com uma expressão neutra. Ela não usava luvas, e era possível ver sua pele perdendo a cor onde os dedos de Daventon a apertava. Uma onda de irritação intensa pegou Alex desprevenido, e ele marchou para a mesa. Ao mesmo tempo, viu que um dos leviatãs que empregava para manter a paz no salão de jogos também havia notado o impasse e já estava caminhando até lá.

Alex o dispensou. Aquela era uma situação que merecia sua atenção pessoal. Além disso, era uma boa oportunidade de descobrir de uma vez por todas a identidade da esperta jogadora de vestido dourado.

O barão ficou em choque quando Angelique colocou as cartas na mesa, embora seus companheiros tivessem rido alto. Ela ficou de olho nele enquanto coletava seus ganhos e resistia à tentação de enfiar depressa o dinheiro na bolsa e sair correndo como uma ladra qualquer. Seu coração palpitava, e outra gota de suor frio escorreu por suas costas. Por mais vezes que fizesse isso, ela nunca se acostumava.

Angelique achou que a situação estava sob controle até o barão segurar seu pulso enquanto ela se preparava para deixar a mesa.

— Aonde você pensa que vai, lindinha? — indagou ele, apertando-a com força.

Foi preciso um esforço monumental da parte dela para não ceder ao desejo de puxar a mão em repulsa ao sentir o toque daquele sujeito.

Acima de tudo, Angelique precisava manter a calma. Não podia fazer uma cena, não podia chamar atenção. Então, em vez de dar um chute na canela do barão como desejava, inclinou-se para o homem e pressionou o quadril contra o peito dele, ignorando a repugnância que sentiu.

— Achei que talvez fosse a hora de procurar uma nova diversão — falou em um tom sensual. — Afinal, a noite ainda é uma criança.

O aperto do barão se afrouxou um pouco, mas não o suficiente para que ela se soltasse.

— Você roubou todo o meu dinheiro.

— Nada disso — apaziguou ela. — Eu ganhei um mero jogo de cartas. Se isso o fizer se sentir melhor, lembre-se de que essa quantia é apenas uma gota no oceano para um homem rico como você.

A experiência lhe ensinara que a melhor maneira de lidar com homens como o barão era massageando-lhe o ego.

Ele pareceu considerar as palavras dela.

— Pode ser... — afirmou em tom arrastado e a puxou pelo braço para mais perto. — Mas talvez você devesse pensar em outra maneira de me fazer sentir melhor esta noite.

Com a mão livre, ele apertou o seio esquerdo dela. Angelique se segurou para não cair em cima do homem, fazendo um grande esforço para conter a fúria que começava a queimar sua garganta.

Ela não era como as outras mulheres que frequentavam aquele clube. Mulheres experientes na arte da sedução, veteranas em usar truques femininos com a mesma habilidade com que empunhavam seus leques. Angelique nunca se destacara nesses artifícios. Pelo menos, não quando havia precisado...

— Por favor, tire as mãos de mim — disse ela friamente.

— Coloco as mãos onde eu quiser — zombou Daventon.

— Então planeja apalpar todos os jogadores da mesa, milorde? — perguntou ela. — Ou somente aqueles que estão ao seu alcance? Se for assim, os senhores ao lado podem não gostar muito da ideia.

Um coro de risadinhas e gargalhadas bêbadas ecoou do outro lado da mesa. Era evidente que ela não podia contar com a ajuda daqueles cretinos, que pareciam apenas estar achando graça da situação.

— Acho que você está confundindo este clube com o Almack — respondeu o barão. — Eu faço o que quiser.

— E eu acho que você está confundindo este clube com um bordel.

Novamente, ela se esforçou para não dar uma cotovelada no nariz daquele homem. Mas, além do espetáculo indesejado que a cena criaria, seria muito difícil tirar manchas de sangue da seda dourada.

— Você está com o meu dinheiro — apontou Daventon, e ela sentiu o mau hálito do homem. — Eu mereço receber algo em troca.

O barão apertou o seio dela com mais força.

Angelique se contorceu, parando abruptamente ao ver um dos seguranças corpulentos que patrulhavam as mesas de jogos andar na direção deles. Ela ficou aliviada quando ele parou e se virou. A última coisa de que precisava era chamar a atenção do...

— Boa noite, senhores. E senhorita.

Ela congelou e fechou os olhos, horrorizada ao reconhecer a voz de Alexander Lavoie. Havia estudado o dono do clube secretamente e o ouvira falar diversas vezes, mas sempre mantivera a cabeça baixa quando ele se aproximava e evitara qualquer tipo de contato visual. Fizera de tudo para passar despercebida.

E pareceu funcionar. Lavoie sempre falava com os homens que jogavam, conversava com as mulheres que balançavam seus leques e pestanejavam com sensualidade. Mas nunca tinha olhado duas vezes para Angelique, exatamente como ela esperava.

Ela precisava daquele clube, dos homens que apostavam na mesa de *vingt-et-un* e do dinheiro deles. Não podia se dar ao luxo de chamar a atenção de Lavoie ou de deixar que algo comprometesse seu acesso ao que havia se tornado a única fonte de renda de sua família. Mas, agora, o pior tinha acontecido.

— Acredito, lorde Daventon, que você está com a mão em algo que não lhe pertence — afirmou Alexander ainda atrás dela, em um tom entediado.

— Isso não é da sua conta — retrucou Daventon.

— Discordo — respondeu Lavoie. — Este é o meu clube e, portanto, isso é da minha conta, sim. Mas como estou me sentindo generoso esta noite, vou lhe dar a cortesia de lembrá-lo de que esta mulher é uma dama, não uma prostituta. E vou me opor a todos que pensarem o contrário.

Do outro lado da mesa, os outros dois homens que estavam jogando se levantaram de supetão e pediram licença, um deles até derrubando uma das cadeiras na pressa de sair. Olhando de soslaio para Lavoie, ele arrumou a cadeira antes de desaparecer na multidão.

Angelique permaneceu imóvel, de costas para o dono do estabelecimento, sentindo as bochechas arderem de vergonha. Ainda bem que ele não conseguia ver o rosto dela.

Daventon ainda segurava seu pulso com a mão rechonchuda e encarou Lavoie com um sorriso sinistro.

— Esta "dama" pegou uma grande parte do meu dinheiro — explicou. — E ela estava apenas pensando em maneiras de me recompensar.

Ele apertou o seio dela de novo, e Angelique tentou se afastar bruscamente, mas seu braço doeu com o esforço.

— Estava mesmo? — zombou Lavoie.

Angelique queria que o chão se abrisse embaixo dela e a engolisse. Estava envergonhada, furiosa e com medo de perder a oportunidade de sair daquela situação com sua dignidade e honra intactas.

— Você sabe quem eu sou? — exigiu Daventon.

Lavoie riu atrás dela, um som desprovido de humor e que lhe deu arrepios.

— Sei, sim. Você é um homenzinho que, por acaso, ganhou uma pequena fortuna por pura sorte enquanto estava bêbado e drogado. Inclusive, se eu fosse você, não gastaria muito desse dinheiro, já que um dia seu sócio pode ficar sóbrio o suficiente para perceber que nunca recebeu a parte dele do negócio. Incrível ninguém ter contado isso para ele ainda, não é? Sorte sua, pois fiquei sabendo que ele tem um temperamento terrível. E que adora pistolas.

Angelique ficou boquiaberta quando o aperto de Daventon de repente se afrouxou. Ela cambaleou para trás, quase tropeçando na saia do vestido. A mão forte em suas costas a estabilizou, e ela sentiu o calor do toque pelas camadas de tecido. Outro arrepio percorreu sua pele, embora bem diferente do anterior. Era um arrepio quente, acompanhado de uma vontade insana de se pressionar ainda mais contra aquele toque.

Inquieta, Angelique se afastou e Lavoie retirou a mão logo em seguida. Ela deveria ter sentido alívio em vez de decepção.

— Sugiro que procure diversão em outro lugar, Daventon — falou Lavoie baixinho, perto da orelha dela. — Talvez em algum estabelecimento onde eu não precise testemunhar sua terrível falta de bom senso e não seja forçado a pensar em maneiras de corrigi-la.

O barão empalideceu e começou a abrir e fechar a boca como um peixe fora d'água. Então, ficou de pé e olhou ao redor, como se tentasse descobrir quem poderia ter ouvido as palavras de Lavoie.

— Saia do meu clube — ordenou Lavoie. — Agora.

O barão saiu cambaleando em direção à porta sem olhar para trás e desapareceu na escuridão da rua. Angelique olhou fixamente para as próprias mãos, que ainda seguravam sua bolsa pesada, e desejou poder ir embora também. Queria desaparecer na noite.

Mas a vida lhe ensinara que desejos eram coisas inúteis.

— Você está bem, milady?

Ela sentiu Lavoie se posicionar à sua frente, enquanto tentava recolher o que restava de sua dignidade e descobrir como poderia escapar da atenção daquele homem.

— Sim, obrigada.

— Tem certeza?

Não havia escapatória. Ela teria que falar com ele ou então causaria uma cena ainda maior se fugisse como um coelho assustado pego no flagra em uma horta. Ela levantou a cabeça e o encarou.

Já tinha visto o dono do clube à distância, é claro, mas nunca tão de perto. À luz do dia, os olhos deviam ser da cor de avelã. Mas, na luz baixa do ambiente, tinham um tom âmbar escuro, com um lampejo de inteligência inconfundível.

Lavoie era um pouco mais alto que ela e tinha um corpo esguio e aparentemente ágil. Seu cabelo escuro caía sobre a testa e ao redor das orelhas, emoldurando maçãs do rosto acentuadas e uma mandíbula forte. Sua pele era um pouco mais escura do que a norma londrina, e uma cicatriz longa e fina se estendia do lábio superior, atravessando a bochecha direita até o topo da orelha.

Angelique tinha ouvido os rumores de que ele era um assassino aposentado, é claro. Ou um espião aposentado. Ou talvez ainda na ativa. Aquele homem certamente tinha um ar de assassino.

Sombrio. Perigoso. Inabalável. Por um momento selvagem e imprudente, ela se perguntou como seria tocar em um homem intocável.

O que aconteceria se passasse os dedos por aquela cicatriz? Será que os lábios dele eram macios, em contraste com sua expressão severa? Será que...

Ela se repreendeu internamente, chocada com a direção que seus pensamentos estavam tomando. O que estava acontecendo com ela? Alexander Lavoie não era um homem para se envolver sob nenhuma circunstância, independentemente da situação que chamara a atenção dele para Angelique. O dono do clube tinha o poder de destruir o que restava da vida dela, caso desejasse.

Ele parecia estar esperando alguma resposta, mas a mente dela demorou para produzir algo apropriado.

— Ah, sim, claro. Estou muito bem, obrigada.

— E eu fui negligente. Permita-me me apresentar. Alexander Lavoie, a seu dispor.

— É um prazer conhecê-lo — respondeu Angelique.

Se ele achava que ela retribuiria o favor da apresentação, era melhor esperar sentado.

— Acredito que o barão Daventon não causará mais problemas para você, mas peço que me avise se isso acontecer novamente — declarou ele, no mesmo tom que usaria para comentar sobre o clima.

— Você foi... persuasivo.

Era melhor que dizer "ameaçador", especialmente porque estava com dificuldade de encará-lo.

— Persuasivo... — repetiu Lavoie com prazer, como se estivesse falando a palavra pela primeira vez e descobrindo que gostava. — Bem, faço questão de saber quem frequenta o meu clube. E por que estão no meu clube. Esses detalhes são valiosos.

O coração de Angelique palpitou, e ela sentiu a pele suar mais uma vez. Ah, Deus... Ela não queria nem considerar a possibilidade de Lavoie saber quem ela era, ou de que ele conhecia cada sujeira de sua família que ela tentara tão bravamente varrer para debaixo do tapete. Ela precisava ir embora dali. O mais rápido possível.

— Obrigada novamente, sr. Lavoie — disse ela, enquanto se afastava.

Ele a seguiu.

— Poderia me dar a honra de sua companhia? Estou incomodado em saber que foi colocada em uma... posição desconfortável dentro do meu clube.

— Hum...

Pense, ordenou a si mesma. *Diga algo que facilitará sua fuga, mas sem ofendê-lo*. Angelique olhou para a porta, mas não foi capaz de pensar em nada. Por que não conseguia raciocinar?

— Vou garantir que não sofra mais com atenções indesejadas em suas futuras visitas ao clube — continuou ele.

A ideia de que Lavoie acreditava que ela era uma dama indefesa de repente afrouxou sua língua.

— Embora eu aprecie sua ajuda, sr. Lavoie, fique tranquilo, eu não precisava de resgate. Sei cuidar de mim mesma.

Angelique baixou os olhos, arrependendo-se do tom combativo. Começar uma briga com Alexander Lavoie não era inteligente nem útil.

— Não tenho dúvidas disso — afirmou Lavoie, parecendo ter achado graça da explosão dela. — Se levarmos em conta os seus ganhos, você sabe muito bem se cuidar sozinha.

Angelique levantou a cabeça e o encarou.

Ela tinha uma desculpa na ponta da língua, uma explicação que dissiparia qualquer suspeita. Mas seu fôlego e sua resposta inteligente fugiram diante do impacto do olhar intenso daquele homem.

— De todo modo, devo insistir que venha comigo — falou Lavoie, sem desviar a atenção dela.

Angelique tentou se lembrar de como respirar sob a potência daqueles olhos cor de âmbar.

— Não posso. Tenho que ir para casa.

Ela odiou as palavras assim que escaparam de sua boca. Aquela desculpa fazia com que parecesse uma garotinha assustada, quando havia muito tempo que ela não sentia medo.

— E você vai. — Ele olhou por cima do ombro dela e então para a bolsa que estava carregando. — Infelizmente, acho que chamamos mais atenção do que gostaríamos, e não posso permitir que uma mulher saia sozinha com uma bolsa cheia de dinheiro a essa hora da noite. Providenciarei uma escolta para que vá para casa com seus ganhos em segurança.

Angelique ficou boquiaberta, incapaz de conter a surpresa, mesmo enquanto sua mente tentava inventar mais desculpas para facilitar sua fuga.

— Obrigada, sr. Lavoie, mas estou acompanhada esta noite. Não vou sozinha.

Ainda havia uma chance de ele não saber quem ela era. Assim, Lavoie certamente não poderia descobrir onde ela morava, muito menos sua verdadeira identidade.

— Mentir não combina com você, milady — comentou ele, impassível. — Podemos discutir isso aqui na frente de todos ou podemos encontrar um local mais privado para resolver os... detalhes de nossos arranjos.

Angelique sentiu como se estivesse sem chão e por um instante considerou sair correndo.

— Você não vai conseguir ir muito longe com esse vestido, milady. — Era como se aquele homem estivesse lendo a mente dela, e isso era aterrorizante. Ele abriu um sorriso, fazendo a cicatriz repuxar em seu rosto. — E está chovendo. Seria uma caminhada muito mais fria de volta para casa do que a que fez para chegar aqui.

Pela segunda vez em poucos minutos, Angelique ficou boquiaberta. Como Lavoie sabia que ela viera caminhando?

— A barra do seu vestido, milady. Tem lama na parte de trás. O vestido verde-escuro que usou há quatro semanas é melhor para noites de chuva como hoje. Embora o dourado combine muito com seu tom de pele, o tecido mais escuro esconderia melhor as manchas de lama.

Quaisquer ilusões que Angelique tinha de que havia permanecido invisível durante suas visitas ao clube foram destruídas. E por acaso ele tinha acabado de... elogiá-la ao mesmo tempo que a chamara de mentirosa?

— Você me notou...

Era meio ridículo dizer isso em voz alta, mas a mente de Angelique havia parado de funcionar.

O homem abriu um sorriso enigmático.

— Claro que eu a notei. Você compra uma garrafa de conhaque francês todas as noites para seus oponentes. Um investimento alto, mas acredito que os efeitos do álcool na perspicácia de um cavalheiro comum valham a pena. Você alterna entre o vestido verde e o dourado, embora tenha usado uma máscara diferente em cada visita. Nada ostensivo ou memorável, mas desconfio de que esse seja seu objetivo. Também acredito que seu corpete tenha sido feito com a intenção de destruir o que restou da concentração de seus adversários após o conhaque.

Angelique sentiu que algo queria sair de sua garganta, mas não tinha certeza se era uma risada histérica ou o soluço de um choro.

— No entanto, o que me intriga, milady, é o seu estilo de jogo. Apostas pequenas logo no início, apostas maiores à medida que as rodadas progridem e o baralho diminui. Esta noite, seus ganhos parecem ser maiores do que todas as noites anteriores juntas, o que é um feito e tanto. Você ganha muito mais do que pode ser atribuído à sorte, mas não vi nenhuma evidência de que tenha trapaceado.

Ele deixou a última parte no ar, e Angelique achou que o comentário soava mais como uma acusação do que uma observação.

Era seu fim. Alexander Lavoie a expulsaria do clube, e Angelique ficaria sem opções. Ou, pelo menos, sem opções que era capaz de considerar. Outra onda de fúria impotente a dominou com força, quase a sufocando.

Para o inferno com as circunstâncias que a levaram até ali. Para o inferno com o destino por fazê-la mulher. E para o inferno com aquele homem que estava diante dela, que fora tão rápido em rotulá-la como tudo, menos inteligente.

— Eu não trapaceio — sussurrou ela.

— Eu sei. O que a torna ainda mais fascinante.

— Fascinante? — repetiu Angelique, desconcertada. Outro elogio?

— Sim. Fascinante.

Ela ainda estava presa sob o olhar intenso de Lavoie, como um inseto no tabuleiro de um colecionador. Angelique nunca se sentira tão exposta e desprezava a sensação que a percorria ao saber que um homem como aquele achava uma mulher como ela *fascinante*.

— O-obrigada — gaguejou, desconfortável com a facilidade com que ele a deixava abalada.

— Não há de quê. Peço apenas que me faça um favor.

— Sim? — respondeu ela, sem saber muito bem se estava concordando ou perguntando.

— Ótimo. — Ele considerou a primeira opção. — Me acompanhe para tomarmos as providências necessárias para que vá para casa em segurança — insistiu ele, estendendo um braço.

A alegria de Angelique explodiu como uma bolha de sabão espetada por uma agulha. Ela fora enganada pelo charme e pelas palavras bonitas daquele sujeito. A raiva voltou a dominá-la, embora agora estivesse brava consigo mesma. Lavoie acabara de manipulá-la tão facilmente quanto... bem, tão facilmente quanto ela manipulava seus adversários na mesa de cartas. Mas, de alguma forma, ele conseguira incorporar cavalheirismo à sua manipulação, o que fazia uma recusa ao pedido ser irracional. Angelique, mesmo sem querer, ficou impressionada.

— Você prefere que eu a acompanhe até sua casa? — perguntou ele, com um leve tom de irritação, depois de não receber uma resposta.

Angelique sabia quando não tinha uma mão vencedora.

— Não será necessário. Será um prazer acompanhá-lo — respondeu, sem firmeza alguma. Mesmo assim, apoiou uma das mãos no braço dele enquanto segurava a bolsa na outra.

Lavoie a conduziu até o outro lado do clube, passando por cômodos decorados com papéis de parede elegantes e móveis reluzentes. O clube estava cheio de pessoas animadas e sorridentes, e algumas os olharam com curiosidade antes de voltarem a atenção para o que estavam fazendo. Angelique sabia que uma mulher mascarada sendo conduzida por Alexander Lavoie era uma visão comum, mas ela nunca quisera ou pretendera ser uma delas.

Ela tentou manter o toque no braço dele leve, mas conseguia sentir a força do corpo daquele homem sob a ponta dos dedos. No meio do caminho, Lavoie cobriu a mão dela com a dele, e a sensação de seu toque gentil foi eletrizante. Angelique não usava luvas porque era impossível jogar cartas com elas, mas desejou estar usando um par naquele instante, apenas para ter uma barreira para limitar o toque dele.

Ao menos para atenuar as sensações que abrasavam sua pele, percorrendo suas veias e crepitando em seu interior. Nunca conhecera um homem que a deixasse tão nervosa quanto aquele. E por uma série de razões conflitantes.

Parte dela ainda se apegava à furiosa humilhação que acabara de sofrer, agravada pela intervenção de Alexander Lavoie. Angelique não gostava de ser manipulada. Ela não precisava da ajuda dele. E certamente não precisava que ele a resgatasse de um velho tarado e bêbado.

No entanto, outra parte dela estava empolgada por ter sido resgatada. Era a mesma parte patética que ficara feliz com os elogios de Lavoie e fizera o coração de Angelique acelerar quando ele oferecera proteção e auxílio, como se ela fosse uma princesa digna de tamanha veneração, e não apenas uma jogadora de *vingt-et-un* que ele poderia ter considerado uma trapaceira.

Os dois se aproximaram de uma pesada porta de madeira nos fundos do clube, e um homem enorme, que parecia ser filho de um gigante, abriu-a para o patrão.

— Poderia levar minha carruagem para a porta de trás, Jenkins? — pediu Lavoie.

— Claro, sr. Lavoie.

O gigante acenou com a cabeça e, quando Alexander e Angelique entraram no cômodo, fechou a porta tão rápido quanto a havia aberto. O burburinho do salão desapareceu.

— Já pode tirar sua máscara, milady — disse Lavoie, movendo-se para trás de uma escrivaninha polida onde livros de registro estavam abertos.

— Por quê? — perguntou Angelique.

— Porque não há ninguém aqui, exceto nós dois. E ouvi dizer que elas coçam muito depois de um tempo.

— Não coça — mentiu ela, reprimindo a vontade de coçar por baixo da máscara.

Ela analisou a sala, contemplando a mobília um tanto esparsa, embora masculina. Pinturas de cavalos correndo decoravam as paredes de madeira reluzente. Duas poltronas de couro estavam perto da lareira, acesa com um fogo baixo que projetava sombras em um tapete elegante. Uma estante de livros ladeava a parede mais próxima a Angelique, embora os tomos estivessem escondidos por painéis de madeira, cada um com sua própria fechadura. Tudo aquilo era esperado em um escritório como aquele, mas tudo aquilo não lhe dizia nada sobre o homem à frente dela.

Lavoie a olhou brevemente antes de dar de ombros e tirar uma chave do bolso do casaco.

— Fique à vontade. — Ele colocou a chave na fechadura de uma gaveta da mesa e a girou. Um clique suave ressoou pelo silêncio abafado. — Coloque seu dinheiro na mesa, milady — ordenou.

— Não — respondeu Angelique, segurando a bolsa com mais firmeza.

Lavoie ergueu os olhos e a encarou.

— Não vou roubá-la — afirmou ele, e Angelique ficou em dúvida se ele estava zombando dela.

— O que você quer, então?

Ela sabia que parecia uma comerciante desconfiada, mas não se importava. Se aquele homem fosse proibi-la de voltar ao clube, Angelique precisaria de cada centavo daquele dinheiro até encontrar outra solução.

— Eu ia trocar seu dinheiro para que você não tivesse que andar com um malote tão volumoso. E chamativo.

Lavoie tirou uma caixa de madeira da gaveta e a colocou no centro da mesa.

— Ah... — falou ela, ainda sem colocar o dinheiro na mesa e olhando para a caixa com desconfiança. Parecia um dos estojos de pistola de duelo de seu irmão. Ela sabia que Alexander ainda a estava observando.

— Eu só estupro e roubo virgens às segundas e quartas-feiras, sabe? — disse Lavoie secamente, encostando um lado do quadril na escrivaninha.

Agora ele com certeza estava zombando dela.

— Eu não sou... — Angelique começou a retrucar, mas se impediu de continuar e o encarou com o rosto queimando de horror e raiva.

Raiva por ele se divertir à sua custa. Horror por ele quase tê-la feito confessar algo inapropriado. Embora talvez isso já não importasse mais...

Porque lady Angelique Archer estava em um clube de jogos, sozinha em uma sala com um provável assassino, segurando uma bolsa de dinheiro que ela ganhara apostando. E tudo porque um barão grosseiro apertou seu seio. A questão de sua virtude realmente não importava naquele momento.

— Não sou idiota — declarou ela, levantando o queixo.

— Nunca pensei que fosse. Peço desculpas. Essa observação foi grosseira e desnecessária. Estava tentando deixá-la mais à vontade.

Angelique desviou o olhar.

— Não importa.

Realmente não importava mais. Um final feliz não estava nas cartas para ela. *Nas cartas*. Ela teria rido do trocadilho se não se sentisse tão desolada.

Lavoie abriu a caixa que ainda estava na mesa e apontou para a bolsa de Angelique. À luz das velas, o brilho dourado dentro da caixa chamou a atenção dela.

— Deixe-me ajudá-la.

Aquelas simples palavras quase a fizeram perder completamente a compostura. Ele fora a primeira pessoa a oferecer ajuda, embora não soubesse exatamente do que ela precisava. Porque a questão é que Lavoie não podia ajudá-la de verdade. Angelique estava sozinha.

Mas ele poderia trocar seu dinheiro.

Ela se empertigou e colocou a bolsa na escrivaninha.

— Se você insiste.

Lavoie olhou para ela por um momento antes de pegar a bolsa, soltar os cordões e deixar o dinheiro se espalhar pela mesa.

— Gostaria de beber alguma coisa enquanto eu conto tudo isso?

— Não.

— Quer comer algo?

— Não.

— Quer ficar me olhando contar o dinheiro?

— Sim — respondeu ela.

— Está bem.

Ele começou a empilhar moedas em fileiras organizadas.

Angelique cruzou os braços e acompanhou as pilhas de moeda crescerem até se distrair com os livros de contabilidade abertos na mesa. O mais próximo parecia um registro de entregas, documentando tudo o que foi comprado pelo clube na semana anterior, de conhaque a pão. Não era muito diferente do livro de registros de sua própria casa, exceto que parecia haver muito mais zeros. Ela passou os olhos pelas colunas de números antes de franzir a testa ao ver as somas.

— Alguma coisa errada com minha contabilidade? — perguntou Lavoie, ainda empilhando moedas.

— Claro que não.

O maldito tinha olhos nas laterais do rosto, por acaso?

— Tem certeza? Porque parece que você acabou de lamber um limão.

Angelique fez uma careta. Ele estava zombando de novo.

— Não há nada de errado com as suas contas de hoje, sr. Lavoie, mas não posso dizer o mesmo da contabilidade semanal.

Ela mal terminou de falar e já mordeu o lábio, amaldiçoando sua língua solta. O que estava acontecendo com Angelique? Não importava o que Lavoie dissesse ou o quanto debochasse dela, o mais prudente era assentir e sorrir. E manter a boca fechada.

Lavoie parou de contar as moedas e ergueu a cabeça.

— O que disse?

— Não é nada. Não é da minha conta.

— Você com certeza tem uma opinião.

Ele a encarava daquele jeito implacável, fazendo-a se sentir exposta de novo.

Angelique pigarreou e olhou para o livro.

— Como deve saber, o custo total semanal de todas as compras está incorreto.

Lavoie ergueu uma sobrancelha.

— Acho improvável.

— Por que seria improvável?

— Porque eu cuido da contabilidade semanal pessoalmente e não tenho o hábito de cometer erros.

— Ah, sim, claro. Esqueça o que eu disse.

Angelique desviou o olhar, lembrando-se de que nada daquilo era da conta dela.

No entanto, ele continuou a encará-la.

— E ninguém consegue fazer contas tão rápido lendo de cabeça para baixo.

— Como eu disse, esqueça o que falei.

Mas Alexander Lavoie não parecia estar disposto a esquecer nada. Ele abandonou as pilhas de moedas e puxou o livro para mais perto.

Angelique sentiu uma onda de consternação.

— Você poderia terminar de contar as moedas para eu ir embo...

— Ainda não.

O dono do clube passou o dedo pela coluna com a soma dos totais com uma expressão concentrada e terminou fazendo uma careta.

— Você está certa. — Ele não estava feliz com a constatação. — Como fez isso?

— Sorte, eu acho. Será que já posso...

— Minha nossa! — murmurou ele. — Já ouvi falar de pessoas como você.

Lavoie se endireitou, fixando nela seus olhos cor de âmbar.

— Não tenho ideia do que está falando.

Ela se afastou da mesa, como se pudesse se esconder no espaço vazio entre eles.

— Duzentos e oitenta e seis multiplicados por trezentos e cinquenta e quatro.

Cento e um mil, duzentos e quarenta e quatro.

— Você acabou de fazer a conta na sua cabeça, não é?

— Não — mentiu ela.

— Dividido por oito.

Doze mil, seiscentos e cinquenta e cinco. E meio.

— Você não consegue evitar. — Aqueles olhos de âmbar viam demais. — Você sabe exatamente qual é a resposta.

— Não — mentiu ela outra vez.

— Você... *vê* números, não é?

Angelique balançou a cabeça. Ela conseguira esconder sua aptidão antinatural para números desde pequena, embora sua mãe de certa forma tivesse percebido que ela era muito melhor fazendo contas complexas do que aprendendo passos de dança. Especialmente depois que flagrou Angelique roubando os livros escolares de matemática do quarto do irmão no Natal em que completara 18 anos. Se Angelique quisesse garantir um casamento vantajoso, precisava se concentrar nas aulas adequadas a uma jovem, aconselhara a mãe com firmeza ao tirar os livros das mãos dela. E geometria não era uma delas.

"Além disso", sussurrara a mãe, "cavalheiros, pelo menos do tipo com quem uma dama gostaria de se casar, não apreciam mulheres mais habilidosas que eles em atividades masculinas." Então, Angelique obedecera e escondera suas tendências anormais, fazendo o possível para ser o que seus pais e a sociedade esperavam.

Que desperdício...

— Milady? — chamou Lavoie, tirando-a dos devaneios.

— Eu gostaria de ir embora agora — disse Angelique.

— Hummm.

Ela se aproximou da mesa e olhou para as pilhas de moeda. Não podia sair dali sem aquele dinheiro.

— Você conta as cartas — afirmou Lavoie, tamborilando os dedos na página aberta do livro. — Você se lembra das que já foram jogadas e usa isso para determinar as chances da próxima mão. Por acaso você usa um sistema de pontos? Ou consegue realmente se lembrar de cada carta?

— Eu realmente não tenho ideia do que está falando — insistiu Angelique, embora sua voz soasse fraca até para ela mesma. Os números apenas se acumulavam e se catalogavam em sua mente.

Lavoie se inclinou para a frente.

— Você se lembra de cada carta, não é?

— Não sei...

— É uma pergunta de sim ou não, milady. Faça um favor a si mesma e à sua considerável inteligência e apenas responda.

— Sim.

— Obrigado. — Ele parou de tamborilar os dedos. — Minhas mesas de *vingt-et-un* são recentes. Eu não queria me dar ao trabalho de contratar crupiês competentes e, para ser sincero, não esperava que o jogo fosse ficar tão popular. Deixei que os jogadores revezassem para dar as cartas, como você sabe, mas isso não dá muito dinheiro para o clube. Na verdade, o único lucro que as mesas de *vingt-et-un* me dão é o que ganho com a venda de bebidas e outras coisas que os clientes compram enquanto jogam.

— Por que está me dizendo isso?

— Porque nunca vi um jogador de *vingt-et-un* com suas habilidades. Fico feliz que tenha ganhado o dinheiro de Daventon, não o meu.

— Habilidades?

— Sim. O que a torna ainda mais fascinante. — Lavoie fez uma pausa. — Por acaso estaria interessada em um emprego?

— Um emprego? — repetiu ela como uma idiota, mas não conseguia entender o rumo da conversa.

Habilidades.

Fascinante.

Emprego.

Meu Deus.

— Sim, um emprego.

— Damas não trabalham — afirmou Angelique, tentando parecer convicta de suas palavras.

Era o que aprendera desde que tinha idade suficiente para andar. Damas cresciam e se casavam e se tornavam esposas com uma vida confortável e elegante. Elas não participavam de atividades laborais. Ou de mesas de jogos de azar.

Pelo menos não até se encontrarem sem marido e descobrirem, após a morte dos pais, que a fortuna da família desaparecera e que seu irmão recém-intitulado não conseguia ficar sóbrio por tempo o suficiente para tentar resolver a situação. Então, as damas faziam o necessário para manter a família unida.

Angelique o encarou, mas sua resposta afiada, como tudo o que ela havia dito até então, só pareceu diverti-lo.

— Algo estranho de se dizer, levando em consideração que essa dama já trata minha mesa de *vingt-et-un* como seu local de trabalho — zombou Lavoie, abrindo um sorriso e mais uma vez fazendo a cicatriz de seu rosto repuxar.

Ela desviou o olhar, desprezando a verdade nas palavras dele.

— Eu não faço nada disso. Damas não trabalham — repetiu ela, em uma tentativa lamentável de se defender.

— Damas não deixam os outros saberem que possuem um trabalho — rebateu ele.

— Como assim? — indagou Angelique.

Lavoie contornou a mesa e se recostou na frente dela, cruzando os pés casualmente e encarando-a.

— O que estou querendo dizer, milady, é que quando você parar de fingir estar horrorizada e entender que estou oferecendo a chance de ganhar mais dinheiro em uma única noite do que você ganhará em três nas mesas de cartas, talvez queira reconsiderar. Quero que cuide de uma mesa de apostas altas de *vingt-et-un* que possa acomodar pelo menos seis pessoas que jogarão contra a casa, e não entre si. Que jogarão contra *você*.

Angelique estava sem palavras.

— Não preciso de sua resposta agora — continuou ele, inclinando a cabeça. — Você sabe onde me encontrar. Pagarei pelo seu tempo, é claro, e receberá uma porcentagem de tudo o que você, ou meu clube, no caso, ganhar. Garanto que sua identidade permanecerá secreta. E, ao contrário dos homens que enfrentou até agora nas mesas, prometo que não vou tocar em seus seios. E quem tentar fazer isso com você dentro do meu clube responderá a mim.

Ela sentiu o rosto esquentar de novo, enquanto outra chuva de emoções indesejadas a invadia como uma tempestade de verão.

— Diga-me que vai considerar minha proposta.

— Está bem, vou pensar.

O choque estava passando, e Angelique fazia o possível para organizar seus pensamentos. Ela seria uma idiota se negasse a oferta logo de cara. Embora desconfiasse daquele homem, sua situação atual não lhe deixava muitas opções. E ela não podia negar que a proposta, assim como ele em si, era deveras... intrigante. Empolgante. *Fascinante*.

Lavoie se afastou da mesa e parou diante dela, enquanto analisava seu cabelo, sua máscara, seu vestido, como se estivesse avaliando — ou admirando — o que via.

— Com uma mente como a sua, acho que você seria brilhante no trabalho — murmurou ele. — Nossa parceria seria esplêndida.

Angelique ficou sem ar. Ser elogiada por Alexander Lavoie era um pouco como ela imaginava ser atropelada por uma carruagem. Era de perder o fôlego. De perder o rumo. De perder o chão.

Ele estendeu a mão e tocou a ponta da máscara dela. E então, sem aviso, tocou seu pescoço e trilhou os dedos por sua pele nua até encontrar a seda dourada do vestido em seu ombro. Angelique estremeceu e ficou arrepiada.

Prometo que não vou tocar em seus seios.

Mas, por um segundo selvagem, ela se perguntou se ele não gostaria de beijá-la.

Lavoie interrompeu o toque.

— Eu lhe daria uma máscara melhor — afirmou. — Uma que cubra mais do seu rosto. E um vestido diferente. Algo… — Ele a percorreu com o olhar. — Sem manchas de lama.

Então, voltou para a mesa e começou a retirar moedas de ouro da caixa.

Angelique ofegou, tentando encher os pulmões com o ar necessário e tentando recuperar o senso de equilíbrio. Tarde demais, ela percebeu que Lavoie havia enchido sua bolsa com ouro e agora estava amarrando as cordinhas com cuidado.

— Seus ganhos da noite, milady.

— Obrigada — murmurou ela enquanto pegava a bolsa, tomando cuidado para não tocá-lo.

Angelique franziu a testa. Sabia o quanto havia ganhado naquela noite, e sabia quanto daria em moedas de ouro. A conversão era simples, mas algo estava errado.

— Está muito pesada — afirmou ela, balançando a bolsa na mão. — Você me deu dinheiro a mais, e não quero ficar em dívida com você por caridade.

— Pense nisso como um adiantamento — explicou Lavoie.

— Eu não aceitei trabalhar para você.

— Então pode me devolver a quantia amanhã, quando vier recusar a proposta.

Angelique estreitou os olhos.

— Não tem medo de ser roubado? De que eu nunca mais apareça?

— Você não é uma ladra, milady. Eu sei quem você é. E sei onde encontrá-la.

Era como se ela tivesse mergulhado em um barril de água gelada. O mistério de sua identidade havia sido esquecido sob a influência inebriante da língua elogiosa e do toque cálido de Lavoie, mas agora pesava sobre o peito dela como uma bigorna. Consternada, Angelique reconheceu que o que restava de sua honra e dignidade, assim como de sua família, estava à mercê daquele homem e de seus caprichos, simplesmente porque ele sabia seu segredo.

Ele sabia quem ela era.

Capítulo 2

Alex ainda não tinha ideia de quem era aquela mulher.

O que era inconcebível. Ele se orgulhava de conseguir extrair informações das pessoas sem que elas percebessem. Era hábil em fazê-las revelar coisas sobre si mesmas usando um sistema aperfeiçoado de suposições e insinuações, expectativas identificadas e referências vagas que poderiam ser interpretadas como um conhecimento íntimo. Utilizava elogios, suposições educadas ou, quando necessário, mentiras descaradas. E nunca falhara — até aparecer a mulher de vestido dourado. Com ela nada havia funcionado.

Desde o início, ficou claro que ela não tinha a intenção de tirar a máscara ou revelar sua identidade. Estava nervosa, mas não fragilizada. Sob aquele exterior cético e desconfiado, existia uma força de vontade de aço. E era evidente que o dinheiro conquistado naquela noite era de imensa importância para ela.

Ela não apenas queria o dinheiro. Ela *precisava* do dinheiro. Mas para quê? Alex não fazia ideia, e não sabia nem por onde começar a investigar.

Era óbvio que aquela mulher não gastava o dinheiro consigo mesma. Não usava colares, brincos ou presilhas de cabelo caros. Uma inspeção mais minuciosa do vestido revelou pequenas descolorações ao longo das costuras, sugerindo que ele havia sido alterado, e não feito sob medida para ela. Ela também fora até o clube a pé, o que indicava que não tinha acesso a uma carruagem e optara por não gastar o dinheiro com um cabriolé. Será que era apenas uma atriz muito boa, e não uma dama?

Tirando a ideia de arrancar a máscara dela e torcer para reconhecê-la, Alex não sabia o que fazer. Todos os seus truques habituais haviam falhado.

Talvez ele tivesse ficado muito distraído ao descobrir que a mulher com curvas gloriosas e lindos olhos azuis possuía uma mente tão brilhante. E isso não era pouco, já que ele convivia com muitas mulheres inteligentes.

Sua irmã, Elise, era uma delas. Também era uma jogadora de cartas talentosa, mas nem Elise conseguia fazer o que aquela mulher fazia. Ele apostaria que pouquíssimas pessoas em toda a Inglaterra seriam capazes disso. E o fato de uma delas ter ido parar bem em seu clube não era uma oportunidade a ser desperdiçada. Alex não a deixaria escapar tão facilmente, fosse ela uma dama ou não.

Se ela fosse um homem e usasse calça em vez de vestido, será que estaria sendo tão zeloso?, indagou uma vozinha provocadora em sua cabeça. *Você a quer para negócios ou algo completamente diferente?*

Alex franziu o cenho. Ele se sentira fisicamente atraído por ela desde que a vira pela primeira vez, e admitiria isso sem problemas. E a inteligência dela a tornava imensamente mais desejável. Além disso, ela havia deixado no ar o fato de que não era mais virgem...

O que era interessante, porque ela não parecia ter habilidade para lidar com a investida de homens, fosse a de um marido ou de um amante.

Todas essas observações eram pontos que poderiam ser usados em sua tentativa de descobrir a identidade dela. Calculadas e arquivadas objetivamente, com o assunto mantido à distância, como fizera centenas de vezes.

Só que Alex cometera o erro idiota de tocá-la, de cobrir a mão dela com a sua enquanto a conduzia pelo clube, e foi como se um raio o tivesse atravessado, deixando-o desorientado. E depois, mesmo sabendo que não era sensato, cedera a seus impulsos primários e passara os dedos pela pele macia do ombro daquela mulher. Desejando poder deslizar o tecido dourado pelo corpo dela para explorar o restante.

Primeiro com os dedos. Depois, com a língua. E então com seu...

— Sr. Lavoie? Você está bem?

Alex saiu de seus devaneios com um choque e percebeu que ainda estava no meio de seu escritório. E que a mulher em questão o encarava através da máscara com olhos apreensivos. Ele se mexeu um pouco, puxando discretamente a frente da calça para esconder seu estado, pois não precisava se envergonhar ainda mais.

— Sim, estou bem.

Ele foi até a parede mais próxima da estante, agradecido por ter um propósito além de fantasiar sobre a mulher misteriosa, antes de se virar e fazer um gesto para que ela se juntasse a ele.

— Vou levá-la até minha carruagem.

— A porta é ali — falou ela, apontando para a direção oposta.

Alex soltou uma trava no pesado painel de madeira da parede e uma porta camuflada se abriu.

— Esta saída é um pouco mais reservada e leva a um beco entre meu clube e o prédio ao lado. Minha carruagem estará no início da rua.

— Ah...

Ela se dirigiu até ele devagar, ainda segurando a bolsa com força, como se temesse que Alex a roubasse. Ele segurou a porta para que ela saísse primeiro. A escuridão e o ar frio da primavera os envolveram quando a porta do clube se fechou, e algumas gotas de chuva ainda pingavam aqui e ali.

Alex viu seu cocheiro esperando com a carruagem na entrada do beco, a respiração dos cavalos se condensando em pequenas nuvens sob a luz das lamparinas.

— Você não trouxe um xale? — perguntou Alex ao vê-la tremendo de frio.

A mulher devia estar congelando com tanta pele exposta.

— Estava mais quente quando saí de casa — respondeu ela de forma tensa.

— Tome — disse ele, tirando o casaco. — Use isto.

Alex colocou o casaco sobre os ombros da mulher antes que ela tivesse a chance de protestar. Ela parou de andar de supetão.

— Não posso.

— Você já está usando.

Alex passou por ela e seguiu na direção da carruagem, deixando-a sem escolha a não ser acompanhá-lo.

Seu cocheiro, que usava a boina abaixada sobre a testa, viu sua aproximação e o saudou com um aceno de cabeça.

— Boa noite, sr. Lavoie — cumprimentou, olhando para a mulher logo em seguida. — Apenas um passageiro? — perguntou ele.

— Sim, apenas ela, Matthews — confirmou Alex.

Matthews trabalhava para Alex desde a abertura do clube. Veterano da Guerra Peninsular e especialista em cavalos e armas de fogo, provara ser inestimável ao longo dos anos. Provavelmente tinha visto e ouvido de tudo, mas era muito bem pago para esquecer. Assim como o conhaque francês servido no clube, o transporte discreto também era um serviço oferecido por Alex.

Por um preço, é claro.

— Para onde, sr. Lavoie? — indagou Matthews.

— A dama lhe dará o endereço — afirmou Alex, ouvindo a mulher chegar atrás dele. Aquela era sua melhor chance de descobrir a identidade dela. Se soubesse onde ela morava, poderia descobrir seu nome. Ele deu um passo para trás para encará-la. — Leve-a em segurança até a porta de casa, Matthews — instruiu Lavoie sem tirar os olhos dela.

Ele não podia arriscar que ela dissesse ao cocheiro para deixá-la em uma rua ou praça qualquer.

— Entendido, sr. Lavoie.

Alex a viu franzir as sobrancelhas antes de olhar para a carruagem e para o cocheiro e então começar a tirar o paletó dele.

— Por favor, fique com o casaco, milady. Pode deixá-lo na carruagem ou devolvê-lo amanhã à noite quando trouxer minha resposta.

Ela comprimiu os lábios.

— Sr. Lavoie, eu…

O som ensurdecedor de um tiro de pistola cortou o ar, assustando os cavalos. Ao mesmo tempo, algo zuniu perto de sua orelha e atingiu a parede de tijolos logo atrás dele. Alex pulou na frente da mulher, puxando-a para baixo a fim de se protegerem diante da carruagem. O som do tiro ecoou ao redor deles, ricocheteando nos prédios e na calçada, seguido por uma risada maníaca.

— Levante-se e entregue-se! — ordenou alguém.

Os cavalos, também veteranos de guerra e acostumados com tiros de artilharia, fizeram o que foram treinados para fazer, ou seja, nada. Matthews aproveitou a oportunidade para abaixar e retirar seu próprio conjunto de pistolas no banco do cocheiro, e Alex ouviu o som das armas sendo engatilhadas.

Alex espiou à frente, procurando o atirador na entrada do beco. À luz das lamparinas, ele viu o bandido a cerca de quinze passos de distância. Havia dois outros homens parados logo atrás dele, mas não era possível dizer se eram inimigos. Uma gangue de criminosos deixaria a situação mais complicada. E caótica. Seria necessário recorrer a lâminas depois que a munição de Matthews acabasse. No entanto, ao contrário do ladrão, o cocheiro de Alex atiraria com mais sabedoria e com uma mira muito melhor. E, verdade fosse dita, Alex sempre preferia lâminas a armas de fogo.

O atirador estava parado no meio da rua segurando a pistola em uma das mãos e algo opaco na outra. E estava... rindo.

— Caramba, eu deveria ter sido assaltante — falou o estranho. — Sempre quis dizer isso. "Levante-se e entregue-se!" — Ele ergueu a outra mão e Alex percebeu que o homem segurava um frasco, do qual tomou um gole e enxugou a boca com a manga do casaco caro, cambaleando. Então, virou-se levemente para os dois homens que estavam atrás dele. — O que acham, meus caros? Como eu me saí?

Alex gemeu. O homem estava totalmente embriagado. E, dada a qualidade de seu casaco e o brilho de suas botas, ele não era um criminoso esfarrapado e desesperado, mas um cavalheiro sem um pingo de juízo e com um senso de humor idiota.

— Devo atirar nele, sr. Lavoie? — indagou Matthews educadamente, apontando as armas para o homem na rua.

— Não! — Foi a mulher que respondeu, com horror e desespero na voz. — Não atire nele! — Ela tropeçou ao passar por Alex, tirou a máscara e ficou parada na frente do aspirante a salteador, bloqueando qualquer tiro que Matthews ou ele pudesse dar. — O que está fazendo, Gerald? — gritou ela.

Alex percebeu na hora quem era o idiota bêbado na rua. Gerald Archer, o jovem marquês de Hutton. Alex tivera a infelicidade de encontrá-lo mais de uma vez desde a morte de seu pai e de sua ascensão ao título havia menos de um ano. Em todas as ocasiões, Hutton ostentava uma mistura perfeita de arrogância e imaturidade, e parecia não ter mudado nada. Alex analisou os dois homens que ainda estavam atrás do marquês e os reconheceu. George Fitzherbert, visconde Seaton, e Vincent Cullen, barão Burleigh.

— Quase caí para trás quando vi que era você, Ang. Estou salvando você desse patife — respondeu Hutton, ainda dando risadinhas, erguendo a pistola para balançá-la na frente do rosto da mulher. — É o que um bom irmão faz, não é?

Ele olhou para os amigos em busca de confirmação. Os dois levantaram seus próprios frascos em um brinde, mas Alex estava muito ocupado olhando para a mulher de vestido dourado.

Muito ocupado olhando para Angelique Archer.

Pois não poderia ser outra mulher. Na verdade, nunca conhecera a irmã do marquês de Hutton, embora a quantidade de boatos e conversas que ouvira sobre lady Angelique em seu clube o deixassem com a sensação de conhecê-la desde sempre. Ou, pelo menos, o caráter contraditório de lady Angelique, criado pelas línguas maldosas da sociedade.

Como filha única do velho marquês de Hutton, os rumores era de que tinha um dote impressionante, uma quantia que a colocava no mesmo patamar de algumas das herdeiras norte-americanas recém-chegadas à Inglaterra. O que, combinado ao título de sua família, deveria tê-la colocado no topo da lista de solteiras mais cobiçadas de Londres. No entanto, nenhum homem a pedira em casamento na única temporada da qual ela participara. Não publicamente, pelo menos.

Alex tinha ouvido todo tipo de especulação sobre as razões por trás de seu fracasso em encontrar um bom marido. Ou até um marido ruim.

Era frígida. Já tinha sido amante de alguém. Era uma tonta. Tinha tendências intelectuais. Era estéril. Tinha um filho ilegítimo. A única coisa em que os fofoqueiros concordavam era que era estranha, fria, distante e totalmente antissocial. Por isso, ganhara o apelido de "Donzela de Mármore".

Alexander tinha escutado, como sempre fazia, mas prestara pouca atenção às histórias, pois, sem confirmação, tais absurdos tinham pouco valor para ele. E então o assunto mudou, e Angelique Archer foi esquecida. Ela também desaparecera da sociedade muito antes da morte do pai ter transformado seu irmão mais novo em marquês.

Então por que resolvera aparecer logo no clube de jogos mais famoso de Londres? Por Deus, aquela mulher ficava mais fascinante a cada minuto!

— Quanto você bebeu esta noite? — questionou rispidamente lady Angelique, empurrando a pistola do irmão para o lado, e a arma caiu no chão.

Seaton riu.

— Melhor responder, Hutton — zombou ele.

As mulheres achavam o visconde atraente, Alex sabia, mas um belo corte de cabelo e roupas elegantes não conseguiam disfarçar sua pomposidade.

Angelique ergueu os olhos, como se só agora tivesse percebido que o irmão não estava sozinho, e recuou como se tivesse sido atingida, empalidecendo.

— Eu deveria saber que você estaria aqui, Seaton — afirmou ela.

— É mesmo? Porque eu nunca esperaria encontrá-la em um beco escuro do lado de fora de um clube de jogos nas primeiras horas da manhã — rebateu o homem, olhando para o vestido dela e focando onde Alex esperava. — Nossa, que belo vestido. Quase não a reconheci.

Seaton não parecia tão bêbado quanto o amigo.

O jovem marquês cambaleou antes de fazer uma careta para o amigo.

— Ei, essa é minha irmã, Seaton! — reclamou ele, tentando se manter de pé. — E, só para constar, acho que bebi bem pouco.

— Acredito que o jovem senhor deveria ser levado para casa antes que ele mate alguém — afirmou Alex saindo de seu esconderijo e avançando para a luz da rua, já sem paciência para o comportamento infantil de Hutton e toda aquela situação.

— Não preciso de sua ajuda, sr. Lavoie — disse lady Angelique, que parecia ter encontrado sua voz novamente, embora soasse um pouco alterada.

— Estou ciente, mas isso não significa que você não vai recebê-la. — Ele passou por ela. — Seu irmão quase atirou em mim e esteve muito perto de atirar em você. Sou contra essa idiotice imprudente.

— Você! — Hutton apontou seu frasco para Alex e agarrou Angelique pelo braço. — Fique longe da minha irmã! Você e suas más intr… intenções…

— Não precisa se envolver nisso. É um assunto de família, sr. Lavoie — rebateu lady Angelique, conseguindo se soltar de Hutton.

— Deixa de ser um assunto de família quando acontece na rua do meu clube — discordou Alex. — Neste caso, o problema também é meu, embora digam que sou muito bom em resolver problemas.

— Não seria melhor irmos embora? — sugeriu o homem mais magro do grupo, Burleigh, que estava começando a parecer agitado. Ele era quase uma versão mais magra e indefesa de Hutton, com o mesmo cabelo loiro e o queixo fino, mas sem o ar de presunção que o jovem marquês empunhava como um aríete. — Não queremos encrenca — acrescentou, mexendo na gravata nervosamente.

Talvez um dos tolos tivesse bom senso, afinal.

— Me parece uma boa ideia — falou Alex.

— Eu *num* vou embora! — exclamou Hutton, a fala enrolada. — Eu… eu… eu desafio você!

— Por favor, não — disse Alex, e virou-se para falar com Burleigh e Seaton. — Senhores, acho que seria sensato levar seu amigo para casa antes que ele faça alguma besteira da qual nos arrependeremos. O casaco que ele está usando parece novo e caro. Eu odiaria estragá-lo. Sabem como é difícil tirar manchas de sangue de tecido? E valerá menos se tiver furos de balas ou lâminas. Ou dos dois.

— Eu *num* vou a lugar nenhum até você tirar as mãos nojentas da minha irmã! — Hutton praticamente gritou. — Seaton e Burleigh, vocês serão meus padrinhos.

— Você sabe que minha mãe odeia duelos — afirmou Burleigh. — Ela não gostaria que eu me envolvesse em um.

Seaton soltou uma risada zombeteira.

— Então, talvez devesse correr para casa como um bom garotinho e deixar que os adultos cuidem disso, Burleigh.

— Ninguém vai correr para lugar nenhum! — declarou Hutton. — Vamos resolver isso como cavalheiros!

— Pensem bem, milordes, antes de concordarem com a exigência de seu amigo — alertou Alex. — Eu não sou um cavalheiro. E os corpos costumam inchar de forma terrível nessa época do ano, depois de um ou dois dias no Tâmisa.

Burleigh praticamente ganiu antes de pigarrear.

— Ele não está falando sério, é claro. Está apenas bêbado. — E deu um empurrãozinho em Seaton. — Não é?

Seaton tinha uma expressão séria e desagradável, e tomou outro gole de seu frasco antes de responder:

— Talvez.

— Vamos esquecer esse mal-entendido — sugeriu Burleigh, olhando entre os três homens.

Seaton colocou o frasco dentro do casaco e parou na frente de Alex, tão perto que Alex quase lacrimejou com o bafo de álcool do homem.

— Você não me assusta — debochou ele.

— Hummm — respondeu Alex, impassível.

— Não sou apenas herdeiro de um ducado. Também sou um frequentador assíduo da academia do Jackson, sabia? — continuou Seaton, inflando o peito a cada palavra e cerrando os punhos. — Já deixei homens maiores que você de joelhos. E terei um grande prazer em... *aaai!*

Alex havia sacado sua faca, a que seu irmão lhe dera em seu décimo segundo aniversário e uma das coisas que sempre carregava consigo, e cutucava a parte inferior da barriga de Seaton com a ponta. O tecido da calça do homem começou a ceder por baixo da ponta da faca, ponto por ponto. E Alex sabia muito bem que não dava para lady Angelique ver o que estava acontecendo.

— Acredito, milorde, que estava prestes a dizer que ficará muito feliz em levar seu amigo para casa. — Alex torceu levemente a faca. — As regras aqui não são tão civilizadas quanto as da Bond Street, com as quais está tão acostumado. — Seaton havia empalecido, mas naquele instante estava ficando vermelho de raiva. — Vá agora, milorde, antes que outro tiro me dê um susto e eu escorregue. Pode deixar o marquês comigo.

Hutton gritou algo ininteligível e tropeçou na direção deles, mas Burleigh segurou a manga do casaco do amigo. O marquês perdeu o equilíbrio e caiu de costas na calçada. Seu frasco tilintou pela rua, e Hutton soltou uma sequência de xingamentos enquanto rolava e ficava de quatro para tentar recuperá-lo.

Seaton deu um passo para trás e ajeitou a lapela do casaco, como se estivesse tentando endireitar seu orgulho ferido.

— Hutton é todo seu — cuspiu o herdeiro, e Alex não tinha certeza se o homem dissera aquilo para lady Angelique ou para ele.

Seaton se pôs a sair do beco enquanto Burleigh tentava ajudar o marquês a se levantar, mas Hutton apenas bateu nas mãos do amigo.

— Não preciso da sua ajuda — resmungou, finalmente agarrando o frasco com dedos sujos.

Burleigh olhou para o céu, impotente.

— Pode ir — falou Angelique, parecendo exausta. — Deixe que eu cuido do meu irmão.

— Mas, milady…

— Vá — insistiu ela.

Burleigh olhou para Alex, como se estivesse buscando confirmação.

Ou permissão. Alex quase sorriu. Discretamente, ele colocou a faca de volta na bainha do casaco e deu de ombros.

— Você ouviu a dama.

Burleigh olhou para o amigo, que estava tentando se levantar. O barão parecia querer dizer alguma coisa, mas apenas suspirou e se virou, sumindo na escuridão.

O marquês finalmente se levantou, embora ainda cambaleasse e estivesse desgrenhado e sujo.

— Estou desafiando você… você… — Ele pareceu desistir de construir uma frase compreensível.

Olhou para trás novamente em busca de apoio, mas ficou confuso, como se estivesse surpreso por descobrir que os amigos tinham ido embora.

— Você não vai desafiar ninguém para um duelo — afirmou Alex. — Vá para casa. Chegando lá, vai ficar sóbrio e tomar uma xícara de café. Quem sabe um pouco de decência e autorrespeito também. Depois disso, vai pedir desculpas à sua irmã.

— O que disse? — perguntou Hutton, cambaleando na direção de Alex com raiva.

Angelique fez um som de impaciência.

— Gerald…

— Tem certeza de que não quer que eu atire nele, sr. Lavoie? — perguntou Matthews — Ele está choramingando muito alto.

— Crianças costumam fazer isso — suspirou Alex.

— Do que me chamou? — exigiu Hutton, deixando o frasco cair de novo e erguendo os punhos. — Você vai pagar por isso. Vamos lá, rapazes, vamos pegá-lo! — chamou ele, esquecendo que estava sozinho.

— Gerald, pare com isso! — ordenou Angelique. — Você está fazendo papel de tolo.

— Sr. Lavoie? — falou Matthews, ajeitando as armas.

— Não atire nele — disse Alex ao cocheiro, e suspirou de novo.

Hutton cambaleou para a frente e tentou acertar o rosto de Alex, que se esquivou.

— Covarde! — berrou Hutton, dando outro soco violento no ar.

Alex se esquivou mais uma vez.

— Peço desculpas de antemão, milady — falou ele, esquivando-se enquanto Hutton cambaleava para a frente.

— Pelo quê? — perguntou ela, enquanto o irmão se endireitava e se preparava para o próximo ataque.

— Por isso.

O soco de Alex atingiu Hutton bem na têmpora, enviando pequenos choques de sua mão até o braço. O marquês caiu como um saco de batatas no chão, enquanto Alex abria e fechava o punho. Desgraça. Ele precisaria colocar gelo ali antes de dormir.

— Você o matou? — indagou Angelique em voz baixa, olhando para o corpo imóvel que era seu irmão.

— É claro que não — respondeu Alex, notando o olhar assustado da mulher. — Eu só mato nobres às terças e quintas-feiras. Vocês têm muita sorte de hoje ser sábado.

Ela piscou, confusa, antes de enrubescer sob as lamparinas. O que era melhor do que a palidez anterior de seu rosto.

— Deveria ter atirado nesse bebezão, seja ele um marquês ou não — opinou Matthews, descontente. — Só uma feridinha superficial, sabe? Dar a esse sujeito mais do que uma dor de cabeça para se lembrar de ter modos quando decidir encher a cara.

— Quem sabe na próxima — replicou Alex.

Ao lado dele, Angelique ainda olhava para o irmão. O marquês bêbado agora roncava alto, e o líquido derramado do frasco no chão ao lado manchava o ombro de seu casaco. O rosto do homem já mostrava evidências de que estava exagerando na bebida havia um tempo — flácido nas papadas e ao redor dos olhos, além de um nariz avermelhado. Se o marquês não acabasse morrendo de tanto beber, as prostitutas e os narcóticos ou qualquer outra coisa que acompanhava a bebida acabariam com ele. Alex já vira isso acontecer muitas vezes.

Ele fez uma leve careta, mas escondeu a maior parte de sua repulsa.

— Mais uma vez, minhas desculpas por tais medidas — disse, observando lady Angelique enquanto esperava pelo cocheiro.

Era a primeira vez que tinha a chance de estudá-la sem a máscara. A luz da rua revelava maçãs do rosto salientes que projetavam contornos sombreados ao longo de sua mandíbula. Olhos azuis arregalados com cílios escuros eram emoldurados por um nariz reto e sobrancelhas arqueadas. Uma bela constelação de sardas se espalhava por seu nariz e bochechas, escondidas até então.

Angelique nunca seria chamada de bonita — suas feições eram muito marcantes, sua estrutura óssea muito austera para um elogio tão insubstancial. Alex procurou uma palavra melhor que também considerasse como ela era reservada e inteligente. "Impressionante" era uma boa escolha, mas "arrebatadora" era ainda melhor.

— Sou eu quem devo me desculpar em nome do meu irmão, sr. Lavoie — afirmou lady Angelique, comprimindo os lábios em uma linha estreita e infeliz. — Ele geralmente não é assim...

— O comportamento do seu irmão não é culpa de ninguém além dele mesmo, assim como o comportamento dos amigos dele — disse Alex. — E, assim como cada um deles, o marquês é o único que pode responder por isso.

— Mas ainda assim...

— Seu irmão é um marquês. Ele tem responsabilidades, tanto para si mesmo quanto para com sua família. Vocês também têm irmãos mais novos, não?

Alex se lembrou vagamente que havia um par de gêmeos na família.

— Sim, temos — respondeu Angelique. — Gregory e Phillip. Eles têm 12 anos e estudam em Harrow.

— Ah... Ainda bem que estão longe, então.

— Sim, ainda bem...

— Gostaria de levar seu irmão para algum lugar em específico? — perguntou Alex.

Uma semana trancado em uma latrina, ou talvez em uma prisão, seria ótimo para o marquês. Se estivessem em York, a pequena colônia onde Alexander crescera, ele o largaria no meio da mata canadense para que o imbecil encontrasse o caminho de volta sozinho.

— Para casa — respondeu ela, parecendo bem triste. — Vou levá-lo para casa e cuidar dele.

Alex sentiu uma pontada de piedade pela mulher, embora tomasse cuidado de não demonstrar. Ele tinha certeza de que a última coisa que lady Angelique gostaria era que sentissem pena dela. Não se podia escolher a própria família, e não devia ser fácil lidar com um irmão tão tolo. Um irmão que ela obviamente amava, apesar de suas falhas.

O marquês de Hutton não fazia ideia da sorte que tinha.

— Venha, Matthews — ordenou Alex enquanto o cocheiro se juntava a eles. — Vamos colocá-lo na carruagem para que possamos levá-lo para casa.

Capítulo 3

Quando Alexander Lavoie pediu ao barão Daventon que retirasse a mão do seio dela, Angelique pensou que a noite não poderia piorar.

Ah, como ela estava enganada.

Neste momento, Alexander Lavoie, com a ajuda de seu cocheiro de olhar severo e cara de bravo, estava colocando o irmão inconsequente de Angelique no banco da carruagem, desviando habilmente da baba que escorria pelo canto da boca de Gerald, assim como da lama e dos excrementos de cavalo espalhados pela parte de trás do casaco dele.

Lavoie até tivera tempo de estender um grande pedaço de estopa sobre o estofamento da carruagem antes de colocar o irmão dela no banco.

Angelique considerou ir para as docas de Londres e comprar uma passagem para as Américas com os ganhos daquela noite. Ou para a África. Índia, talvez. Qualquer que fosse o destino do próximo navio a partir. A ideia de deixar tudo aquilo para trás era tentadora, mas ela não podia abandonar suas responsabilidades. Não podia abandonar os gêmeos. E não podia abandonar Gerald. Quando as coisas ficavam difíceis, Angelique Archer não fugia. Nunca.

Então, em vez disso, ela apenas segurou os cavalos enquanto Lavoie e o cocheiro lutavam com o fardo que roncava e babava. Angelique apoiou a cabeça contra o pescoço do animal mais próximo. Ela vendera sua égua e os três cavalos de passeio da família, bem como os cavalos da carruagem, havia muito tempo. Sentindo o aroma terroso e familiar dos equinos, ficou surpresa com o quanto sentia falta deles e ansiava pela alegria simples e descomplicada de um passeio a cavalo...

— Eles não vão fugir, milady — uma voz a afastou de seus pensamentos infelizes. Era o cocheiro, aquele que Lavoie chamava de Matthews, um pouco sem fôlego devido ao esforço. — Mas agradeço de qualquer forma.

Angelique piscou, confusa. O tom amável do homem não combinava com a ferocidade de seu rosto.

— Sim, claro... — murmurou ela, soltando o cavalo.

— Para onde, milady? — perguntou ele.

"Para os confins da Terra", Angelique queria responder. Não importava qual das bordas do mundo, desde que a queda fosse bem longa.

— Para a Bedford Square.

— Certo — respondeu Matthews com um aceno de cabeça antes de subir na parte reservada ao cocheiro e guardar as pistolas que ainda estavam sob o assento.

Uma parte mesquinha e miserável dela, a que ela tinha medo de analisar de perto, perguntava-se se não deveria ter deixado que atirassem em seu irmão. Uma ferida superficial, como o cocheiro dissera, algo que poderia fazê-lo entender a seriedade de suas ações naquela noite. Algo que poderia tirá-lo do caminho sombrio e destrutivo em que estava.

— Milady.

Desta vez foi Lavoie quem se dirigiu a ela. Ele estava parado na porta do coche.

— Por favor, permita-me ajudá-la a subir na carruagem. É um pouco alta.

Angelique engoliu em seco e assentiu, aceitando a mão que ele ofereceu. O desejo de enrolar os dedos aos de Lavoie foi instantâneo. Era possível sentir o calor e a força dele sob sua palma, e ela queria tudo aquilo para si, mesmo que apenas por um minuto. Em vez disso, suspendeu a barra da saia e entrou na carruagem, soltando a mão de Lavoie e sentando-se de frente para o irmão.

O que faria com Gerald quando chegassem em casa? Ela provavelmente o deixaria dormindo no corredor. Seria melhor que ele estivesse deitado no mármore, caso passasse mal no meio da noite. Na semana anterior, Gerald havia arruinado o único tapete restante do escritório.

Angelique reuniu todas as migalhas de orgulho que lhe restavam e se preparou para agradecer a Lavoie antes que ele pudesse fechar a porta da carruagem.

— Sr. Lavoie, devo me desculpar novamente e oferecer meus sinceros agradecimentos...

Ela parou de repente quando Lavoie entrou na carruagem e fechou a porta atrás de si com uma batida alta. Ele se sentou ao seu lado, deu dois tapinhas no teto e o veículo começou a se mover.

— O que está fazendo? — perguntou Angelique, afastando-se do intenso calor do corpo daquele homem pressionando ao dela.

Um encontro de coxas, quadris, ombros. Angelique se contorceu, consciente até demais de cada centímetro do corpo dele contra o dela.

— Estou sentado na minha carruagem — respondeu Lavoie, afastando-se levemente dela e mexendo na janelinha próxima ao seu ombro. O pequeno espaço que Angelique conseguira colocar entre os dois desapareceu quando sentiu a coxa dele pressionada na sua mais uma vez.

Ela tentou se afastar, mas não havia para onde fugir, a não ser que se sentasse em cima do irmão esparramado no assento à frente.

— Garanto, sr. Lavoie, que posso lidar sozinha com meu irmão. Não precisa nos acompanhar.

Não foi necessário olhar para perceber que Lavoie estava flexionando a mão direita.

— Hummm.

— Não quero que se ausente de seu clube.

Ela foi ignorada, então tentou mais uma vez:

— Sr. Lavoie, por favor, não é necessário que...

— Talvez não seja, mas vou acompanhá-los mesmo assim.

Logo em seguida, uma dobradiça rangeu e uma corrente de ar fresco bem-vinda preencheu o interior da carruagem.

— Ah, bem melhor... — disse Lavoie, respirando fundo. — Se for para me embriagar, prefiro fazê-lo com um bom uísque, e não com esse veneno que está emanando do seu irmão. — Ele esticou as pernas o mais longe que conseguia no espaço apertado e chutou de leve a ponta da bota enlameada de Gerald. O jovem marquês roncou baixinho, mas não se mexeu. — Há quanto tempo ele está assim?

— Assim como? — perguntou Angelique, tentando disfarçar.

Ela entendia muito bem o que aquela pergunta significava, mas não queria falar sobre o assunto. Certamente não com Alexander Lavoie.

Ele se remexeu ao lado dela, e Angelique sentiu os olhos deles em si.

— Milady… — falou Lavoie, em um tom tão gentil e crítico que Angelique cerrou os dentes. Sua piedade era muito pior que sua arrogância.

— Meu irmão só não sabe os próprios limites.

Lavoie riu, embora não achasse graça alguma.

— Você ainda o defende — apontou ele, e Angelique não sabia se era uma acusação ou um elogio.

— Ele é meu irmão — lembrou ela, tentando manter a voz firme. — Não se pode abandonar um irmão, mesmo quando eles tomam decisões imprudentes. Mas acho que não compreende isso, não é?

Ela o sentiu enrijecer por um segundo antes de relaxar novamente.

— Você ficaria surpresa…

Angelique achou improvável.

— Ele é jovem.

— Mas, mesmo assim, há homens da idade dele que… — Lavoie parou. — Ele não viverá muito se continuar bebendo desse jeito.

— Obrigada, doutor, eu não sabia. — ironizou Angelique enquanto olhava sem foco para a janela.

— Para que precisa do dinheiro? — perguntou Lavoie de repente. — O dinheiro que ganhou no meu clube esta noite. E nas noites anteriores.

— E por que isso importa? — rebateu Angelique sem se virar.

— Não importa, desde que seu irmão não esteja bebendo tudo.

Angelique virou-se para Lavoie, sem confiar no próprio autocontrole.

— Você acha que eu daria dinheiro para ele fazer isso? Acha que eu me divirto com essa situação? Que não acho isso tudo horrível?

Ele a encarou.

— Não.

— Então por que presumiria tal coisa? — acusou ela, furiosa.

— Não presumi nada, estou apenas tentando entender. Se estiver passando algum tipo de dificuldade, milady, deixe-me ajudá-la.

Lá estava ele, oferecendo ajuda de novo. Por um segundo aterrorizante, Angelique quase cedeu ao impulso de contar tudo àquele estranho. Sobre os advogados que foram à sua casa com expressões sérias e advertências terríveis, mas sem explicações plausíveis sobre o que o pai dela estava pensando quando vendera em segredo as propriedades de Hutton, casa por casa, cinco anos antes. Ou sobre o desaparecimento de tal fortuna e de como ela fora incapaz de descobrir qualquer pista sobre o dinheiro. Ela poderia contar sobre a relutância do irmão em ajudar, ou mesmo se importar, desde que tivesse dinheiro para mais uma garrafa ou prostituta.

Mas não contaria nada.

Ninguém sabia da situação de sua família, e Angelique manteria o segredo. O lado positivo era que, embora gastasse o pouco que conseguia juntar de forma irresponsável, Gerald não poderia perder a fortuna da família, que já não existia mais.

E, por mais que a oferta de Alexander Lavoie fosse sincera, não havia nada que o dono de um clube de jogos pudesse fazer. Ele também não sabia onde estava o dinheiro da família dela, e muito menos como ela poderia recuperá-lo. Além disso, não tinha o poder de transformar seu irmão em alguém diferente e mais responsável.

Angelique ainda se sentia observada no escuro da carruagem.

— Você não pode me ajudar — confessou ela.

— Hummm.

Ele estava concordando ou discordando?

No assento à frente, seu irmão se contorceu e roncou alto antes de voltar ao estado de estupor.

Lavoie pigarreou.

— Talvez eu possa ajudar seu irmão caso ele precise, no futuro. Algo simples como... uma carona para casa em alguma noite. O que acha, milady?

— Por que faria isso por ele?

Lavoie descruzou os pés.

— Eu não faria isso por ele. Faria por você.

Angelique sentiu um calor diferente brotar em seu peito.

— Mesmo que recuse minha oferta de emprego, minha consideração por você não diminuirá. Gosto de pensar que posso pelo menos ser um amigo.

O calor em seu peito começou a se espalhar pelo corpo.

— Diga-me o que sabe sobre os amigos de seu irmão. Burleigh e Seaton.

O calor evaporou e seu estômago embrulhou, o que sempre acontecia ao ouvir o nome de George Fitzherbert, visconde Seaton. Assim como empalidecera ao perceber que ele estava logo atrás do irmão no beco. Mas então George havia desaparecido e seu irmão tentara agredir um suposto assassino — distrações o suficiente para que Angelique se esquecesse do visconde. Só que agora o mesmo "assassino" lhe perguntara algo que ela não queria responder. Ela preferia falar sobre o problema do irmão com bebidas, ou até do assédio do barão Daventon.

— Milady? — chamou Lavoie. — O que sabe sobre Burleigh e Seaton?

— Eu não os conheço — resmungou ela.

O que não era totalmente mentira. Seu pai e o velho barão Burleigh foram próximos, e a amizade entre seus filhos era um resultado disso, embora Vincent fosse alguns anos mais velho. Quanto a Seaton, houve um tempo em que Angelique pensou que o conhecia melhor do que ninguém.

Até descobrir que não o conhecia nem um pouco.

— Está mentindo de novo, milady.

Angelique foi tomada por uma nova onda de raiva. A arrogância autocrática não acabava nunca? Ela se virou para encarar Lavoie, tentando ver a expressão dele nas sombras.

— Sim, estou — retorquiu com rispidez.

— Por quê? — perguntou ele, parecendo completamente despreocupado com a raiva dela.

— Porque não é da sua conta, maldição!

Angelique imaginou como a mãe ficaria chocada com o linguajar dela, mas, nossa, como era bom! Ela precisava xingar com mais frequência…

Lavoie a observou mais atentamente antes de dar de ombros e se recostar no assento, analisando-a, e um silêncio pesado tomou conta.

— É isso? — perguntou Angelique.

— Como?

— Não vai continuar me interrogando?

— Não, milady, não vou mais *interrogá-la*.

— Você está zombando de mim.

— Um pouquinho.

— Por quê? — retrucou, sentindo-se um pouco tola. — Interrogar os outros é algo que só faz às sextas-feiras?

Ele riu, e o som de sua risada a deixou arrepiada.

— Aos domingos, se quer saber. Mas, se eu fosse continuar a interrogá-la, não seria em uma carruagem em movimento.

— Por acaso me levaria para a masmorra que tenho certeza de que existe embaixo do seu clube? — ironizou Angelique. — Amarraria meus pulsos e tornozelos e me esticaria até conseguir o que deseja?

— Não era exatamente isso o que eu estava pensando... — comentou Lavoie, e a risada foi substituída por algo totalmente diferente. — E eu não a amarraria para conseguir o que desejo. A menos, é claro, que você pedisse. Então eu faria qualquer coisa.

De repente, não havia ar suficiente na carruagem. Ela deveria ficar horrorizada. Escandalizada. Em vez disso, sentiu-se quente, a pulsação acelerada. O sangue que corria por seu corpo também a deixou formigando dos pés à cabeça. Seus mamilos enrijeceram e algo latejou no meio de suas pernas.

A carruagem balançou, e Angelique quase caiu em cima de Lavoie.

Ela instintivamente estendeu a mão para se firmar, mas acabou agarrando a coxa dele, firme como uma rocha. Lavoie respirou fundo. A carruagem se endireitou. Ela puxou a mão e a enterrou em meio à saia, tentando recuperar o fôlego.

— Me desculpe — balbuciou, sem saber pelo que estava se desculpando.

Era impossível tocá-lo e manter algum tipo de controle. O toque daquele homem a fazia perder o foco, a concentração e o interesse em tudo que não fosse ele.

— Não precisa pedir desculpas, milady — respondeu Lavoie. — Sou eu quem devo me desculpar, caso meus comentários a tenham deixado desconfortável de novo.

A menos, é claro, que você pedisse. Então eu faria qualquer coisa.

Angelique respirou fundo enquanto apertava as coxas inconscientemente. Seu corpo ainda vibrava com algo que parecia uma onda de excitação. Meu Deus, o que havia de errado com ela?

Aquelas eram as palavras que ela esperaria ouvir de um homem que era dono de clube de jogos. Um lugar onde mulheres ricas e entediadas buscavam diversão. Um homem como Lavoie deveria ter tido centenas de amantes e, sem dúvida, era tão talentoso na cama quanto nos negócios. Angelique sabia que as palavras dele tinham a intenção de chocá-la, e merecera ouvi-las. Ela estava agindo como uma megera e não tinha o direito de fazê-lo, ainda mais quando ele a estava ajudando.

— Sr. Lavoie, eu...

Um estrondo soou no teto da carruagem, e ela ouviu a voz abafada de Matthews, impedindo-a de continuar o que estava dizendo.

— Estamos chegando — avisou o cocheiro. — Quer que eu pare na frente ou vá para os estábulos?

— Vamos ajudar a levar Sua Senhoria pela frente, Matthews. Temo que qualquer outra opção vá levantar comentários se formos vistos — respondeu Lavoie com muita eficiência.

O retorno abrupto à realidade foi o suficiente para apagar qualquer indício de insanidade que a dominara. A carruagem fez uma curva brusca, os cavalos diminuíram a velocidade e, em questão de segundos, o veículo parou. Lavoie abriu a porta, saiu e estendeu a mão para ela. Angelique pegou sua bolsa, segurou a saia e permitiu que ele a ajudasse a descer.

— Alguém da casa vai sair para ajudar? — indagou Lavoie, olhando para a propriedade às escuras.

— Não.

A única criada restante era a idosa e sobrecarregada Tildy, e acordá-la àquela hora seria inútil e cruel. A empregada mal conseguia carregar meio balde de carvão escada acima, imagine então um marquês bêbado...

Matthews apareceu ao lado deles.

— Quer que eu leve o milorde para dentro, milady?

Angelique assentiu, sentindo-se subitamente exausta. Tudo o que queria fazer era subir para seu quarto, tirar o vestido e se afundar embaixo de uma pilha de cobertas.

— Pode deixá-lo no corredor. No chão, mesmo. Assim meu irmão não corre o risco de cair ou... de sujar nada. Vou buscar um cobertor para ele.

Matthews deu de ombros e entrou na carruagem.

Os dois homens conseguiram tirar Gerald do veículo e levá-lo pelos degraus da frente.

Angelique abriu a porta para eles, atravessou o familiar salão escuro e acendeu uma única vela. Era uma vela de sebo barata que sibilava e sempre ameaçava apagar sozinha, além de iluminar bem pouco. O que era até uma vantagem naquela situação, pois a pouca iluminação ocultava o fato de que o salão estava desprovido de quase todos os móveis. Ela colocou a vela na mesinha decorativa que ainda restava e observou enquanto Lavoie e o cocheiro colocavam Gerald com cuidado no chão.

— Tem certeza de que não quer levá-lo para cima? — perguntou Matthews, olhando para o corpo largado do irmão dela.

— Tenho, sim, obrigada.

Ela não queria que ninguém visse mais nada da casa. Se o salão parecia vazio, o restante era ainda pior, pois os cômodos foram despojados havia muito tempo de qualquer item que pudesse ser vendido.

O cocheiro deu de ombros de novo.

— Certo, então. Estarei esperando lá fora, sr. Lavoie — falou antes de sair, deixando o patrão sozinho com Angelique.

Ela o observou com cautela, sem saber o que dizer a um suposto assassino que a escoltara de um clube de jogos até em casa, oferecera-lhe um emprego e agora estava à sua frente no meio de um salão escuro.

— Sr. Lavoie...

— Não gosto da ideia de você sozinha nesta casa — disse Lavoie, assustando-a.

— Eu não estou sozinha — afirmou Angelique. — Tenho... criados. — *Uma só, na verdade.* — E Gerald está aqui também, é claro.

— É claro... — repetiu ele, fazendo uma cara de desgosto ao olhar para o irmão de Angelique. — Caso não tenha percebido ainda, seu irmão continua inconsciente. E não vi indício algum de criados.

Uma nova onda de exaustão quase a fez cambalear.

— Ele vai ficar bem. Eu vou ficar bem. Vai ficar tudo bem, sr. Lavoie.

— Hummm — respondeu ele, fazendo o som que ela estava começando a odiar.

— Agradeço por tudo que fez por mim esta noite. De verdade, sou muito grata. Mas não preciso mais de sua ajuda. Posso cuidar de tudo aqui em casa...

— Você não deveria — falou Lavoie, diminuindo a distância entre eles com um único passo. Sob o bruxulear da vela, seus olhos brilhavam em um tom dourado. — Você não deveria... — repetiu, sem terminar a frase e com uma expressão estranha no rosto.

— Deveria o quê?

As palavras ficaram presas em sua garganta. Ele estava tão próximo que Angelique podia sentir o calor emanando de seu corpo, além de um leve cheiro de tabaco e uísque e algo mais tentador.

— Ficar sozinha — terminou ele.

Lavoie encontrou a mão de Angelique, ergueu-a e beijou os nós de seus dedos. Ela sentiu a boca ficar seca, ao mesmo tempo que o desejo voltava com força, fazendo seu sangue ferver.

— Gosto de ficar sozinha — respondeu, percebendo que sua voz tremia tanto quanto seu corpo.

Ele levantou a cabeça lentamente, soltando os dedos dela.

— Mentirosa — sussurrou ele.

A mão de Angelique estava apenas encostada na palma da mão dele. Ela poderia quebrar o contato se quisesse, mas, em vez disso, a manteve no mesmo lugar.

Porque Alexander Lavoie estava certo.

Ele fechou os dedos em torno da mão dela e puxou-a para mais perto antes de abaixar os braços dos dois e entrelaçar seus dedos. Lavoie estendeu a mão livre e traçou uma linha do maxilar de Angelique até a curva do pescoço, fazendo o casaco deslizar dos ombros dela com um simples movimento. Ela estremeceu, e, ao sentir os dedos daquele homem em sua nuca, estremeceu mais uma vez, mas não por frio.

Sem a menor pressa, Lavoie abaixou a cabeça e deixou a boca a centímetros da dela, e Angelique sentiu a respiração dele acariciar sua bochecha.

Ela estava congelada, com medo de se mexer. Com medo de não se mexer. Ele estava prestes a beijá-la.

E que Deus a ajudasse, pois ela queria muito que ele o fizesse. Queria que Lavoie lhe desse muito mais que um beijo.

Ele finalmente se moveu após alguns segundos excruciantes e inclinou a cabeça para roçar os lábios contra a bochecha dela — um toque tão breve e delicado que a fez fechar os olhos. Então, o contato foi interrompido e o ar fresco da noite invadiu o espaço entre eles de novo, esfriando seu corpo aquecido. Angelique abriu os olhos e mal conseguiu engolir o som de decepção e frustração que quase escapou de sua garganta.

Lavoie soltou a mão dela e se abaixou. No segundo seguinte, Angelique sentiu o calor suave do casaco dele enquanto ele recolocava o tecido sobre seus ombros. Ela não conseguiria elaborar uma frase coerente naquele momento nem se sua vida dependesse disso.

Ele deu um passo para trás, as sombras se aprofundando em seu rosto conforme se afastava da luz da vela.

— Por mais que eu queira, não posso ficar. Mas, por favor, diga que vai considerar minha oferta — pediu, usando o mesmo tom de voz que usaria em uma conversa sobre o clima, ignorando o que acabara de acontecer.

E o que tinha acabado de acontecer mesmo?

Nada, Angelique disse a si mesma. Nada havia acontecido. Mas esse "nada" a deixara desorientada, com o corpo pegando fogo e a mente dispersa. O "nada" criara uma batalha feroz de emoções conflitantes dentro dela — frustração, excitação, perda, vontade. Ela não sabia o que sentir primeiro. Ou por último. Ou o que sentir.

— Milady?

O que ele havia pedido? Que ela considerasse a oferta? Que oferta? Sua mente confusa e excitada lutou para recuperar o controle e perceber que Lavoie estava se referindo à oferta de emprego.

O que era uma queda meteórica de volta à realidade.

Enquanto imaginava Alexander Lavoie beijando-a, Angelique se esquecera do irmão, que roncava a menos de um metro de distância. Esquecera que sua família estava à beira da ruína. Esquecera suas responsabilidades.

Esquecera-se de tudo.

Os desejos e as fantasias se dissiparam, deixando em seu rastro apenas um sentimento de culpa e infelicidade.

Angelique não era alguém que acabara de voltar de um baile para seu castelo nas nuvens com seu príncipe e amor verdadeiro. Na verdade, era uma mulher que voltara de um clube de jogos para uma casa vazia com um possível assassino e um irmão estúpido. Ela pressionou a mão contra os lábios, que ainda formigavam em expectativa inútil, tomada por uma onda de arrependimento.

Ela não podia trabalhar para Alexander Lavoie. Nunca.

Não só a realidade deplorável de sua vida havia sido exposta a Lavoie naquela noite, como também ela mesma se expusera. Revelara a vulnerabilidade que tanto se esforçava para manter enterrada sob camadas e camadas de dever e distanciamento. Angelique desejou que aquele homem a beijasse com uma intensidade que a deixara trêmula, e não duvidou nem por um segundo de que ele sabia disso.

— Desculpe, mas não posso trabalhar para você — respondeu, olhando fixamente para os pés.

— Ah... — Lavoie ficou em silêncio por um momento. — Fiz você se sentir desconfortável de novo.

— Oi?

— Eu não misturo negócios e prazer. Sempre acaba em maus lençóis, com o perdão do trocadilho. — Ele fez uma pausa. — Tenha certeza de que, se me der a honra de concordar com minha proposta, nosso relacionamento permanecerá estritamente profissional.

Angelique piscou, confusa, tentando montar uma linha de raciocínio coerente.

— Isso não é o que... digo...

— Vá ao clube amanhã e me dê sua resposta, assim terá tido mais tempo para pensar.

Lavoie não deu chance para que ela respondesse: simplesmente se virou e seguiu em direção à porta. No entanto, antes de sair, ele se apoiou no batente e falou:

— Espero que você diga sim, lady Angelique. Acho que podemos ser muito bons juntos.

Capítulo 4

O escritório da D'Aqueus & Associados ficava na caótica Covent Square, a poucos passos do teatro Drury e da enorme sombra da igreja de Saint Paul. A propriedade antiga já fora grandiosa um dia, assim como o seu entorno. Mas, naquele momento, o local barulhento abrigava apenas comércios e uma população um tanto diferente da que atraíra um século antes. Na praça, era possível encontrar especialistas em entretenimento de todos os tipos, tanto artísticos quanto íntimos, e o movimento de pessoas era intenso a qualquer hora do dia e da noite por conta do comércio. Não havia nada que não pudesse ser adquirido ali, desde que se soubesse onde procurar e qual moeda usar.

O tráfego interminável agradava aos sócios da D'Aqueus. Tendo como vizinhos um enorme cortiço de um lado e um bordel de luxo do outro, era fácil passarem despercebidos enquanto chegavam e saíam em horas incomuns por conta do trabalho.

Alexander Lavoie era sócio da empresa havia mais de seis anos e acreditava que restavam poucas coisas no mundo capazes de surpreendê-lo. Ele já testemunhara casos de extorsão, sequestros, traições amorosas, fugas para casamentos proibidos, mortes inconvenientes — tudo apresentado por pessoas desesperadas que estavam ainda mais desesperadas para fazer com que o problema sumisse. Clientes aflitos para encobrir escolhas horríveis e julgamentos ruins, assim como a ganância pecaminosa e a total idiotice. E os sócios da D'Aqueus eram extremamente habilidosos em fazer escândalos desaparecerem.

Cobrando uma taxa exorbitante pelos serviços, é claro.

E era no escritório da D'Aqueus que Alex estava enquanto o sol nascia lentamente, olhando para o uísque em seu copo, contemplativo. Pelo menos, considerava que seu estado atual poderia ser chamado de "contemplativo", embora tivesse pouca experiência com isso. Era um homem mais chegado à ação, acostumado a assimilar, calcular e agir.

Embora devesse ter evitado a última parte na noite anterior. Alex deveria ter assimilado, calculado e depois mantido as malditas mãos longe daquela mulher.

Ele sabia que tocar em Angelique Archer seria uma má ideia. No entanto, isso não o impedira de quase beijá-la. O que teria sido a pior ideia de todas. Ela não era uma cortesã que fora ao clube para proporcionar algumas horas, ou até meses, de prazer mútuo. Era uma dama. E a mulher mais tentadora e sensual que Alex já conhecera. E o mais absurdo é que ela parecia estar alheia a esse fato.

Ele fora grosseiro de propósito em seus comentários mais de uma vez e... pensando bem, será que estava fazendo um esforço inconsciente para criar uma barreira entre os dois? Um lembrete de que seria melhor manter distância? De que pertenciam a mundos diferentes? Só que a reação dela às observações vulgares não fora como ele havia imaginado.

E eu não a amarraria para conseguir o que desejo. A menos, é claro, que você pedisse.

Ele a ouviu ofegar, viu os olhos de Angelique brilharem de desejo. E aquilo era perigoso. Inferno, se o irmão infeliz e babão dela não estivesse deitado no banco à sua frente na carruagem, Alex poderia...

— Você está ciente de que este é o meu escritório, não está?

Alex tirou os olhos do uísque, tomando cuidado para não derrubar o pesado livro de registros que equilibrava na outra mão.

— E um bom dia para você também, Duquesa.

Estreitando os olhos, Ivory Moore o encarou de um jeito levemente acusador.

— Algumas pessoas batem quando se deparam com uma porta fechada.

— Era cedo e você não estava no escritório. Sabia que não se importaria.

Ivory fechou a porta ao entrar na sala, passando por Alex para analisar o aparador com sua coleção de decantadores encostado na parede oposta.

Ela pegou a garrafa de uísque quase vazia e se serviu um pouco.

— Você matou alguém? — perguntou ela.

— Por que a pergunta?

— Uísque em vez de café nunca é um bom sinal.

— A cozinheira não tinha preparado o café ainda. E, não, eu não matei ninguém. Embora tenha considerado...

Ivory se virou e tomou um gole da bebida. A luz da manhã entrando pela janela dava a seu cabelo castanho um brilho dourado e fazia sua tez impecável quase reluzir. Ela acenou com a cabeça para o livro.

— Quem você está procurando?

O livro que Alex segurava pertencia à coleção da D'Aqueus, que reunia segredos, escândalos e informações pessoais detalhadas das famílias mais proeminentes e influentes da Inglaterra. A coleção de livros fora iniciada pelo primeiro marido de Ivory, o poderoso e inteligente duque de Knightley. O velho duque tinha a reputação de ser um grande intrometido e solucionador de problemas insolúveis. Então, após sua morte, Ivory não apenas continuou a coleta diligente de informações, mas também a usou para fundar a bem-sucedida D'Aqueus e continuar o trabalho do marido.

— O marquês de Hutton — respondeu Alex, voltando sua atenção para as anotações.

— O falecido ou o novo? — indagou Ivory, franzindo levemente o nariz.

— Ambos, eu acho.

— Posso perguntar por quê?

Alex hesitou. Por que mesmo estava fazendo isso?

— Tive a sorte de conhecer lady Angelique Archer ontem à noite.

Ivory arqueou uma sobrancelha.

— Ah, a infame Donzela de Mármore. Onde?

— No meu clube.

— No *seu* clube? — repetiu ela, em tom de descrença.

— Pois é — respondeu Alex, examinando as datas anotadas na margem. — Diz aqui que o pai dela vendeu a propriedade de Wooliston há dois anos.

Ivory se aproximou da escrivaninha que ficava no centro da sala.

— Sim. O que não seria tão interessante se não fosse o fato de que o falecido marquês de Hutton vendeu quase todas as propriedades de terras da família, como pode ler aí — falou ela, parando para olhar por cima do ombro de Alex. — Por que a Donzela de Mármore estava no seu clube?

— Ela estava jogando *vingt-et-un* — respondeu Alex, distraído.

Ele passou o olho pelas entradas das propriedades de Hutton que haviam sido vendidas.

— Meu Deus... Pensei que os nobres vinculavam tudo ao título para que isso não acontecesse.

Ivory deu de ombros.

— Se essas propriedades estiveram vinculadas ao título, elas foram desvinculadas em algum momento. Podiam ser vendidas para qualquer um.

Alex balançou a cabeça.

— Não deve ter sobrado muita coisa. Como o falecido marquês conseguiu vender suas propriedades sem causar um alvoroço? Essas negociações certamente provocariam todo tipo de especulação.

— A maior parte das propriedades ficava no extremo norte, na fronteira com a Escócia, ou no oeste, na fronteira com o País de Gales. Também não eram mansões ou castelos, mas fazendas ou pastos. Além disso, há um bom pedaço de terra com minas de carvão em funcionamento. Essa terra foi a última a ser negociada, porque as minas contribuíam significativamente para a renda de Hutton. As propriedades foram vendidas para pessoas diferentes e em momentos diferentes, com intervalos bem espaçados na maior parte das vezes.

— E, mesmo assim, você sabe de tudo.

— Meu marido comprou algumas minas antes de nos casarmos. Ele mencionou que Hutton exigiu discrição total em relação à transação. Achei isso interessante, então escolhi investigar mais e descobri tudo o que está escrito nesta página. Não tinha certeza se a informação seria importante, mas parecia estranha o suficiente para valer uma anotação.

— Alderidge comprou uma mina de carvão? Ele estava entediado da vida de pirata?

Ivory fez uma careta para Alex.

— Creio que a palavra que você está procurando seja "capitão". E meu marido acredita na importância da diversificação de investimentos.

— Ah, sim. Tenho certeza de que ensinam isso na escola de piratas. Nunca enterre todo o seu tesouro na mesma ilha.

— Você não veio aqui para falar sobre meu marido — rebateu ela, um tanto impaciente. — Veio aqui para obter informações sobre os Archer. E talvez para descobrir por que a Donzela de Mármore estava brincando na sua mesa de *vingt-et-un*...

— Ela não estava brincando.

— Mas você acabou de dizer...

— Ela estava *dominando* minha mesa de *vingt-et-un*. Eu quero contratá-la — afirmou Alex, antes de ler o resto da página. — Conte-me sobre o novo marquês. O filho. Não há quase nada sobre ele aqui.

— Porque ele não é nada. Pelo que entendi, sua inteligência está abaixo da média, assim como sua perspicácia política e qualquer outra coisa que não seja relacionada a prostituição e bebida. E, mesmo assim, ouvi dizer que beber é a única coisa que ele faz com alguma proficiência. — Ivory colocou o copo na beirada da mesa.

Alex fez uma expressão de desgosto.

— Pode guardar todos os detalhes da competência de Hutton na cama para si mesma no futuro, Duquesa.

— Foi você que perguntou... Espere um pouco, o que você quis dizer quando afirmou que ela estava "dominando" sua mesa de *vingt-et-un*? E deseja contratá-la para fazer o quê? Ou esses são os tipos de detalhes que prefere guardar para si mesmo? — perguntou a Duquesa.

Alex a olhou feio, embora imaginar Angelique Archer reclinada sobre o feltro verde das mesas de jogo tivesse deixado sua calça apertada.

— Ela ganhou uma quantia significativa em cima do barão Daventon e de outros adversários. Quero contratá-la para dar as cartas.

— Como assim?

— Como crupiê, para que os clientes joguem contra a casa e não uns contra os outros. É possível ganhar mais dinheiro dessa forma, mas só quando o crupiê sabe o que está fazendo. E esse certamente é o caso de lady Angelique. — Alex colocou o livro de volta na prateleira. —

Por que o falecido marquês estava vendendo as propriedades de Hutton uma de cada vez?

— Sinceramente? Não tenho ideia.

— Diz aqui que a marquesa morreu há cinco anos. Você se lembra da causa da morte?

— Foi alguma doença. Mas o marquês foi assassinado por um assaltante de estrada...

— Perto de Bath. Sim, eu me lembro de ter lido sobre isso.

Ivory o encarou com olhos astutos.

— Tem mais alguma coisa que gostaria de compartilhar, Alex? Algo que descobriu sobre a Donzela de Mármore que motivou essa visitinha? Além, é claro, do fato de ela ser boa no carteado?

Ela é totalmente brilhante. É linda. E solitária. E eu a desejo. Para muito mais do que dar cartas.

Alex girou o restante do uísque no copo antes de terminar a bebida num gole só. Quando encarou Ivory Moore, seu rosto estampava uma expressão neutra.

— Ela não é o que finge ser.

— Essa é uma declaração bastante enigmática, até para você, Alex.

— A casa em que ela e o irmão moram está vazia. O som dos passos ecoa como em casas sem móveis ou nenhum objeto de decoração. Não há nada nas paredes ou no chão. Não há criados. Não há lareiras acesas.

— Entendo... — falou Ivory, passando um dedo pela borda do copo. — E quando você esteve na casa dela, mesmo?

— Ontem à noite.

— Ela sabia que você estava lá?

Alex lançou um olhar de desgosto para a Duquesa.

— Eu não invadi a propriedade.

— Claro que não invadiu. Você reserva essas habilidades para o meu escritório. — Ela comprimiu os lábios.

Alex se recostou e colocou o copo vazio ao lado do de Ivory.

— O irmão de lady Angelique bebeu demais, ela precisava de ajuda para levá-lo para casa e eu estava em condições de ajudá-la. Suspeito que a carruagem da família Hutton tenha sido vendida com os quadros e talheres. E cada mina de carvão e pasto de ovelhas. — Ele fez uma pausa. — Entende meu ponto, Duquesa?

— Tudo isso indica que o atual marquês e a família estão vivendo em circunstâncias um tanto... restritas, embora tenham conseguido manter uma fachada admirável.

Alex foi até a estante ornamentada que ficava ao lado das prateleiras com a coleção de livros. Então, apoiou o ombro na estante e a empurrou com cuidado para o lado, escondendo a existência das prateleiras e de seu conteúdo.

— A fachada deve ter sido paga com a prataria — ponderou ele. — Quero saber o que aconteceu com a fortuna que o velho Hutton acumulou de forma sistemática e secreta.

— Por que se importa com isso? O marquês pode ter investido em outra coisa. Talvez tenha decidido dar sua fortuna aos pobres. Ou para a igreja. Você sabe tão bem quanto eu que o que alguém escolhe fazer com o próprio dinheiro não nos diz respeito. Não até que sejamos contratados para cuidar disso, é claro.

Ivory tinha razão. O que o velho marquês de Hutton fizera com o dinheiro e as propriedades não era da conta de Alex.

E se o novo marquês quisesse se matar de tanto beber, aquilo também não era problema dele. Lady Angelique não lhe pedira ajuda nem fizera qualquer confidência sobre a situação da família. Na verdade, ficaria horrorizada se soubesse o quanto ele sabia. Mas Alex não podia dar as costas a ela.

Principalmente depois de quase tê-la beijado.

— Eu...

Ele foi interrompido por uma forte batida na porta e ficou quase aliviado. Assim que a abriu, viu um menino de aproximadamente 9 anos vestindo um uniforme elegante.

— Bom dia, Roderick — cumprimentou ele.

— Ora, bom dia, sr. Alex. Não sabia que estava aqui! — exclamou o garoto, com os olhos arregalados.

— Você me viu entrar, Roderick. Vi que estava escondido na alcova do corredor.

O menino fez uma cara de decepção.

— Como descobriu? — resmungou ao passar por Alex. — Eu estava muito bem escondido.

— É verdade, mas sua reação de surpresa ao me ver teria sido mais apropriada se um gorila treinado tivesse aberto a porta. Sua atuação foi péssima. Pensei que estava trabalhando nisso.

— E estou. Estou praticando com a sra. Elise.

— Então talvez minha irmã não tenha deixado claro que, se realmente quiser que as pessoas acreditem em você, menos é mais. Exageros sempre chamam a atenção.

— *Humpf...* — bufou Roderick, passando a mão magricela pelo cabelo escuro.

— Precisa de alguma coisa, Roderick? — perguntou Ivory, aproximando-se da porta.

— Sim — afirmou o menino antes de endireitar os ombros ossudos como se estivesse se preparando para anunciar um monarca. — Os irmãos Harris estão aqui para vê-la, Duquesa.

— Viu, só? Agora eu acreditei em tudo que disse — garantiu Alex. — Muito bem, Roddy.

O garoto fez uma careta.

— Não estou mentindo.

— Tem uma gangue de ladrões aqui para falar com a Duquesa às... — Ele colocou a mão no bolso para pegar seu relógio, mas não encontrou nada. Suspirando, estendeu a mão. — Meu relógio, Roderick.

O garoto abriu um sorriso atrevido, mas enfiou a mão no bolso e entregou o relógio.

— Você deveria acorrentá-lo. Foi muito fácil, sr. Alex.

— Obrigado pela sugestão. E, quando sua habilidade de atuação for tão boa quanto a de furtar bolsos, eu mesmo contratarei você. Enquanto isso... — Alex consultou o relógio — Sete e meia da manhã não é um pouco cedo para se encontrar com ladrões?

— Eles não são mais ladrões — esclareceu Roderick. — Enriqueceram, se aposentaram e viraram cavalheiros.

— Ah, sim. Isso explica tudo, então. Você estava esperando por eles? — perguntou Alex a Ivory.

— Não, mas ficarei feliz em recebê-los. Traga-os aqui, por favor, Roddy.

— Está bem — respondeu o menino, radiante, antes de desaparecer pelo corredor.

— Eles estão aqui para devolver algo que roubaram? — indagou Alex secamente.

— Não. Por quê?

— Você parece muito feliz com a presença deles.

— E estou mesmo. A aposentadoria deles deixou um espaço que precisei preencher, e confesso que não estou fazendo isso de forma muito eficaz. Não há muitos homens por aí que sejam habilidosos com armas e que conheçam as ruas de Londres como a palma da mão.

O barulho de passos se aproximando fez com que os dois se virassem. Três irmãos apareceram à porta, cada um com uma altura diferente, mas com o mesmo cabelo e olhos escuros, e a mesma expressão severa que somente longos anos servindo como soldado eram capazes de esculpir em um rosto. Da última vez que Alex os vira, eles estavam trajados para se misturar com os trabalhadores das docas de Londres, mas, naquela manhã, pareciam... cavalheiros. Estavam bem-vestidos, mesmo que sem muita extravagância, com o cabelo cortado e o rosto bem barbeado. Pareciam com outros mil homens que poderiam ser encontrados zanzando pelas ruas de Londres.

Alex poderia ter passado por eles sem reconhecê-los.

O mais alto tirou o chapéu e fez uma espécie de reverência estranha em direção a Ivory.

— Bom dia, Duquesa — disse com certa timidez, claramente o porta-voz do trio.

— Bom dia, sr. Harris — cumprimentou ela com um sorriso a todos. — Vocês se lembram do meu colega, o sr. Lavoie?

Três pares de olhos se voltaram em sua direção, seguidos por um murmúrio de saudações.

— Devo dizer que a visita de vocês é uma surpresa. Como posso ajudá-los?

Os homens voltaram a atenção para Ivory, e o mais alto deu um passo à frente.

— Ah, sim... Só queríamos saber se... Não queremos ser desrespeitosos, sabe? — gaguejou ele. — Até porque você foi muito boa para nós e tudo, com aquele último emprego.

— Vocês fizeram por merecer — comentou Ivory.

— É só que...

Ao lado dele, o menor dos três irmãos fez um barulho de impaciência.

— Meu irmão quer saber se teria mais algum trabalho para nós. Gostamos da nossa nova realidade, em que sempre há comida e roupas quentes, mas a verdade é que estamos entediados.

O Harris mais alto pareceu aliviado com a franqueza do irmão.

— Ah, entendi...

— Não precisamos roubar nada — complementou o Harris mais alto. — Mas talvez você tenha algo que precise buscar. Recuperar. De um lugar difícil, talvez?

— Devo confessar que estou muito feliz em saber que seus serviços estão mais uma vez disponíveis — disse Ivory. — Infelizmente, não tenho nada que precise ser... recuperado no momento.

Os três homens ficaram decepcionados.

— Bom, pode nos avisar se aparecer alguma coisa? — perguntou o mais alto.

— Claro que sim.

Os irmãos se viraram para sair.

— Sei que vocês são muito bons em recuperar coisas, mas e seguindo alguém? — indagou Alex, e os irmãos pararam de andar. Ele ignorou o olhar questionador de Ivory.

— Somos os melhores — respondeu o Harris mais alto. — Quer que a pessoa saiba que está sendo seguida?

— Não quero intimidar ninguém, mas há duas pessoas que eu gostaria que fossem seguidas. *Muito* discretamente — respondeu Alex, ainda ignorando as sobrancelhas erguidas da Duquesa. — Anotem para onde vão, com quem falam, o que fazem, se gastam algum dinheiro e no que gastam. Anotem tudo que for interessante e apareçam em meu clube amanhã, um pouco antes do horário de abertura.

A ideia fora um tanto impulsiva, mas, quanto mais pensava sobre isso, mais gostava.

— Entendido, sr. Lavoie.

Ivory cruzou os braços.

— Se quiserem, podem me esperar do lado de fora. Só preciso terminar minha conversa com a Duquesa e logo encontro vocês para fornecer detalhes e finalizar nosso acordo.

— Claro! — falou um dos Harris, mas todos exibiam grandes sorrisos.

— Que visita oportuna, não? — comentou Alex, enquanto a porta se fechava atrás deles.

— Você vai pagar para seguirem a Donzela de Mármore? — perguntou Ivory, um pouco incrédula.

— Sim, vou mandar seguirem a lady Angelique e, mais importante ainda, vou mandar seguirem o inútil do irmão dela também.

— Por quê?

Alex pigarreou.

— Como eu disse, quero contratar lady Angelique. Para isso, preciso saber tudo sobre ela e sobre seus familiares mais próximos. Odeio quando esqueletos caem dos armários e fazem sujeira no meu carpete. — Pronto, esse argumento soava profissional e lógico. — Além disso, eu consideraria um favor, Duquesa, se pudesse averiguar mais coisas sobre a família Archer que ainda não estão em sua coleção.

Ivory descruzou os braços e o encarou.

— Está bem. Vou ver o que consigo descobrir.

— Obrigado.

Ivory Moore era capaz de tirar informações até de pedras quando o assunto era a sociedade londrina.

Ele foi até a porta.

— Aonde você vai? — perguntou Ivory, cruzando os braços novamente.

— Tenho algumas tarefas para fazer e depois vou para casa. — Alex apertou os olhos levemente contra a luz do sol que iluminava a sala. — Já passou da minha hora de dormir.

Foi a luz do sol do final da manhã entrando pelas janelas que acordou Angelique. Ela se esquecera de fechar as cortinas quando caíra na cama pouco antes do amanhecer, exausta. Embora estivesse cansada, o sono demorou muito para chegar, já que não parava de pensar nas palavras de Alexander Lavoie que reverberavam em sua mente e em seu corpo.

Acho que podemos ser muito bons juntos.

Ela queria saber o quão bom seriam, mesmo que só por um momento. Porque Angelique estava começando a suspeitar que tudo o que aprendera sobre prazer estava completamente... errado. A noite passada fora um desastre, mas Alexander Lavoie a fizera se sentir querida. Admirada. Desejada. Mesmo que só por alguns segundos. E apenas a lembrança do toque dele em sua pele, da boca dele tão perto da dela, já deixava seu corpo e mente inquietos e latejantes.

Angelique se contorceu na cama, deslizando a mão sobre os seios, a barriga e aquele ponto muito sensível sob a fina camada de sua camisola. Ela fechou os olhos e arqueou os quadris. Como seria beijá-lo?

Como seria ter as mãos dele a tocando daquele jeito?

O calor de Lavoie contra sua pele nua, dedos deslizando cada vez mais para baixo... Ela abriu os olhos de repente e tirou a mão de onde havia colocado como se tivesse sido atingida por um raio. O que diabo estava fazendo?

Então, deitou-se de costas, entre lençóis amarrotados, e olhou para o teto, sentindo as bochechas queimarem e vendo as partículas de poeira dançarem sob os raios de sol. A casa estava silenciosa como uma tumba e, pela primeira vez, ela ficou feliz com isso. Era por esse motivo que Angelique nunca poderia trabalhar para Alexander Lavoie. Ela estava quase certa de que conseguiria superar a ideia de uma dama trabalhando em um clube de jogos como crupiê de *vingt-et-un*, ganhando pequenas fortunas de cavalheiros. Poderia lidar com a possibilidade de ser reconhecida. Aceitaria o fato de que não era mais uma dama, mas uma trabalhadora, como qualquer atriz de Drury Lane. Ela poderia lidar com tudo isso.

Mas não seria capaz de lidar com Alexander Lavoie.

Angelique não sabia nem se conseguiria voltar ao clube dele e jogar com foco e concentração. Ele era, ao mesmo tempo, um cavalheiro e algo muito mais perigoso, e ela descobrira que gostava demais das duas coisas.

Ela se sentou, forçando a mente a afastar seus desejos egoístas.

Tinha muito a fazer naquele dia. A primeira coisa era pagar as mensalidades atrasadas da escola dos gêmeos. Harrow não era uma taverna onde o proprietário podia ser enrolado com sorrisos e promessas sinceras. Os diretores deixaram claro seu descontentamento com o atraso do pagamento, embora Angelique tivesse conseguido enrolá-los um pouco mais com uma longa lista de desculpas, citando a transição de fundos do falecido pai para o atual marquês de Hutton. No entanto, o tempo estava acabando, e todos sabiam disso. Era melhor resolver logo a questão da escola dos meninos.

O que sobrasse seria destinado às despesas domésticas. Ela precisava pagar o mineiro e reabastecer a despensa. E Angelique também precisaria ter uma longa e séria conversa com Gerald sobre o comportamento dele na noite anterior. Provavelmente não daria em nada, mas tinha que tentar.

Porque aquela insanidade precisava acabar.

Ela se sentou na beira da cama e olhou para a janela. Por Deus, devia ser quase meio-dia. Parecia ter dormido feito uma pedra após finalmente pegar no sono. Ao lado da janela, seu vestido dourado estava amassado em uma pilha de seda no chão. Ela franziu a testa. Não tinha deixado o vestido no chão.

Ela o deixara em cima da cadeira perto da janela, com a saia escondendo sua bolsa e...

Não, não, não, não. Angelique pulou da cama e correu até onde estava o vestido. Ela o pegou do chão, já sabendo que era tarde demais, mas precisando confirmar mesmo assim. Sacudiu o tecido antes de jogá-lo na cama, caindo de mãos e joelhos no chão. Foi tudo em vão.

Sua bolsa tinha sumido. O dinheiro tinha sumido.

Por um momento, pensou que fosse vomitar, e respirou fundo para conter a sensação. E então, no instante seguinte, uma fúria como nunca sentira surgiu, fazendo pontinhos pretos piscarem em sua visão.

Sem pensar duas vezes, ela saiu correndo até o quarto do irmão. Ao abrir a porta dos aposentos de Gerald, encontrou as roupas da noite anterior espalhadas no chão, uma toalha jogada na beira da cama e uma bacia meio cheia de água com sabão no lavatório, com os equipamentos de barbear espalhados em uma mesinha. Mas nenhum sinal dele. Então, Angelique saiu correndo e desceu a escada.

O salão estava vazio, exceto pelo cobertor com o qual ela cobrira o irmão na véspera, agora dobrado sobre a mesinha no meio do corredor. Angelique ouviu uma porta abrir atrás de si e se virou, encontrando Tildy agarrada a uma pequena jarra de água. A mulher soltou um gritinho de susto ao vê-la no corredor.

— Onde está Gerald? — perguntou Angelique roucamente.

— Eu... eu não sei — gaguejou a mulher, piscando depressa. — Sua Senhoria saiu, milady.

— Saiu? Quando?

— Cerca de uma hora atrás.

O jarro de água tremeu nas mãos de Tildy.

Angelique se concentrou em respirar fundo para se acalmar.

— Ele disse para onde estava indo?

Talvez fosse possível encontrá-lo. Interceptá-lo antes que ele fizesse algo estúpido, como gastar o dinheiro que manteria seus irmãos mais novos na escola.

— D-disse que ia comprar um casaco novo. Falou que o último estava arruinado... E que depois iria para um clube.

Olhos azul-claros observavam Angelique com apreensão por trás de uma franja de cabelo grisalho.

— Ele estava de bom humor, mais feliz do que o vi nos últimos tempos — comentou a empregada.

Meu Deus... Gerald pegara o dinheiro do quarto enquanto ela dormia. Angelique queria brigar com Tildy, saber por que a criada não a havia acordado e por que a mulher deixara Gerald sair de casa. Mas nada daquilo era culpa de Tildy. A pobre mulher nem sabia do dinheiro e não poderia ter impedido Gerald de sair, mesmo que quisesse. Aquilo era culpa de Angelique, e só dela. Deveria ter escondido melhor a bolsa. Deveria tê-la colocado debaixo do colchão, debaixo do travesseiro. Deveria ter ido direto do clube de Lavoie para Harrow e colocado o maldito dinheiro nas mãos dos diretores. Como Gerald sabia que ela tinha aquele dinheiro, para começo de conversa?

E o dinheiro nem era todo dela! A lembrança fez seu sangue gelar. Parte daquela quantia era de Lavoie; um adiantamento que ela planejava devolver a ele quando recusasse sua oferta de emprego. Angelique engoliu em seco, sentindo uma nova onda de enjoo.

— Você sabe para que direção ele foi? — perguntou Angelique à empregada, que ainda estava congelada na frente dela.

— Não, milady. Está tudo bem?

— Não, nada está bem. Faz muito tempo que nada está bem.

Sem dizer mais uma palavra, Angelique correu de volta pelas escadas. Ficar no meio do salão não adiantaria de nada. Ela precisava encontrar Gerald antes que fosse tarde demais. Se tivesse sorte, ele ainda estaria no alfaiate, ou possivelmente na loja de tecidos. Se tivesse sorte, ela o alcançaria e recuperaria o que restasse do dinheiro.

Capítulo 5

Angelique não teve sorte.

Ela não conseguiu encontrar o irmão, apesar de ter rodado a cidade inteira. Desesperada, chegou até a passar na casa de Burleigh e na de Seaton, mas apenas lhe informaram que eles não se encontravam e que ninguém sabia quando voltariam. Angelique nem se preocupou em deixar um recado. Sem dúvida, Seaton e Burleigh estavam com seu irmão.

Ela não tinha ideia de que horas eram quando chegou em casa com os pés doloridos e quase desmaiando de fome, mas certamente já passava da meia-noite. Nunca se sentira tão desanimada e desesperançosa em toda a sua vida enquanto atravessava o corredor vazio e subia as escadas, e mal alcançou o terceiro degrau antes de afundar no chão de cansaço e tristeza. Ela se encostou na parede e tentou pensar.

Presumiu que todo o dinheiro de sua bolsa estava perdido. Esperar o contrário não era realista nem útil. Então, precisava analisar as opções que estavam ao seu alcance. A primeira opção era vender a casa. Era uma das poucas coisas que ainda não tinham sido vendidas, mas infelizmente não poderia fazer isso sozinha.

Somente Gerald podia vender a propriedade. E, mesmo que ele concordasse com a ideia, encontrar um comprador levaria tempo. Tempo que ela e os gêmeos não tinham.

A segunda opção era tirar os gêmeos da escola e se mudar para o norte com eles. Talvez ela conseguisse encontrar um emprego como governanta em alguma casa da nobreza, embora pudesse ser difícil encontrar uma posição que também acolhesse os dois meninos.

Ela não tinha familiares a quem recorrer. Seus avós morreram anos antes, e tanto seu pai quanto sua mãe eram filhos únicos. O que restara da extensa família da mãe morava em algum lugar da América, e seu pai fora o último da linhagem Archer até o nascimento de Gerald. Além disso, a ideia de renunciar à sua independência e se dedicar à caridade de uma prima muito distante que se sentiria compelida a acolhê-la não era nada atraente.

No entanto, era a última opção, e, se tudo desse errado, Angelique faria isso pelo bem dos gêmeos. Mas não até esgotar todas as possibilidades. E ainda sobrava uma: aceitar a proposta de Alexander Lavoie.

Para ser sincera, ela não sabia se tinha escolha.

Lavoie lhe dera um adiantamento de boa-fé, e, embora Angelique pudesse não ter bens, ela tinha honra. E orgulho.

Fazia questão de pagar cada centavo e, já que não tinha dinheiro, pelo menos poderia fazer isso trabalhando.

Talvez, se ele perdoasse o sumiço do adiantamento, e se o desempenho dela na mesa de *vingt-et-un* fosse bom o bastante, Lavoie lhe oferecesse outro adiantamento. O suficiente para que ela pelo menos pagasse as mensalidades de Harrow.

Angelique abraçou os joelhos, apoiou a testa sobre eles e fechou os olhos. Isso ela poderia fazer. Ela *faria* isso. Aquela... perda, embora fosse um revés, não era o fim do mundo. Sempre havia um caminho a ser tomado, e ela já passara por coisas piores.

O som da porta se fechando a assustou, e os músculos de seu pescoço protestaram quando levantou a cabeça. Meu Deus, será que tinha cochilado na escada? O som de passos cambaleando pelo corredor vazio ecoou, acompanhado por um assobio desafinado.

Gerald estava em casa. Pelo menos ainda andava com os próprios pés. Angelique esperou que a raiva que sentira pela manhã ressurgisse e ajudasse a fortalecê-la no confronto iminente, mas descobriu que não lhe restara nenhum sentimento. Havia um grande vazio dentro dela, e apenas alguns resquícios de tristeza e resignação.

— Ei! — exclamou Gerald quando chegou à escada e quase pisou nela. — Ang, é você?

Um barulho estridente ecoou, seguido de um xingamento baixinho e então uma vela sendo acesa. Seu irmão empurrou o toco que segurava em direção a ela.

— É você mesmo! O que está fazendo sentada no meio da escada no escuro?

— Onde você estava? — perguntou, entorpecida.

Gerald emanava um odor doce e enjoativo, que parecia ter grudado em suas roupas. Seus olhos azuis estavam vermelhos e seu cabelo loiro estava tão bagunçado quanto suas roupas amassadas.

Um hematoma roxo na lateral de sua testa era uma lembrança da noite anterior.

— Por aí. — Ele olhou para ela e sorriu. — Que bom que a encontrei. Tenho algo para você. — Ele mexeu no bolso e pegou um saquinho de veludo azul fechado com uma fita fininha.

— O que é isso? — questionou ela, aceitando o saquinho que ele colocou em suas mãos.

— Um presente — respondeu ele. — Um pedido de desculpas.

Angelique puxou a fitinha e virou o conteúdo na palma da mão. Um par de brincos reluziu opacamente sob a luz fraca — duas madrepérolas com bordas douradas. Ela olhou fixamente para os brincos, imóvel, sentindo ainda mais desânimo.

— Entendo que algumas das minhas ações podem ter sido imprudentes ontem à noite. Eu não estava na minha melhor forma, admito.

— Imprudente? — repetiu Angelique, sem acreditar no que estava ouvindo.

— Sim. Mas, Ang, entenda o meu lado. Você não pode chegar perto de Lavoie, muito menos sozinha. Sabe que tipo de clube é aquele? E o que sua presença lá pode significar? Estar na presença de um homem como aquele...

— Um homem como o quê? — questionou ela, sentindo uma faísca de raiva estalar.

Gerald pestanejou.

— Lavoie é um demônio, Ang. Ele tem uma reputação perigosa com a qual você não pode ser contaminada. Mas não se preocupe. Seaton e Burleigh prometeram que não vão dizer nada.

— Ah, é mesmo? Digníssimo da parte deles.

Pela primeira vez, Gerald pareceu ter percebido que havia algo errado.

— Está tudo bem, Ang?

Não, nada estava bem. Angelique baixou a cabeça.

— Onde você conseguiu dinheiro para isso? — perguntou ela, mostrando os brincos.

— Ah, sim. Sobre isso. Fui ver se você tinha algumas moedas para uma torta. Estava com fome e não tinha nada para comer na cozinha, mas não quis acordá-la. Você parecia tão cansada... — Ele estava puxando o nó da gravata enquanto falava. — Pensei que não se importaria.

— Não sobrou nada, não é?

Ele soltou a gravata e balançou a cabeça.

— Não.

Angelique já sabia disso, porém ainda pareceu um tapa no rosto.

— Mas não é como... — ele começou a falar. — Nossa, Ang, você está chorando? — Ele parecia chocado.

Angelique colocou a mão no rosto e descobriu que, de fato, estava chorando.

Lágrimas escorriam sem controle, molhando suas bochechas e a ponta de seu queixo. Ela odiava chorar. Lágrimas só deixavam a pele manchada e os olhos inchados, mas não resolviam nada. Gerald nunca a tinha visto chorar.

— Você é um tolo — disse ela. — Aquele dinheiro era importante.

— Acha que eu não sei disso? — perguntou ele, um tanto irritado. — Não sou um completo idiota.

Angelique secou os olhos com raiva.

— Não é? Você ao menos sabe como chegou em casa ontem à noite?

— Sim — respondeu Gerald na defensiva. — Bem, mais ou menos. Mas sei que estava tentando protegê-la.

— Me proteger? Você quase atirou em mim!

— O quê?! — Gerald franziu a testa. — Não, isso não é possível.

— Você tinha uma pistola e fingiu ser um assaltante.

O irmão dela estava balançando a cabeça.

— Burleigh e Seaton não me falaram nada sobre isso. Só disseram que minhas ações foram honrosas, dadas as circunstâncias em que encontramos você.

Ela pressionou os dedos nas têmporas.

— É claro que eles diriam isso... De onde surgiu essa arma, Gerald?

Seu irmão ainda parecia confuso.

— Não sei. Burleigh sempre carrega uma arma em seu casaco. Ele tem medo de ser atacado por salteadores ou algo do tipo.

Angelique esfregou o rosto com as mãos. Não adiantava reviver os eventos da noite anterior. Ela precisava saber sobre o que acontecera naquela manhã.

— Onde gastou o dinheiro?

Era isso que importava.

— Eu tive que comprar um casaco novo. E comida, é claro. Mas o resto eu investi com o Seaton.

— O quê?

Angelique levantou a cabeça ao ouvir aquilo. Talvez nem tudo estivesse perdido. Talvez fosse possível recuperar o que restara do dinheiro.

— Seaton e o pai investiram em uma companhia marítima. Eles me ofereceram uma oportunidade de comprar uma parte. Eu não podia perder essa chance, Ang. As cargas que esses navios levam valem uma fortuna. O pagamento foi enviado para a empresa esta tarde, e aqueles que foram inteligentes o suficiente para investir cedo ficarão ricos.

— Ricos? — repetiu Angelique, sentindo a esperança se esvair. — Não foi isso que o Seaton disse na última vez que você investiu com ele?

— Aqueles navios foram afundados por uma tempestade — protestou Gerald. — Quem poderia ter previsto esse tipo de má sorte?

— Você tem certeza de que os navios existiam mesmo?

Gerald encarou a irmã.

— O que está insinuando?

— Que tipo de companhia marítima é essa?

— Nenhuma da qual você tenha ouvido falar.

— Teste meus conhecimentos.

Talvez ela pudesse fazer uma petição diretamente à empresa...

— Não importa.

— Não importa ou não existe?

O irmão dela recuou.

— Você não acha que o Seaton mentiria para mim, acha?

— Você realmente não vai querer saber do que eu acho que seus amigos são capazes — retrucou Angelique com um tom de amargura na voz.

Gerald fez uma careta.

— Seaton se esforçou para me apresentar às pessoas certas com as conexões certas. Me levou para todos os lugares importantes. E Burleigh sempre esteve presente. Ele ainda estava de luto pela morte do próprio pai quando mamãe ficou doente, mas sempre me deu apoio. E me ajudou com dinheiro todas as vezes que precisei, mesmo não sendo rico.

Angelique fechou os olhos, soltando um som de pura frustração.

— Eu não sei qual é o seu problema, Ang.

Ela abriu os olhos.

— Meu problema é que o dinheiro que você roubou do meu quarto era para pagar a mensalidade da escola dos gêmeos. Entre outras coisas.

— E como eu deveria saber disso? — rebateu ele.

— Você não é mais um garoto! Deveria ser um homem! Deveria ser o maldito marquês! — gritou ela. — E, ainda assim, só consegue pensar em si mesmo. As únicas necessidades com as quais se preocupa são as suas.

— Isso não é verdade. Eu investi esse dinheiro para nós. Para nos ajudar. Você não está sendo justa.

— A vida não é justa, Gerald. Isso não é um jogo.

— Eu sei disso. E estou tentando, mas é difícil.

— Difícil? — retorquiu Angelique. — Acho que contar a Phillip e Gregory por que eles foram expulsos da escola será mais difícil.

— Expulsos? A escola não pode fazer isso! — ofegou Gerald.

— Eles podem e farão — afirmou Angelique, enxugando o rosto com as mãos.

— Eles não dirão não a um marquês. Vou falar com eles.

— Você já falou.

— O quê?

— Eu escrevi muitas cartas em seu nome, citando atrasos com fundos e papelada, dizendo que houve uma confusão burocrática após a morte de nosso pai. Eles foram pacientes. Até agora.

Gerald corou.

— Não pode enviar algo para eles? Um pagamento parcial? Vou conseguir o restante depois.

— Não há nada para enviar, Gerald.

Angelique se levantou, e ele a segurou pelo braço.

— Não fique brava. Por favor. Eu me importo com a situação. De verdade. Vou conseguir o dinheiro.

— Como?

— Não sei. Talvez Burleigh possa me emprestar a quantia de que precisamos.

— Burleigh não tem todo esse dinheiro. Você sabe disso tão bem quanto eu.

Gerald parecia infeliz.

— Então vou falar com os advogados mais uma vez. Eles devem ter errado alguma coisa.

Angelique fez um barulho de impaciência.

— Eles não erraram nada, mas podemos vender esta casa. E os meninos não precisam estudar em Harrow.

O irmão fez uma careta de indignação.

— Não! Todos os homens desta família frequentam Harrow há gerações. Não vou tirá-los de lá. Papai nunca consideraria isso se estivesse vivo, e eu também não vou. E onde moraríamos enquanto estivéssemos em Londres, se não aqui? Em algum casebre em St. Giles? Eu tenho algum orgulho, Ang, e você também deveria ter.

— Não posso me dar ao luxo de ter orgulho no momento, Gerald. E você também não — afirmou Angelique, puxando o braço que ele ainda segurava. — Só me deixe ir. Me deixe em paz.

Ele a soltou.

— Olha, me desculpe, Ang. De verdade. Eu vou dar um jeito. Prometo.

— Suas promessas não têm mais valor — respondeu ela, cansada.

— Posso remediar essa situação.

— Não acredito nisso.

— Vou provar que está errada. — O maxilar dele estava tenso, a mesma expressão que fazia desde os 4 anos de idade.

Angelique se virou e começou a subir a escada, concentrando-se em colocar um pé na frente do outro. Os brincos ainda estavam em sua mão, e as pontas cortavam sua pele. Ela os venderia pela manhã. Mas não se preocupou em responder ao irmão.

Ela deixara de acreditar em contos de fadas havia muito tempo.

Capítulo 6

*A*QUELA MULHER PARECIA ter saído de um conto de fadas.

Não, não é um conto de fadas, pensou Alex. Um conto de fadas soava inadequado. Angelique estava usando o vestido dourado, com os ombros desnudos e o decote profundo, tão deslumbrante quanto ele se lembrava. Seu cabelo estava preso, embora o vento ou o tempo tivessem soltado algumas mechas, que agora emolduravam seu rosto e caíam por seus ombros nus. Ela era vibrante de uma forma completamente diferente da beleza frágil e esbelta que parecia tão popular na sociedade atual. Poderia ser Freia, ou Afrodite. Uma deusa destinada a ser adorada. Uma dama com uma sensualidade provocativa que ficava ainda mais irresistível pela genialidade que escondia dentro de si.

E ela tinha voltado para ele.

Alex se levantou imediatamente de trás de sua mesa.

— Obrigado, Jenkins — disse ao homem enorme que acompanhara lady Angelique até seu escritório. — Por favor, feche a porta ao sair.

Jenkins acenou com a cabeça e desapareceu com a mesma discrição com que chegara.

Angelique ficou parada perto da porta. Seus olhos, sombreados pela máscara decorada que usava, examinaram o escritório antes de pousarem sobre Alex. Ele sentiu o impacto do olhar dela acender cada terminação nervosa de seu corpo. Ela endireitou os ombros e deu alguns passos para a frente.

Alex a observou com a testa ligeiramente franzida. Ela tinha a postura rígida, como um soldado se preparando para entrar em batalha.

A parte do rosto dela que ele podia ver estava desprovida de cor, e as mãos estavam cerradas ao lado do corpo.

Considerando o que os irmãos Harris lhe disseram na noite anterior, Alex tinha suspeitas do porquê. Ele recebera uma longa lista de lugares visitados por Gerald Archer, que parecia ter gastado uma pequena fortuna. Lady Angelique, por outro lado, saíra de casa no final da manhã parecendo bastante agitada e passara o dia vagando pelas ruas de Londres perguntando pelo irmão.

Alex presumiu que o jovem marquês pegara o dinheiro dela sem seu conhecimento ou permissão. No entanto, não tinha certeza do que deveria fazer a respeito, se é que deveria fazer alguma coisa. O lado honrado dele gostaria de empalar o homem pela angústia que causara à irmã. Já seu outro lado, um mais sombrio, ficara satisfeito por as ações egoístas e idiotas de Hutton terem forçado aquela mulher extraordinária a voltar a bater na sua porta.

— Boa noite, milady — cumprimentou Alex, indo encontrá-la quando Angelique se aproximou da mesa.

Ele sentiu de leve o perfume dela. Não um aroma florido, como seria esperado de uma dama refinada da nobreza, mas algo mais exótico. Mais forte.

— Boa noite, sr. Lavoie.

— Você está deslumbrante.

O elogio pareceu assustá-la, e ela o encarou com olhos arregalados sob a faixa de penas brilhantes azul-petróleo que decoravam a testa de sua máscara.

— Hummm, obrigada.

Alex cruzou as mãos às costas, como se quisesse se lembrar de que aquela conversa era apenas sobre negócios, não prazer.

— Fico feliz que tenha voltado. Espero que tenha tido tempo para considerar minha proposta.

— Sim, tive — respondeu ela, mordendo o lábio superior, e Alex teve que desviar o olhar. A força de seu desejo de beijá-la era perturbadora.

Ele esperou que ela continuasse, mas Angelique parecia ter ficado sem palavras. Ela relaxou as mãos ao lado do corpo, mas seus dedos logo começaram a torcer a seda da saia.

— Sim, você considerou e veio recusar gentilmente? Ou, sim, você considerou e agora podemos começar o que acredito que será uma parceria próspera? — perguntou Alex com cuidado.

Os dedos de Angelique cessaram o movimento nervoso.

— Eu vim aceitar sua oferta, sr. Lavoie.

Ele já esperava por aquela resposta, mas isso não impediu a forte satisfação que o dominou.

— Você não tem ideia de como estou feliz em ouvir isso.

— Posso começar agora? Hoje à noite?

Alex controlou sua expressão para não refletir nada além de um leve interesse. Angelique parecia estar tentando esconder algo em seu tom de voz. A mesma coisa que ainda era evidente em sua postura tensa. Desespero. Determinação. Ambos.

— Você está muito... entusiasmada, não?

— Não vejo motivo para não começarmos esta noite. Quando os teatros fecharem, sua sala de jogos ficará cheia, como acontece todo dia. Por que esperar?

— Um bom argumento, de fato, milady — disse ele. Sob a luz fraca do escritório, os olhos dela eram da cor de um mar tempestuoso, embora fosse difícil lê-los. — Tire a máscara.

Alex precisava ver o rosto dela antes que continuassem a conversa. Angelique estava escondendo muito de suas expressões.

Ela hesitou, mas fez o que ele pediu. Seus olhos encontraram os de Alex sem pestanejar.

— Por que concordou em trabalhar para mim?

— Porque você pediu.

— Você poderia ter dito não.

— Não, não poderia — sussurrou ela.

Alex ouviu as palavras ecoarem pelo que sobrara do orgulho de Angelique.

Ele estendeu a mão para pegar a dela, sentindo a pele fria contra o calor de sua palma.

— Você veio andando de novo.

— A noite está bonita — afirmou Angelique, afastando a mão da dele.

— Hummm. — Ambos sabiam que ela estava mentindo. A primavera ainda não tinha começado para valer, e o clima estava longe de ser agradável. — De agora em diante, você poderá usar minha carruagem.

— Isso não é...

— Por favor, não discuta. Você não sairá vitoriosa dessa batalha.

— Agradeço a gentileza, então — respondeu ela, após um momento.

— Não há de quê.

— Há outro assunto que eu gostaria de discutir com você, sr. Lavoie, sobre meu emprego — falou, erguendo o queixo.

— Claro. De quanto você precisa? — perguntou Alex.

Ela recuou como se tivesse sido golpeada.

— Como?

— De quanto dinheiro você precisa?

Angelique pareceu engolir em seco. Por um momento, Alex pensou que pudesse ter se enganado, mas logo a viu suspirar e deixar os ombros caírem quase imperceptivelmente.

— Fico feliz em lhe adiantar a quantia de que precisar — afirmou ele, tentando soar casual, como se aquele tipo de situação fosse algo comum em seu cotidiano.

— Por que faria isso? — rebateu ela.

— Porque você pediu — respondeu Alex, usando as palavras dela.

Angelique parecia estar lutando para encontrar algo a dizer.

— Mas eu não...

— E porque eu posso. Porque fui sincero antes: eu posso ajudá-la com o que precisar.

As palavras de Alex eram verdadeiras, e o fervor que as acompanhou o deixou inquieto. Ele abandonara seu cavalo branco e sua armadura brilhante em favor de negócios inteligentes e um comércio lucrativo havia muito tempo. A menos, é claro, que estivesse sendo pago para ir à batalha.

Angelique fechou os olhos brevemente.

— Meus irmãos mais novos estudam em Harrow. Com a morte do meu pai, os fundos ainda estão, hum... indisponíveis. Algumas mensalidades da escola estão atrasadas, e não gostaria de ter que tirá-los de lá.

— Claro que não.

Indisponíveis? Que eufemismo...

— Entrarei em contato com a escola e cuidarei disso.

Ela o olhou com uma expressão de choque.

— Isso não é necessário. Eu posso...

— Eu cuidarei disso — repetiu Alex.

Alexander Lavoie era um dos homens mais ricos de Londres, embora poucos soubessem disso. Ele poderia pagar a mensalidade de todos os estudantes matriculados em Harrow. Poderia até comprar a maldita escola se quisesse.

— Então eu agradeço — disse Angelique, ainda olhando para ele com um ar de incerteza.

— Você também precisa de um adiantamento do salário semanal?

Ela olhou para baixo.

— Se não for incômodo... — respondeu ela, de forma quase inaudível.

— Não é incômodo algum, milady. Também não é um problema como você escolhe receber seu pagamento.

— Eu vou pagá-lo com juros, é claro — garantiu lady Angelique, encarando-o de novo.

— Está bem. — Alex não ia ferir ainda mais o orgulho dela ao estender a discussão. — Você terá seu dinheiro ao final da noite.

— Simples assim?

— Prefere recebê-lo agora?

— Não. Eu... hum... não. — Angelique pigarreou. — Obrigada.

— Não precisa me agradecer. Fico muito feliz em poder atender a seus pedidos. Suas habilidades nos trarão um valor bem maior do que o adiantamento.

Alex pegou a garrafa de uísque que estava do outro lado da mesa. Ele se serviu para ocupar as mãos, tentando conter a vontade de tocá-la.

— Não hesite em me pedir ajuda, caso necessite no futuro. Boas parcerias exigem certa confiança entre ambas as partes, não é?

— Sim — respondeu Angelique, mas sem soar muito convincente.

— Há mais alguma coisa que eu deva saber? Tudo o que você me disser neste escritório permanecerá em sigilo absoluto, é claro.

— Não, não tenho mais nada a dizer.

Angelique não confiava nele. Ainda.

— Hummm. Há alguma coisa que você gostaria de saber? Sobre o clube, por exemplo? Algo que gostaria de me perguntar? — questionou ele.

Ela abriu a boca e depois a fechou novamente, como se tivesse reconsiderado o que ia dizer. Então, endireitou os ombros de novo e falou em um tom mais brusco:

— Já pensou na fórmula que gostaria que eu usasse?

Alex quase derrubou o copo.

— Como?

— Pelo menos alguns de seus clientes precisarão ter um sucesso moderado na mesa de *vingt-et-un*, e algum jogador ocasional precisará ter um sucesso considerável se você deseja atrair pessoas cujos bolsos correspondem à ganância e à crença de que terão sorte na próxima rodada. Vou precisar de instruções sobre como você deseja que eu aja para maximizar os lucros e a popularidade do jogo. — Angelique tirou um papelzinho de um bolso escondido em meio às dobras da saia e o estendeu para ele. — Rascunhei alguns cenários, permitindo uma margem de erro que não conseguirei evitar. Nada além de contabilidade básica trabalhada em uma matriz de probabilidades, mas achei que talvez quisesse revisar meus planos.

Alex colocou o copo na superfície da mesa com cuidado, lutando para controlar a respiração. Aquilo não era nada bom. O fato de que ele entrou com seu cavalo branco no campo de batalha para resgatá-la não era nada comparado à sensação alarmante de que tinha acabado de se apaixonar.

— Você pensou em tudo... — murmurou Alex, aceitando o papel que ela estendeu.

— É lógico. Tenho orgulho de minhas capacidades, sr. Lavoie, e não quero ficar em dívida por mais tempo que o necessário.

Ele desdobrou o papel e examinou as linhas nítidas dos números e a caligrafia inclinada e ousada. Em um instante, viu que Angelique havia fornecido estimativas de ganhos usando uma variedade de estratégias, dependendo de regras predeterminadas.

— Repare que todas as probabilidades são calculadas para casos usando um ou dois baralhos. Obviamente, remover várias cartas do jogo também afetará os resultados, assim como limitar o crupiê a uma pontuação específica durante cada partida — explicou ela antes de fazer uma pausa. — Eu não sabia ao certo o que o senhor tinha em mente.

Alex não tinha nada em mente, porque seu cérebro havia parado de funcionar. Ele se pegou olhando para aquela mulher, o coração palpitando e o que sobrara de sua mente sendo destruído por uma onda poderosa de desejo.

— Eu me excedi? — indagou Angelique, mordendo o lábio de novo, embora o encarasse com firmeza.

— Não, nem um pouco — respondeu ele com a voz rouca. Por Deus, precisava se recompor! Colocou o papel ao lado do copo e da garrafa na mesa. — Estou incalculavelmente impressionado, lady Angelique.

Alex foi recompensado com um sorriso, um que realmente chegou aos olhos dela e o primeiro que ele viu a noite toda.

— Que bom — foi tudo o que ela disse.

Alex pigarreou e deu um passo criterioso para trás.

Seria difícil resistir a uma Angelique Archer que debatia sobre estratégias de jogo. E uma Angelique Archer que fazia tudo isso sorrindo o reduziria a uma poça inútil. Ele podia ter perdido o juízo, mas ainda tinha um pouco de orgulho.

— Antes de falarmos sobre isso, tem outro detalhe de que precisamos tratar sobre seu emprego aqui. Menos importante, mas ainda necessário — afirmou, olhando as leves manchas de lama na bainha do vestido dela. — Seu traje.

O sorriso sumiu.

— Eu não tenho nada...

— Estou ciente.

Ele pegou uma caixa longa e plana nos fundos de seu escritório e colocou-a sobre a mesa.

— O que é isso? — perguntou Angelique com cautela.

— Um vestido.

— Para mim?

— Sim. Descobri que a cor não combina muito com meu tom de pele e que a bainha mostra muito dos meus tornozelos. As damas podem ficar ofendidas.

Ela franziu a testa.

— Muito engraçado.

— Se você bem se lembra, discutimos a questão do seu vestido na última vez que conversamos neste escritório.

— Não discutimos nada. Você só fez... comentários.

— Hummm. — Ele abriu um pequeno sorriso. — Bem, neste caso, eu estava apenas sendo...

— Presunçoso? — sugeriu ela, estreitando um pouco os olhos ao olhar para a caixa.

— Ora, eu ia dizer "precavido". Odeio apontar o óbvio, mas aqui estamos. — Alex a viu cerrar os dentes. — Abra a caixa, milady. Dê uma olhada e veja se é do seu agrado.

Ele observou Angelique abrir a caixa e remover a camada de papel fino. A mão dela pairou no ar e Alex a ouviu ofegar. Por fim, ela enfiou a mão na caixa, tocando a seda macia acetinada com a ponta dos dedos quase com reverência. O tecido era da cor dos mares tropicais, um turquesa cintilante e incandescente. Ele imaginara como aquela cor exótica seria o contraste perfeito para a pele dela. Imaginara como o corpete suportaria os seios daquela mulher com um decote tentador e um delicado bordado dourado e branco. Imaginara como o cetim acariciaria cada curva do corpo dela antes de fluir pela cintura. O que ele não imaginara era como Angelique encararia o vestido com apreciação, ou como pressionaria a mão nos lábios em surpresa.

Alex se aproximou, sem tirar os olhos dela. A expressão no rosto de Angelique valia cada centavo que ele gastara no vestido. O tecido era importado e caro, ainda mais pelas exigências hercúleas que ele fizera ao exército de costureiras que encarregara de cuidar da peça de última hora. Ele teria pagado dez vezes mais.

Angelique se virou para ele, e Alex viu as emoções conflitantes no rosto dela.

— Esse vestido é extraordinário, sr. Lavoie, mas é demais. Não posso aceitar...

— Você pode e vai — afirmou ele, tomando cuidado para manter seu tom profissional. — Os clientes do meu clube esperam glamour, extravagância e opulência. — *E você merece isso e muito mais.* — Essa é outra discussão que não vencerá, milady. Se deseja colocar suas probabilidades em ação na minha mesa de *vingt-et-un*, você o fará vestida de uma maneira adequada ao estabelecimento.

Ele se parabenizou pela forma casual e levemente mercenária com que soou. Era melhor do que confessar que, na verdade, queria presenteá-la com algo bonito. E era muito melhor do que admitir que queria vê-la vestida com trajes muito mais exuberantes do que o de qualquer outra mulher.

Angelique olhou de novo para a caixa, pegou o vestido e o tirou da embalagem, deixando o cetim deslizar da mesa até o chão. Segurando a roupa contra o peito, ela alisou a frente do vestido.

— Nunca vi nada parecido. É incrível.

— Experimente.

— Agora?

— Não vejo motivo para adiar — retrucou ele. — Se o vestido exigir alterações, precisaremos cuidar disso imediatamente, embora eu esteja confiante de que vai servir. Costumo ser bom em acertar medidas femininas.

Ela dilatou as narinas e contraiu os lábios.

— Ah, você já ouviu falar do meu harém... — comentou Alex com um pouco de sarcasmo.

Angelique corou, mas levantou um pouco o queixo.

— Já, sim. E me parece bem cansativo.

Ele riu, surpreso com a resposta.

— Parece, não é mesmo?

— Mas saiba que não costumo acreditar em tudo que ouço.

— Que pena. É difícil manter a minha reputação de ser um ótimo amante. Pessoas sensatas como você prejudicam as boas fofocas.

Ela pareceu segurar um sorriso.

— Não é da minha conta os meios que escolhe para se divertir, sr. Lavoie.

Alex pegou o copo e estudou o padrão do cristal lapidado.

— Pelo contrário, milady. São as mulheres que me escolhem e me usam. Sou apenas uma perigosa distração para elas. Não passo de uma aventura escandalosa e pervertida que elas desejam na vida comum e entediante que levam. E, nas raras ocasiões em que me convém, permito ser usado, porque também consigo sentir prazer com isso.

Ele ergueu os olhos para encará-la e a viu arqueando uma sobrancelha.

— E isso faz você feliz?

Alex segurou o copo com um pouco mais de força. Que pergunta absurda!

— Nunca me deixou infeliz.

Angelique o observou por um tempo, e ele se viu resistindo à tentação de se remexer como um menino inquieto. O que era ainda mais absurdo.

— Apesar da minha reputação, milady, tenha certeza de que minha habilidade em tirar medidas não vem do meu harém, mas da minha irmã. Ela sempre precisa de uma grande variedade de... trajes, mas muitas vezes não está por perto para que as peças sejam ajustadas.

Por que diabo ele estava se explicando? Desde quando precisava se justificar para alguém?

— Sua irmã?

— Sim.

— Ela mora aqui em Londres?

— Na maior parte do tempo.

— Ela trabalha no seu clube?

— Já trabalhou algumas vezes.

— O que ela acha da sua reputação?

Alex riu.

— Talvez você possa perguntar a ela, se um dia a conhecer.

Angelique baixou a cabeça.

— Você também tem a reputação de ser um assassino — falou ela.

— Hummm. É um milagre que eu tenha tempo de tomar café da manhã com tudo o que faço.

— Você é um assassino?

— Isso importaria?

— Isso não é uma resposta.

— Precisa que alguém morra?

— No momento, não.

— Ainda bem. Minha agenda está lotada até meados de outubro.

Angelique ainda o observava, embora tivesse uma expressão pensativa no rosto.

— Você acha graça nisso, não? — perguntou ela. O tom não era de crítica, mas de uma leve admiração.

— Geralmente, sim. Embora, na maioria das vezes, eu ache útil. Com grande eficiência, reputações e a opinião pública podem ser manipuladas quando se deseja atingir certos objetivos.

— Nem sempre — murmurou ela, com uma expressão mais sombria.

— Você diz isso por conta de sua reputação no passado?

— Como? — questionou ela, franzindo a testa.

— De ser conhecida como a Donzela de Mármore.

Angelique o encarou.

— Não era assim que as matronas da sociedade, os lordes beberrões e as debutantes invejosas chamavam você? — insistiu ele.

— Como sabe disso?

— Eu sei de muitas coisas, milady.

O rubor anterior desapareceu, e Angelique ficou pálida.

— O que importa o que pensavam de mim ou como me chamavam?

— Não importa.

— Então por que está sendo cruel?

— Estou apenas sendo verdadeiro e honesto, milady. Quero saber se seu passado a impedirá de fazer seu trabalho aqui.

— Eu não... Isso não faz sentido.

— Distante. Inacessível. Fria. É isso o que pensavam de você. Eles estavam certos?

— Sim — respondeu ela, sem desviar o olhar.

— No entanto, a mulher que está diante de mim é tudo menos essas coisas.

— Isso deveria ser um elogio?

— Você quer que seja?

— O que eu quero importa?

— É tudo o que importa, milady.

Angelique voltou a olhar o vestido e passou os dedos pelo bordado no cetim turquesa.

— Naquela época, eu achava que meu futuro já tinha... — ela se interrompeu abruptamente.

— Você pensou que seu futuro já tinha sido o quê?

Ela balançou a cabeça.

— É irrelevante agora.

Pelo contrário. Na verdade, Alex achava que o que ela estava prestes a dizer era muito relevante, então tentou uma abordagem diferente.

— Por que a chamavam de Donzela de Mármore? O que apresentou ao mundo para ganhar esse apelido?

Angelique ergueu a cabeça de repente.

— Nada.

— Sua resposta faz sentido, mas preciso que me explique exatamente o que significa esse "nada".

Ela sustentou o olhar dele.

— Você está falando sério.

— Não faço isso com frequência, mas neste caso, sim. — Alex apoiou as mãos na beirada da mesa e a estudou. — No meu ramo, opiniões e ilusões costumam ser a mesma coisa. As ilusões que eu forneço aqui fazem de mim um homem rico. E, se for trabalhar para mim, precisará se tornar perita nisso também.

Estava evidente que ele havia deixado Angelique desconfortável. Mais que isso. Envergonhada. Constrangida. Mas ela se manteve firme. Não derramou uma lágrima nem saiu correndo. Na verdade, havia uma centelha de interesse naqueles olhos azuis astutos.

Ele sentiu um leve aperto no peito.

— Diga-me o que "nada" significa — insistiu. — E peço que o faça da forma mais objetiva e honesta possível.

— Muito bem — disse ela, fazendo uma pausa longa antes de continuar. — Eu não era boa nas atividades em que uma dama deveria ser boa.

— Como o quê?

— Em dançar, por exemplo. Então nunca dancei.

— Nunca?

— Talvez uma ou duas vezes no início.

— Por quê?

— Porque sou uma péssima dançarina. Não consigo me lembrar nem dos passos mais básicos.

— E contou isso para seus parceiros de dança?

— Claro que não. Eu estava muito ocupada tentando não aleijá--los. — Ela o olhava como se Alex tivesse enlouquecido. — Quem não consegue dançar uma valsa simples?

— Eu. Nunca aprendi — respondeu ele.

— Por que assassinos precisariam aprender a dançar valsa? Imagino que não seja uma habilidade muito necessária na profissão — observou ela, enquanto um sorriso ameaçava aparecer.

— É, morrer dançando é um jeito horrível de partir deste mundo. — Alex notou os lábios dela se curvarem. — E não vou exigir que você valse atrás da minha mesa de *vingt-et-un*, então suas habilidades no salão de dança não importam. O que mais?

— Não conseguia ser encantadora em conversas casuais. Tinha dificuldade em fingir que gostava de um assunto que não me interessava. Tentei no começo, mas logo cansei das comparações redundantes e das fofocas maldosas. Eu... parei de participar dessas conversas depois de um tempo.

— Compreensível. E também irrelevante para seu trabalho aqui. Sugiro que... não, na verdade, *insisto* que você limite qualquer comentário e conversa às cartas e à rodada que está sendo jogada enquanto estiver como crupiê. Acredito que esteja interessada e disposta a participar desse tipo de conversa.

— Sim, claro — garantiu Angelique, encarando-o com uma expressão pensativa de novo.

— Então você não dançava e não fofocava. Algo mais que você sinta que a tenha distanciado da sociedade?

Ela olhou para o vestido extravagante que ainda segurava nos braços.

— Isso pode parecer superficial e sem importância, mas minha aparência também não ajudou, eu acho. Minha mãe gastou uma fortuna em meus vestidos naquela época. Vestidos bonitos e de cores claras feitos para... hum... disfarçar a aparência do meu... — Angelique tirou a mão do cetim turquesa e fez um gesto em direção ao seu corpete. — Nas palavras dela, meu corpo "um tanto fora de moda".

— "Fora de moda"? — repetiu Alex, boquiaberto.

Aquela mulher tinha um corpo devastador, com curvas que deixavam homens de joelhos. Ele sabia disso muito bem.

— Minha mãe queria que eu estivesse perfeita, que eu parecesse uma dama adequada e elegante. Dizia que eu precisava fazer isso se "quisesse atrair o tipo certo de homem". Do tipo que me trataria como tal.

Alex ainda estava tentando entender como alguém poderia pensar que aquela mulher era algo menos do que perfeita.

Angelique deu de ombros levemente.

— Mas, no final das contas, meus vestidos não tinham forma alguma. Eu parecia um pilastra larga, pálida e com babados.

— Você se vestiu para agradar a sua mãe? — perguntou ele em um tom um pouco mais rude do que o pretendido, mas estava com raiva por ela.

— Claro que sim. Ela estava morrendo. Fazer isso a deixou feliz.

Alex se sentiu mal.

— Lamento muito.

— Foi há muito tempo, e não espero empatia. Em defesa da minha mãe, ela realmente só queria o melhor para mim. E, em minha defesa, eu era jovem na época e a opinião da minha mãe era muito importante. Confiei e acreditei no julgamento dela sobre minha aparência e fiz o possível para esconder minhas falhas — explicou ela com a objetividade que ele pedira, o que era bom.

Porque Alex havia perdido a própria objetividade.

A vontade de colocar as mãos em todas aquelas curvas atordoantes e demonstrar o quão *elegantes* e *perfeitas* realmente eram fez Alex apertar a borda da mesa com tanta força que achou que fosse rachar a madeira. Será que algum outro homem a tocara da maneira que ele desejava? Ou será que ele seria o primeiro a tirar suas roupas e lhe dar tanto prazer que Angelique se esqueceria do próprio nome?

Será que Alex seria o primeiro a senti-la se desfazer em seus braços? Ele queria ouvi-la sussurrar seu nome repetidamente, porque uma vez nunca seria o bastante...

— Isso é suficiente, sr. Lavoie? — perguntou ela.

Alex voltou à realidade.

— Desculpe, o que disse?

— Minha explicação sobre meu passado e a infeliz... ilusão.

— Hummm.

Ele se esforçou para se livrar daqueles pensamentos libertinos e pegou o copo de uísque que havia abandonado no canto da mesa para engolir o restante da bebida, embora o líquido ardente não ajudasse em nada para clarear sua mente. Só pareceu aquecer ainda mais seu sangue. Maldição, ele estava em apuros.

— Obrigado por sua honestidade — conseguiu responder.

— De nada. Mas quero que saiba que não sou mais aquela garota insegura — continuou lady Angelique. — Aprendi muito desde aquela época, e minhas falhas passadas não afetarão a maneira como conduzirei meu trabalho aqui.

— Concordo.

— Concorda?

— Você já provou o que é capaz de fazer com um vestido dourado e uma garrafa do meu melhor conhaque francês.

— Isso deveria ser um elogio? — repetiu a pergunta.

— Quer que seja?

Desta vez, um leve sorriso apareceu nos lábios dela.

— Sim, quero.

— Ótimo, então considere um elogio.

— Nunca tive a intenção de ser diferente — disse Angelique de repente.

Alex sentiu certa indignação ao ouvir aquilo. Ele não queria outra versão daquela mulher além da que estava diante dele agora.

— Diferente é bom.

— Não quando se está tentando garantir um marido.

— E você queria um marido?

— Não é isso que todas as damas bem-educadas devem querer? Um marido. Uma casa grande. Vestidos bonitos. Todas as coisas necessárias para fazer alguém feliz.

— Isso não é uma resposta.

Ela suspirou.

— Na época, eu realmente pensei que queria um marido.

— E agora?

— Não. Mas há momentos em que ainda me pergunto se um marido poderia ter sido... útil.

Alex fez um som de zombaria.

— Presumo que esteja se referindo à atual... indisponibilidade dos fundos de sua família. Você acredita que um marido resolveria seu problema?

— Talvez — respondeu Angelique, desconfiada.

Apesar de ter conseguido discutir sua falta de habilidade em um salão de dança com franqueza, a misteriosa falta de recursos de sua família ainda era uma assunto fora dos limites.

— Discordo. Você provou que é mais do que capaz de ajudar a si mesma. Se precisar de mais ajuda, tenho recursos para isso, e tenho a vantagem adicional de não exigir que se case comigo em troca — gracejou ele, decidindo ignorar a estranha emoção que o invadiu.

Alex não era do tipo que pensava em matrimônio, mas a ideia de se casar com aquela mulher e tudo o que a acompanhava de repente pareceu muito mais atraente do que ele gostaria.

Angelique o encarava com olhos arregalados e as mãos congeladas no vestido que ainda segurava. Ela estava ligeiramente boquiaberta e ofegante, o que provava que ouvira o que ele havia dito. Sim, ele nunca desejaria se casar com ela, nem ela com ele, mas isso não significava que eles não pudessem...

Alex se afastou daquele precipício mental o mais rápido possível, voltando a focar nos negócios.

— A maioria da minha clientela, pelo menos aqueles que apostam grandes somas, são homens. Sua beleza chamará a atenção deles, e o mistério sobre sua pessoa os manterá interessados. Você será enigmática, mas não distante. Fria, mas não desatenta. Os homens disputarão o privilégio de jogar na sua mesa e **competirão** pela oportunidade de perder dinheiro para você.

— Será? — questionou ela, um **tanto cética**.

— Você não acredita em mim?

— Não.

— Por quê?

— Porque eu não sou esse tipo de **mulher. Admito que sou** inteligente e que possuo... atributos físicos que podem distrair os homens. Mas não sou bonita, misteriosa ou **enigmática** — explicou com a mesma objetividade de antes.

— Você está errada — afirmou **Alex**, deixando o copo de lado e indo até ela. Então, tirou o vestido **das mãos de Angelique** e o segurou contra a luz suave. Um mar **tropical** brilhou de seus dedos até o chão. — Este vestido foi feito para **você, lady Angelique**, mas, se quiser, pode deixá-lo aqui. Pode deixá-lo e ir **embora**, e nos separaremos como amigos. Você poderá jogar aqui sempre **que quiser**, mas não como uma parceria. — Ele deu meio passo **para mais perto** dela. — Ou pode se arriscar. Usar este vestido. Ficar. Ver o **quanto** é capaz de conquistar. Tornar-se *o que* quiser. Tornar-se *quem* quiser. — Alex estendeu o vestido para ela. — Só depende de **você**.

Havia uma segunda porta na parte **de trás do escritório que Angelique** não tinha visto na primeira noite. Ficava escondida, revelada por uma trava oculta sob a borda do lambril, e se abriu silenciosamente quando Alexander ativou a trava. *São meus aposentos*, explicou ele, como se estivesse mostrando a cozinha. Ela **podia** se trocar lá, em privacidade e sem ser incomodada. Ele estaria **do lado de fora** caso precisasse de alguma coisa.

O que Angelique precisava era **de juízo**.

Ela só podia ter enlouquecido, **pensou ao se ver no centro do que** parecia ser o quarto de Alexander Lavoie. Exceto pelo chiqueiro que Gerald chamava de quarto, ela nunca estivera nos aposentos de um homem. Sem dúvida estava longe **de ser a primeira mulher a ver** o interior dos aposentos de Alexander Lavoie, mas ainda se sentia um pouco como uma voyeur. Ela deveria ignorar as emoções eletrizantes que percorriam seu corpo e a deixavam arrepiada. O ideal seria trocar de roupa ali mesmo e acabar logo com isso.

Em vez disso, colocou o vestido sobre uma poltrona larga ao lado da porta e andou pelo quarto.

O cômodo, assim como o interior do escritório, não era muito decorado, com exceção da ampla cama de quatro colunas. O móvel fora esculpido em uma madeira escura que reluzia na luz suave e deixava a colcha carmesim e exuberante ainda mais exótica. Travesseiros com bordados dourados e escarlate estavam encostados na cabeceira da cama, e uma manta com o mesmo bordado estava dobrada próximo ao pé da cama. Ela estendeu a mão para sentir a maciez do colchão.

Era bem diferente da cama simples do quarto de Angelique, coberta apenas com lençóis de um cinza opaco. Mas, também, sua cama fora feita para dormir.

A cama de Lavoie fora feita para algo totalmente diferente.

Angelique deixou os dedos deslizarem até as fitas de seda amarradas nas colunas da cama.

Eu não a amarraria para conseguir o que desejo. A menos, é claro, que você pedisse. Então eu faria qualquer coisa.

Ele dissera aquilo para deixá-la desconcertada. Uma visão repentina de Alexander Lavoie se deitando nu naquela cama decadente a deixou com os joelhos bambos. Uma visão dela ali com ele, tendo-o à sua mercê, tocando-o como ele a tocara em sua imaginação, a deixou com um frio na barriga e uma sensação úmida entre as pernas.

Angelique tirou a mão da cama. Aquele homem era o dono de um clube de jogos e, embora não fosse um assassino, certamente era um sujeito perigoso. Um sujeito perigoso com um senso de humor sarcástico. E dono de um inesperado senso de honra e inegavelmente galante.

Alguém que a contratara para ser crupiê no clube, não para aquecer sua cama.

Ela se virou e continuou caminhando pelo quarto, enquanto seus passos eram abafados pelo tapete grosso que cobria o chão de madeira.

Havia um lavatório do outro lado do aposento, ofuscado por um enorme guarda-roupa e ladeado por um longo espelho. Um kit de barbear estava na beira do lavatório, e uma toalha fora jogada sobre a cadeira ao lado. O ar estava quente, tomado pela mistura dos aromas do óleo de lamparina com pitadas de sândalo e limão.

Uma segunda porta no canto do cômodo lhe deu uma visão de uma banheira de cobre, com as bordas brilhando de maneira convidativa na luz suave. Ela avançou em silêncio.

— Milady? — chamou a voz de Lavoie abafada pela porta, e Angelique se sobressaltou, sentindo-se culpada. — Já precisa de ajuda?

Já? Angelique certamente não precisaria da ajuda de Alexander Lavoie para se despir ou se vestir.

— Não, estou quase terminando — mentiu ela, correndo para perto da cama e começando a soltar os laços de seu vestido dourado. O que estava fazendo, xeretando o quarto dele como uma gatuna?

Uma gatuna com uma mente pervertida. Lavoie não tinha sido nada além de gentil com ela. Foi honesto e direto também, mas ela achava isso libertador. Ele não parecia querer que Angelique fosse o que não era. Afinal, Alexander era o único homem que a chamara de fascinante. E de inteligente.

Ela sabia que era capaz de fazer o trabalho. Sabia muito bem que ganharia pilhas de dinheiro para o clube nas mesas de carteado. O que não sabia era se conseguiria ser linda, misteriosa e enigmática ao fazê-lo. Até agora, sempre tentara ser trivial para passar despercebida e ser esquecida. Mas, considerando tudo o que Lavoie fizera por ela até então, ele certamente merecia que Angelique pelo menos tentasse.

E assim ela se viu apenas de camisola, espartilho, meias e anágua no meio do quarto do dono do clube de jogos de azar mais famoso de Londres.

O vestido dourado estava em um montinho aos seus pés. Quando Angelique modificara aquele vestido, um dos antigos trajes da mãe que havia encontrado no sótão, fizera questão de alterá-lo para que fosse possível vesti-lo e tirá-lo sem ajuda. Os acabamentos estavam na frente ou na lateral, de fácil acesso para suas mãos.

Mas, quando pegou o vestido azul-turquesa, descobriu que ele era o completo oposto. Era um vestido diferente de tudo que já tinha visto. O corpete, em vez de ser alto e descer sobre seu corpo, agarrava-se ao torso, seguindo a curva de seus seios e costelas até sua cintura. Ele estava costurado às saias na altura do quadril, uma profusão de bordados dourados e brancos delicados que cascateavam por sua cintura em direção aos pés, como trepadeiras. As mangas cobriam ombros, descendo pela parte superior dos braços, e o mesmo bordado dourado e branco enfeitava a bainha de cada manga. Era uma roupa luxuosa e única, ousada e surpreendente. Mas, para fechar, seria necessário apertar a fita dourada que passava pelas dezenas de buraquinhos na parte de trás do corpete.

Angelique não tinha notado esse detalhe quando tirou o vestido da caixa, provavelmente porque se distraíra primeiro com a extravagância e depois com o homem que lhe dera o presente.

Já precisa de ajuda?

Ela fechou os olhos. Sem dúvida, Lavoie estava se divertindo muito com a situação do outro lado da porta.

Mas ela tinha chegado até ali. Angelique lembrou a si mesma que estava fazendo tudo aquilo para um bem maior, e que o luxo de poder seguir o que a sociedade considerava apropriado ou de ter privacidade foi perdido quando ela aceitou um emprego e todos os benefícios financeiros decorrentes dele. Quando entrou no clube, na verdade.

Vestiu a peça e ajustou o corpete contra os seios, apertando o cetim da melhor maneira possível com uma das mãos. Com a outra, abriu a porta, preparando-se para ser tão profissional quanto ele fora com ela naquela noite.

Só que Lavoie estava sentado na beira da escrivaninha, com uma mão girando um copo de uísque e a outra segurando algum tipo de carta. Ele havia tirado o casaco e arregaçado as mangas da camisa e, de repente, não parecia tão formal. Nem tão imponente. Em vez disso, parecia infinitamente... tocável.

Parecia todas as coisas devassas que ela já ouvira sussurradas em um salão de baile, cada gemido ofegante que ela ouvira de alcovas escondidas. Tudo o que imaginou que poderia querer para si mesma.

Ele ergueu a cabeça e fixou o olhar nela. Angelique levou a mão livre até o topo do corpete, como se pudesse adicionar mais uma pecinha de armadura para se proteger da maneira como Alexander a olhava. O olhar dele era quente e intenso, e ela precisou de todo o autocontrole para não voltar correndo para o quarto.

— O vestido tem uma amarração na parte de trás — disse Angelique, tentando soar direta ou até acusatória, mas acabou soando mais trêmula e nervosa do que esperava.

Lavoie pareceu se sacudir mentalmente e retomar o juízo, e ela respirou mais aliviada.

— É claro que sim — respondeu ele, deslizando da mesa. — É para ser extravagante e extraordinário, não simples e prático. — Então colocou a carta e o copo de lado e a chamou com um dedo. — Venha aqui, vou amarrar o laço para você.

Angelique apertou o vestido contra o peito, sentindo uma onda de desejo percorrer seu corpo. As palavras, acompanhadas daquele simples gesto, eram as coisas mais provocativas e excitantes que já tinha ouvido em sua vida.

Aquilo tudo era muito inapropriado, mas ela só conseguia pensar em como se sentia imprudente. E livre. Caminhou até Lavoie, observando enquanto seu olhar se intensificava e ele engolia em seco, notando como ele apertava a borda da mesa com as mãos. Também não era imune.

Angelique parou bem na sua frente e ele se afastou da mesa.

— Vire-se — ordenou, em uma voz rouca.

Ela se virou, e sentiu um calafrio percorrer sua espinha. Não era como se estivesse nua. Seu espartilho estava bem preso em sua camisola, e o vestido estava puxado até os ombros, mesmo que estivesse aberto até a cintura na parte de trás. Não era a primeira vez que Angelique seria vestida por outra pessoa. Antes de tudo, ela dividira uma criada com a mãe, e vestir-se sempre fora uma tarefa árdua, algo a ser suportado para seguir o que a moda exigisse.

Mas aquilo não era uma tarefa árdua. Era algo completamente diferente. Era uma intimidade e uma entrega de controle mais emocionante e perigosa do que qualquer coisa que ela já havia experimentado.

Angelique sentiu as mãos de Lavoie primeiro na lateral do pescoço, juntando os fios de cabelo rebeldes que haviam escapado do coque dela e os empurrando para o lado com os dedos.

Ele afagou a pele nua dos ombros de Angelique com os nós dos dedos, causando arrepios. Era possível sentir o calor daquele homem irradiando às suas costas, sua respiração exalando enquanto ele inclinava a cabeça para realizar a tarefa. Alexander apertou a parte superior do corpete, e os seios dela se empinaram contra o bordado. Angelique sentiu os mamilos enrijecerem, enviando choques de prazer por seu corpo toda vez que o tecido roçava neles.

— Me diga se estiver muito apertado — falou ele baixinho em seu ouvido.

Ela só assentiu com a cabeça, porque havia perdido a capacidade de falar, até mesmo de respirar — embora isso não tivesse relação alguma com o aperto do vestido. Lavoie desceu as mãos para o centro das costas dela, e Angelique estava ficando desesperada com o toque daqueles dedos hábeis. Desesperada para que ele a tocasse de verdade.

Que apertasse sua cintura, cobrisse seus seios, traçasse as curvas de seus quadris, tocasse em tudo, em todos os lugares que estavam implorando por suas carícias. Ele havia alcançado a base da coluna dela agora, puxando e amarrando a fita para moldar o corpete ao corpo de Angelique.

— Terminou? — ela conseguiu perguntar.

— Ainda não.

Ele tirou as mãos das costas dela, mas logo a tocou no cabelo, arrancando habilmente os grampos até Angelique sentir o peso de suas madeixas caindo por suas costas. Ela até poderia ter protestado, mas a sensação dos dedos de Lavoie penteando suas mechas a deixou tonta.

Ele se afastou.

— Agora eu terminei.

— Sim. — Ela precisava dizer alguma coisa, e aquela era a única palavra em que conseguia pensar no momento.

— Como se sente?

Angelique fechou os olhos. Era como se estivesse prestes a sair da própria pele.

— Bem — sussurrou com dificuldade.

Ela abriu os olhos e olhou para baixo, alisando o cetim sobre a barriga até onde o tecido descia sobre seus quadris. Lavoie estava certo. Ele era muito bom com medidas.

— Vire-se.

Ela se virou devagar, com o coração batendo forte contra o peito, a coluna reta e o queixo erguido. Encontrou o olhar de Lavoie e eles se encararam pelo que pareceu uma eternidade. Ele deu um passo para trás, analisando-a da cabeça aos pés antes de encontrar os olhos dela de novo. Outros homens agiram exatamente da mesma forma e, na época, ela se sentira objetificada, como se seu valor estivesse sendo avaliado pelas curvas de seu corpo, do mesmo jeito que uma égua era avaliada em um leilão. Mas aquilo era diferente.

Tudo com aquele homem era diferente.

— Está bom? — perguntou ela, rouca. — Está satisfeito com o resultado?

— Por que não vê com os próprios olhos? — Ele apontou com a cabeça na direção da porta aberta que dava para o quarto. — Dê uma olhada no espelho.

Angelique assentiu e voltou para o quarto de Lavoie. Quase com cautela, aproximou-se do espelho comprido ao lado do lavatório.

Havia uma mulher olhando para ela que parecia vagamente familiar. Tinha um cabelo loiro mel que caía sobre seus ombros nus, fazendo-a parecer um pouco devassa, como se tivesse acabado de sair da cama. Ou dos braços de um amante. Ela usava um vestido que se agarrava a cada curva de seu corpo, fazendo com que seus seios parecessem exuberantes e sua cintura incrivelmente fina. Essa mulher também estava de cabeça erguida e tinha a aparência que certa jovem sempre sonhou que teria, se não estivesse tentando esconder seu corpo por baixo de metros e mais metros de musselina branca.

— O que acha?

Ela tomou um susto, pois não tinha ouvido Lavoie se aproximar.

— O vestido é incrível.

— Sim, ele é, e você está maravilhosa. Mas como se sente nele?

— Linda — respondeu ela, sem nem titubear.

E Angelique se sentia assim. Poderosa, confiante e… verdadeira-mente linda. Seus olhos encontraram os de Lavoie no espelho.

— Ótimo — falou ele, encarando-a com intensidade. — Agora só precisamos do "misterioso" e "enigmático". — E então colocou a mão no ombro dela. — Feche os olhos.

Angelique obedeceu, sentindo o corpo dele pressionado às suas costas. Ela precisou de todo o autocontrole para não se pressionar contra aquele calor, e quase agradeceu aos céus quando sentiu algo frio e firme em seu rosto.

— O vestido tem alguns acessórios — sussurrou Lavoie em seu ouvido.

Como você?

O coração dela palpitou, e Angelique precisou se concentrar para respirar direito. O que aconteceu com ela nos últimos minutos? O que aconteceu com a mulher que escondera sua mente da mesma forma que escondera seu corpo, até ser forçada a revelar ambos pelas atuais circunstâncias?

Ela conhecera Alexander Lavoie. Foi isso que aconteceu.

Angelique sentiu os dedos dele em sua nuca, prendendo a fita da máscara.

— Posso abrir os olhos?

— Paciência, milady — respondeu Lavoie com a voz aveludada, e então seu toque desapareceu por um segundo antes de retornar.

Ela sentiu uma leve pressão no pescoço, seguida de algo frio contra sua pele, em um contraste com os dedos dele em sua nuca. Era evidente que se tratava de algum tipo de colar, e a ideia de que seria uma peça equivalente à opulência do vestido despertou todo tipo de emoções estranhas e incompreensíveis em seu interior.

— Sr. Lavoie… — disse ela, começando a levar a mão até o pescoço, com medo de abrir os olhos.

— Alex — sussurrou ele.

— O que disse? — A mão dela congelou antes de alcançar a peça.

— Quando não estiver trabalhando no salão e estiver na privacidade do meu… escritório, você me chamará de Alex.

Alex. Não Alexander. O nome passou por sua mente como um pecado, como algo que ela imaginou que seria sussurrado no escuro entre lençóis de seda vermelha. Algo que poderia escapar dos lábios de Angelique enquanto ele a provocava e...

— Abra os olhos.

Angelique respirou fundo, precisando de um momento para se recompor. Ela deveria estar fazendo todo o possível para se distanciar da tentação que era aquele homem. Chegou a pensar que tinha ganhado certa experiência sobre homens e as relações que existiam entre eles. Dois segundos na presença dele e ela soube que estava muito, muito errada.

Forçou-se a lembrar que não estava sendo cortejada por Alexander Lavoie. Ele não estava lhe dando presentes como um amante apaixonado, esperando que sua generosidade valesse alguns momentos de prazer em alguma alcova. Aqueles não eram presentes de um admirador que planejava conquistar seu coração. Tudo ali não passava de um uniforme. Uma bela farda. O vestido tinha um propósito. A máscara tinha um propósito. As joias tinham um propósito. Alexander Lavoie tinha um propósito em tê-la ali, e o motivo eram os negócios.

Ele fora muito direto ao especificar o tipo de imagem que desejava que Angelique passasse em nome de seu clube — uma imagem que beneficiaria os dois, é claro.

Ela abriu os olhos.

A máscara era simples, de um tom dourado que combinava com o bordado do vestido, sem enfeites ou adornos além de um minúsculo diamante no canto de cada olho, inclinado em direção à têmpora. Ela cobria toda a parte superior da face, assentando-se levemente sobre a ponte de seu nariz e descendo graciosamente até a borda inferior de seu maxilar.

Mas Angelique mal notou a máscara.

Em vez disso, seus olhos foram atraídos para o colar em seu pescoço. A corrente não era uma corrente, mas um colar de pequenos diamantes que descansavam em suas clavículas. Do centro, outro fio único de diamantes cascateava, com pedras que aumentavam de tamanho à medida que chegavam perto de seu decote. Ela seguiu o caminho do colar com os olhos até onde ele terminava, a um sopro de distância do vale profundo entre seus seios. Era um modelo diferente de tudo que já vira. Elegante e sem exageros.

Angelique tocou as pedras brilhantes em seu pescoço. Os diamantes estavam quentes em seu corpo, e deslizaram sobre sua pele como um sussurro. Ela arrastou a mão até a ponta do fio, na parte superior dos seios, sabendo que o formato do colar, assim como o vestido, foram propositais.

Ela se olhou no espelho de novo. Não havia sinal algum da debutante esquisita. Nem vestígios da mulher desesperada com o vestido dourado reformado, armada apenas com sua inteligência e uma garrafa de conhaque francês.

Quem a encarava no reflexo do espelho era uma rainha. Uma cortesã. Uma dama. Uma amante. Tudo de uma vez.

— É espetacular — disse Angelique, satisfeita com a firmeza de suas palavras. *Uniforme*, pensou ela. *Uniforme, uniforme, uniforme*. Feito de cetim e diamantes. — Nunca vi nada igual. Chama a atenção de um jeito bem… dramático, não é? Melhor que uma garrafa de conhaque, admito.

Angelique esperou por uma tréplica espirituosa e perspicaz, mas nenhuma veio.

Atrás dela, Lavoie permaneceu em silêncio.

Seus olhos procuraram o dele pelo espelho, e então ela notou que Lavoie estava com uma expressão estranha no rosto.

— Tem algo em minha aparência que o desagrada, sr. Lavoie? — perguntou ela, usando o sobrenome dele de propósito, tentando colocar mais distância entre si mesma e o vórtice que era aquele homem.

— Não. Sim.

Ele ainda estava olhando para ela no espelho, e Angelique não tinha certeza se ele tinha ouvido direito. Alexander deslizou a ponta dos dedos no braço dela, puxando o cabelo para trás do ombro e deixando o ar frio resvalar na lateral do pescoço de Angelique.

Ela ficou arrepiada.

— Você está irresistível — afirmou ele, inclinando a cabeça e substituindo o ar frio pelos lábios dele.

Um calor escaldante a invadiu, e Angelique sentiu como se seu corpo tivesse derretido.

Havia umidade entre suas pernas, e uma pulsação latejante que combinava com as batidas de seu coração irradiou por seu corpo. Ela estava ofegante.

— Eu quero provar você — murmurou Lavoie, com a boca na pele sensível logo abaixo da orelha dela. Seu hálito estava quente, e sua língua passou por onde seus lábios haviam passado. — Quero provar você inteira.

Angelique fechou os olhos por um momento, sentindo todas as terminações nervosas de seu corpo sintonizadas com o toque daquele homem. Ela sabia o que deveria dizer.

Sabia que precisava apenas pedir, e ele se afastaria. Mas se viu desejando mais. Desejando ele. Ela se olhou no espelho, para aquela mulher que não reconhecia. Observou sua cabeça inclinada para o lado, enquanto Lavoie arrastava os lábios ao longo de sua pele, deixando um rastro de fogo. Observou a própria mão se levantar para acariciar o cabelo dele. Angelique nunca se sentira tão imprudente quanto naquele momento.

Nunca se sentira tão poderosa.

Lavoie levantou a cabeça e seus olhos incandescentes encontraram os dela no espelho.

— Eu não misturo negócios com prazer — sussurrou ele com a voz rouca, como se estivesse se lembrando da promessa que fizera.

Angelique deveria concordar e se afastar, acabar com a insanidade que ameaçava dominá-la. Mas o que saiu da boca dela foi:

— Eu ainda não comecei a trabalhar.

Lavoie ficou paralisado, e então estendeu a mão e soltou o laço da máscara dourada. Ele deixou a máscara na beirada do lavatório e olhou para ela por um longo momento no espelho.

— Vire-se — disse ele finalmente.

Pela segunda vez naquela noite, ela obedeceu à ordem.

Ele empurrou o cabelo dela para longe do rosto, traçando o contorno de sua bochecha, a curva da mandíbula. Seu toque percorreu o pescoço de Angelique até o colar de diamantes.

— Esses diamantes combinam com você. São diferentes. Brilhantes.

Angelique não sabia o que dizer. Passara grande parte da vida tentando não ser diferente, e aquilo a deixara infeliz. Agora, na presença de um homem que parecia considerar o diferente desejável, o efeito era inebriante.

Ele tocou o fio de diamantes próximo ao decote dela, e Angelique sentiu seus mamilos endurecerem ainda mais.

— Eu quis fazer isso desde o primeiro momento em que a vi.

Lavoie deixou o fio de diamantes cair e ergueu uma das mãos, passando a ponta dos dedos sobre os lábios de Angelique, um toque leve como uma pena. Era um tipo de tortura que ela nunca havia experimentado.

— Alex... — O nome escapou, algo entre uma pergunta e uma exigência.

Os dedos dele pararam a exploração de seus lábios e sumiram de repente, e Angelique notou que Lavoie estava com uma expressão intensa e séria. Ela respirou fundo, sentindo o aroma de uísque e amido, de sândalo e algo inegavelmente masculino.

Ele abaixou a cabeça, seus lábios a um sopro de distância dos dela.

Angelique fechou os olhos.

De repente, Lavoie roçou os lábios nos dela. Uma, duas vezes. Um toque breve e provocante. Angelique sentiu o arranhar da barba, o calor de sua boca quando ele encontrou seus lábios, primeiro o inferior, depois o superior. Ele recuou um pouquinho, esperando, enquanto deslizava uma das mãos na nuca dela e a outra em sua cintura. Então, inclinou a cabeça para baixo e substituiu os dedos por seus lábios no pescoço de Angelique, dando um beijo escaldante no ponto sensível onde era possível sentir sua pulsação irrefreada. Ela inclinou a cabeça para trás enquanto seu corpo era consumido por um desejo quase debilitante.

Lavoie levantou a cabeça, roçando a bochecha na dela, seus lábios pairando a meros milímetros dos dela. Desta vez, foi Angelique quem acabou com a distância, tomando a boca dele com força. Lavoie deu um gemido abafado antes de intensificar o beijo, mordiscando o lábio inferior dela e puxando com delicadeza, antes de acariciá-lo com a língua. E então foi ela quem gemeu baixinho, querendo mais.

Ele desceu a mão pela cintura dela, puxando-a contra si, e Angelique sentiu a firmeza do corpo dele através das roupas. Os músculos entre suas pernas se contraíram, e a pulsação ficou ainda mais excruciante, reverberando até seu âmago. Como se tivessem vida própria, suas mãos deslizaram sobre o peitoral e o pescoço dele, como se estivesse com medo de que fosse explodir e sair voando em mil pedacinhos se não segurasse em alguma coisa.

Os lábios de Alexander cobriram os dela de novo, mas sem provocações, apenas exigências. A língua dele a invadiu, e ela foi tomada por uma mistura de uísque e calor. Angelique deslizou a própria língua contra a dele, sentindo a mão daquele homem apertá-la com mais força. A ereção estava bem perceptível, presa entre os dois corpos, deixando-a ainda mais excitada. O beijo ficou mais intenso, exigente, uma batalha acalorada entre lábios e línguas.

Isso é ser possuída, pensou Angelique, entrelaçando os dedos no cabelo macio dele. Possuída com glória e por completo, e ela queria que durasse para sempre. Queria que Lavoie liberasse aquela espiral de desejo que se enrolava em seu interior, queria que ele fizesse amor com o corpo dela com a mesma intensidade que a beijava. Não queria que ele parasse.

Mas ele parou.

Lavoie interrompeu o beijo e apoiou a testa contra a dela, ofegante.

— Deus… — murmurou ele.

Os seios de Angelique pareciam mais pesados, o ponto de prazer entre suas pernas estava úmido e latejando, e sua pele parecia sensível a cada sussurro de respiração que a tocava. E só então ela ouviu as batidas na porta do escritório.

— Sr. Lavoie? — chamou uma voz abafada.

Angelique tirou as mãos do pescoço dele e se endireitou. Por Deus! O que teria acontecido se eles não tivessem sido interrompidos? Ela olhou de soslaio para a cama enorme com as cobertas luxuosas. Sabia exatamente o que teria acontecido. Ela teria deixado Alexander Lavoie levá-la para a cama e terminar o que tinham começado.

Suspeitou que teria sido bem diferente do que já tinha vivido. Desta vez seria algo memorável, porque ele já havia destruído tudo o que ela pensava saber sobre sexo apenas com toques sutis. Mas aquilo nunca poderia acontecer, por mais que seu corpo implorasse.

Alexander Lavoie era um empresário em primeiro lugar. Desde que Angelique não estragasse o acordo comercial entre eles antes mesmo que começasse, aquele homem poderia fornecer a ajuda de que ela tanto precisava. Um emprego estável, uma renda. Angelique precisava do clube mais do que precisava daquele homem, e seria sensato se lembrar disso.

Ela não podia fazer nada para comprometer o acordo.

— Peço desculpas, sr. Lavoie — falou com os dentes cerrados. — Isso não acontecerá de novo. Não foi nada profissional da minha parte.

— Da sua parte? — perguntou ele, ainda parado diante dela, embora estivesse com as mãos quase grudadas às costas naquele instante.

— Receio que eu tenha me deixado levar — afirmou ela. — Suspeito que diamantes fazem isso com a cabeça de uma mulher, mesmo que sejam apenas parte de um uniforme.

Ele estava a encarando com olhos semicerrados.

— Diamantes?

— Sim — mentiu ela. — Foi tudo um pouco demais, na verdade.

— Sr. Lavoie? — chamou a voz de novo com uma batida mais forte. — Tem um homem aqui que deseja vê-lo. Diz que é urgente.

Lavoie fez um barulho indecifrável e se afastou dela, seguindo para o escritório. Angelique ouviu a porta se abrir e o som de vozes baixas.

Ela soltou um suspiro que não tinha percebido que estava segurando. Olhou para o espelho, tentando conciliar o reflexo da mulher de vestido azul-turquesa com a garota que chegara ali com o vestido dourado. Mas era impossível. E ela também não queria. Embora os dois nunca mais pudessem repetir o que acontecera naquela noite, algo dentro dela mudara, e Angelique não conseguia se arrepender.

Notou os olhos semicerrados, as bochechas vermelhas e os lábios levemente inchados. Ela não era habilidosa nem experiente quando se tratava de prazer, mas não era tão ingênua a ponto de não reconhecer o desejo quando o via. Ao ficar na frente daquele espelho, com um homem que nunca a tratara como nada menos do que uma igual, um homem a quem ela revelara mais de seu verdadeiro eu do que jamais fizera com qualquer outro, ela testemunhara o quanto ele a desejara.

E mesmo sem saber, Alexander Lavoie a presenteara com um conhecimento que ela não possuía ao chegar ao clube naquela noite. Angelique finalmente entendeu a beleza e o poder que tinha. E também entendeu que as duas coisas não tinham nada a ver com sua aparência.

Com um sorriso agridoce, pegou a máscara dourada e a amarrou de volta no rosto. A pessoa que estivera batendo na porta ainda estava no escritório conversando com Lavoie.

E, apesar de suas recentes descobertas, Angelique não tinha a intenção de sair do quarto de Lavoie parecendo uma integrante de seu harém.

Ela endireitou a postura e entrou no escritório com o máximo de casualidade que conseguiu. Havia um homem alto falando com Alexander logo na porta, e ficou claro pelas roupas dele que não estava ali para apostar. Seu traje era de boa qualidade, dando-lhe a aparência de um cavalheiro, mas a espada pesada em sua cintura passava outra mensagem. Parecia militar, com a bainha marcada e danificada e um cabo que brilhava opacamente após ser polido. Ele segurava o chapéu nas mãos e falava baixinho com uma expressão meio sombria. O rosto de Lavoie não parecia muito melhor, embora estivesse fazendo várias perguntas para o homem.

De repente, Lavoie pareceu perceber a presença dela e parou de falar. Os dois homens a olharam.

Angelique ficou sem graça, sentindo que tinha acabado de ser pega espionando a conversa.

— Lamento interromper. Posso esperar no outro cômodo.

— Não, pode ficar — disse Lavoie. — Eu e o sr. Harris já terminamos a conversa.

O homem alto acenou com a cabeça para Lavoie e fez uma espécie de reverência estranha para Angelique antes de sair da sala, colocando o chapéu de volta na cabeça.

— Está tudo bem? — perguntou Angelique, sem realmente esperar uma resposta. Sem saber se queria uma resposta.

Certamente, administrar um clube de jogos devia ter seus momentos desagradáveis.

— Sim, está — respondeu Lavoie, indo até a mesa e pegando as anotações dela. — Mas estamos ficando sem tempo. Como você mesma disse, o clube logo ficará cheio e precisamos decidir qual plano vamos utilizar.

O tom dele, assim como sua expressão, era frio. Não havia mais vestígios do homem que a beijara com intensidade no quarto.

Angelique deveria estar aliviada.

— Vamos discutir as estratégias — disse ele, apontando para a cadeira em frente à escrivaninha enquanto ia para a cadeira do outro lado, colocando uma barreira sólida entre os dois. — Suspeito que haverá um período de tentativa e erro, mas estou confiante de que não terá dificuldades em lidar com isso. E, como você disse, precisaremos estabelecer vencedores para atrair mais jogadores. Precisamos criar um sistema.

Angelique sentou-se na cadeira e cruzou as mãos no colo. Ela poderia ser tão fria quanto Lavoie. Guardaria a lembrança do beijo dele, junto à sensação maravilhosa da descoberta que o acompanhara. Manteria as duas coisas escondidas sob uma camada suave de profissionalismo porque, não importava o que acontecesse, ela não podia se dar ao luxo de perder aquele emprego.

— Milady?

Angelique voltou à realidade.

— Perdão. O que disse?

— Perguntei se você prefere usar um ou dois baralhos.

Ela pigarreou e se forçou a se lembrar do motivo de estar ali. E do que precisava fazer.

— Dois, sr. Lavoie. Certamente dois.

Capítulo 7

Alex estava atrás de sua escrivaninha, pensativo.

Ele não gostava nem um pouco de ficar pensativo, porque homens que passavam tempo demais pensando em vez de tomar medidas decisivas perdiam grandes oportunidades. No entanto, quando se tratava de Angelique Archer, ele percebeu que não tinha ideia do que fazer.

Pela quinta noite consecutiva desde que ela vestira aquele traje azul-turquesa, Alex se forçou a circular pelo clube, elogiando as damas e conversando um pouco com os cavalheiros. Era o que ele fazia todas as noites, e sempre dava um toque sutil que entretinha seus convidados e o divertia. Mas aquilo havia se tornado uma tarefa árdua.

Alex se pegava o tempo todo olhando para a mesa de *vingt-et-un* e para a mulher que dava as cartas, calma e serena como uma monarca presidindo uma corte com seus súditos favoritos. Ele arrumara a mesa para seis jogadores, mas o jogo havia atraído um público pelo menos quatro vezes maior. A novidade, combinada com a bela e misteriosa crupiê, se mostrara irresistível. Uma fila de frequentadores esperava por uma chance como adolescentes apaixonados. Por Deus!

Havia algo diferente em lady Angelique desde a primeira vez que ela se sentara atrás daquela mesa, algo que ele não tinha visto nas vezes em que ela estivera no clube para jogar. Angelique estampava um sorrisinho no rosto que Alex não notara em nenhuma das ocasiões anteriores ao acordo deles, como se ela soubesse alguma piada secreta. Todos os seus movimentos eram delicados e quase sensuais, como se tivesse percebido o poder de sua beleza e agora se apropriasse dele com a mesma confiança com que exercia sua inteligência. Sempre falava em um tom baixinho, com uma cadência suave e sedosa na voz, quase sugestiva. Os homens que se sentavam àquela mesa ficavam hipnotizados. Eles pareciam não se cansar dela.

Alex não sabia o que podia ter causado aquela mudança. Talvez fosse porque Angelique não estava mais tentando ser invisível.

Talvez fosse porque ela não estava mais desesperada por dinheiro, como nas visitas anteriores.

Ou talvez ele estivesse apenas enlouquecendo.

Ele com certeza perdera o controle quando a beijara. Só de pensar na maneira como Angelique o olhara pelo espelho, nos dedos dela entrelaçados em seu cabelo, na cabeça dela inclinada para trás e nos olhos azuis ardendo de desejo, Alex já ficava duro de novo. Nunca levara uma mulher para o seu quarto, e sempre mantivera suas relações esporádicas em algum local neutro. Já vira muitas vezes o que acontecia quando sexo se transformava em amor, e então em ciúme e ódio, e não tinha vontade alguma de passar por isso. Ele dava seu corpo livremente, mas nada mais do que isso.

Não sua privacidade, não seus pensamentos, e muito menos sua afeição.

Alex não sabia por que Angelique era diferente. Por que ele permitira que ela entrasse em seu quarto e em sua vida. Por que ele fizera tudo o que tinha feito nos últimos cinco dias.

Tudo o que ele sabia era que não conseguia mais olhar em seu espelho sem que todo o sangue de seu corpo corresse direto para sua virilha.

Levantou-se de trás da escrivaninha abruptamente, fechando o livro de registros diante de si com um baque irritado. Havia uma razão pela qual ele nunca misturava negócios com prazer, e ali estava o exemplo perfeito. Aquela mulher era uma distração, ou seja, um perigo. Ele precisava de todo o seu juízo no lugar, e beijar Angelique Archer era o oposto disso.

Graças a Deus, lady Angelique deixara a gafe dele passar e agira como a profissional perfeita. Os dois fizeram uma fortuna naquela primeira noite e em todas as noites desde então.

Bom, *ela* tinha feito uma fortuna. Até ele ficara chocado com a facilidade com que Angelique controlava e manipulava a mesa. Sim, muitos dos jogadores eram inexperientes, mas isso não justificava todo o sucesso.

Ela chegava pontualmente todas as noites na carruagem dele, já vestida para o trabalho — o que deveria ser um alívio, mas Alex ficara surpreso com a sensação irracional de tristeza que o dominava. Vesti-la uma vez lhe trouxera uma satisfação perversa, mas esta não era mais uma tarefa dele, e Alex agora estava com um ciúme absurdo de uma senhora chamada Tildy.

Outra razão pela qual não se deve misturar negócios com prazer.

Ele mandara fazer um segundo vestido para Angelique — uma obra-prima de tons índigo e prata — que a deixava ainda mais parecida com uma deusa grega. E, por mais que dissesse a si mesmo que estava contente com o resultado, Alex ficava ressentido com a maneira como todos os frequentadores do clube olhavam para ela. Como se estivessem imaginando como seria arrancar aquele vestido daquele corpo glorioso, botão por maldito botão.

Alex ignorou o fato de que ele não era melhor que os outros homens. Porque, quando não estava fantasiando sobre vestir Angelique, estava fantasiando sobre despi-la.

Seus olhos captaram o brilho no canto da escrivaninha.

Como sempre, ela deixava o colar e a máscara cravejada de diamantes sob os cuidados dele no final da noite, por não querer levá-los para casa. Disse que não queria correr o risco de serem roubados, deixando subentendido que o irmão dela seria o culpado. Alex pegou a corrente de diamantes e a deixou deslizar por entre os dedos, lembrando-se de como a joia cascateava pela pele dela e por entre seus seios incríveis. Ele daria tudo para vê-la usando aquele colar e nada mais.

Uma nova onda de excitação o fez gemer alto. Ele precisava parar com aquilo ou nunca mais conseguiria andar direito.

Olhou na direção da porta fechada do quarto. Normalmente, estaria indo dormir agora.

Dormir de manhã até o início da tarde, e então se levantar e cuidar de negócios antes de abrir o clube. Mas ele estava muito excitado para dormir naquele momento. E, se deslizasse entre os lençóis frios de sua cama naquele estado, não tinha dúvidas de que sua mente continuaria sendo consumida por Angelique Archer e que ele seria forçado a buscar alívio com as próprias mãos. E ele não estava tão desesperado.

Ainda.

— Meu Deus, Alex. Você roubou o palácio?

Alex congelou, apertando os diamantes na mão.

— Duquesa... Não ouvi você bater na porta.

— É porque não bati — falou Ivory Moore, encostada no batente da porta escondida que dava para o beco.

— Essa porta estava trancada.

— Estava? — gracejou ela, parecendo satisfeita consigo mesma enquanto alisava a saia marrom do vestido.

— Você andou praticando.

— Aprendi com os melhores. — Ela atravessou a sala e espiou por cima do ombro de Alex. — Este colar é bem impressionante. — Então pegou a joia dos dedos dele. — Está planejando cortejar uma imperatriz? Ou por acaso se apaixonou? — perguntou olhando para ele.

— Só quando o inferno congelar, Duquesa. — Alex pegou a joia de volta e a colocou com a máscara na primeira gaveta da escrivaninha, fechando-a com firmeza. — A que devo o prazer de sua visita?

Os olhos de Ivory permaneceram na gaveta da mesa.

— Trago informações.

— Hum, parece interessante. Não me mate de curiosidade. — respondeu, cruzando os braços.

— O que sabe sobre o visconde Seaton? O filho do duque de Rossburn.

Alex franziu a testa.

— Você andou conversando com o Harris alto?

— Não. E o nome dele é Jed.

— Oi?

— O nome do "Harris alto" é Jedediah. Os outros são o Theodore e o Frederick, que é o mais baixo.

Alex suprimiu uma risada.

— Jed, Ted e Fred?

— Que são provavelmente melhores do que você com uma lâmina — repreendeu Ivory, franzindo as sobrancelhas. — Não vá bancar o tolo.

— Duvido que sejam melhores, mas entendo seu ponto, Duquesa.

— Que bom. — Ela fez uma pausa. — O que o sr. Harris tem a ver com o Seaton?

— Eles o estão vigiando para mim, lembra? O jovem Gerald anda passando muito tempo com Seaton ultimamente. Em partes bem insalubres de Londres, perto das docas, diga-se de passagem.

— Com que objetivo?

— Jed Harris ainda não tem certeza. Pode ser pela adrenalina, ou talvez pelo gim barato. Ou algo totalmente diferente. Pedi para que continuem vigiando, tanto Hutton quanto Seaton.

— Por quê?

— Porque Hutton parece não ter nenhum tipo de inteligência ou juízo, e creio que Seaton está se aproveitando disso. E talvez seja do meu interesse fazer algo a respeito em breve. — Alex tamborilou os dedos na coxa. — Sua vez.

Ivory se recostou na borda da mesa.

— Há rumores antigos que ligam Seaton aos Archer, mas não ao novo marquês, e sim com sua crupiê de *vingt-et-un*.

Os dedos de Alex pararam por alguns segundos antes de voltarem ao ritmo.

Ele se lembrou da reação intensa de Angelique à presença de Seaton na noite em que o irmão dela fez papel de tolo. Na época, achou que era por conta da situação, mas agora estava se perguntando se havia algo a mais na história...

— Essa é uma afirmação um tanto ambígua, Duquesa. Fale mais, por favor.

Ivory inclinou a cabeça e o observou com firmeza.

— Durante a única temporada de lady Angelique, corria o boato de que o duque de Rossburn e o marquês de Hutton estavam conversando sobre a ideia de fundir as famílias por meio do matrimônio.

— Boato?

— O casal, na companhia das respectivas famílias, foi visto junto em diversas ocasiões. Teatros, museus, Rotten Row... Lugares habituais de exposição. Nada chegou a ser declarado ou confirmado, mas algumas pessoas chegaram às conclusões óbvias.

Naquela época, eu achava que meu futuro já tinha...

Angelique nunca terminara a resposta quando ele perguntou sobre seu apelido na temporada. Será que acreditara que estava prometida? Que seu futuro já havia sido acordado? Será que houvera um pacto matrimonial prestes a ser consumado?

Ou talvez tivesse sido...

Alex fez um esforço para relaxar depois que percebeu estar tenso.

— E essa suposta união foi motivada por uma afeição mútua compartilhada pelo casal, ou pelas escolhas usuais dos pais com base em linhagem e riqueza?

Ivory o olhou com curiosidade.

— Não ficou claro. E isso importa?

— Talvez — respondeu Alex, fingindo não se importar, quando na verdade sentia o contrário. — Você me conhece. Sempre gosto de saber o que motiva as pessoas, e como posso usar isso a meu favor.

— Você quer saber se sua dama estava apaixonada — zombou Ivory. — Ora, ora, você está caidinho por ela!

— Certamente estou caidinho pela quantidade de dinheiro que ela me fez ganhar nos últimos dias — afirmou Alex, tomando cuidado para não soar muito defensivo. — Mas não tenho interesse nos sentimentos de lady Angelique, exceto pelo impacto que isso possa causar a ela e em sua capacidade de me trazer mais dinheiro. Quero saber se Seaton foi um problema no passado ou se pode se tornar um problema de novo. Quero saber como essas famílias podem ter sido ou ainda podem estar interligadas e se é algo com que precisarei me preocupar enquanto ela trabalhar aqui.

— Ah, sim, claro. — Ivory exibia um sorriso malicioso. — Diga-me, sua dama gostou dos diamantes?

— Ela não é minha dama, é minha funcionária. Um trunfo para este clube. E os diamantes fazem parte do uniforme dela, assim como a máscara. Na verdade, lady Angelique será a primeira pessoa a lhe dizer isso.

— Do uniforme dela?

— Sim.

— Não é comum uniformes envolverem uma fortuna em diamantes.

— Aonde quer chegar, Duquesa?

— Você a beijou?

— Vou fingir que não ouvi isso. Sabe tão bem quanto eu que não misturo negócios com prazer — afirmou Alex, cruzando um pé sobre a perna em um movimento casual.

A maldita mulher o conhecia bem até demais...

— Você a beijou — disse Ivory. — Não está só caidinho, mas completamente apaixonado!

— Esse assunto está encerrado. — Ele fez uma pausa. — Conte-me o que aconteceu com essa suposta união entre os títulos de Hutton e Rossburn.

Ivory ainda o observava, e Alex a encarou.

— Ah, está bem... — Ela se endireitou e arrastou os dedos pela lombada de um dos livros contábeis na escrivaninha. — Nada aconteceu. A marquesa de Hutton adoeceu e todos acreditam que Angelique Archer se afastou da sociedade para cuidar da mãe em seus últimos meses de vida. Lady Angelique não retornou à sociedade após a morte dela.

— E Seaton abandonou sua dama quando ela mais precisava?

Ivory deu de ombros.

— Isso é algo que terá que perguntar a ela se quiser saber. Ou ao próprio Seaton.

— Hummm.

Angelique nunca mencionou Seaton depois daquela primeira noite desastrosa, nem quando descreveu sua temporada fracassada.

Na época, eu realmente pensei que queria um marido.

Seaton?

Será que ele a havia beijado? Tocado?

Uma sensação muito estranha e desagradável dominou Alex quando ele pensou em Angelique beijando outro homem, e demorou um pouco para que conseguisse identificar do que se tratava. Ciúme possessivo.

Ele reprimiu o sentimento sem pensar duas vezes. O que Seaton fizera ou não no passado com lady Angelique não tinha importância. Era o presente que preocupava Alex, especificamente, qual seria o papel de Seaton nisso. E qualquer que fosse o relacionamento do homem com lady Angelique, era seu relacionamento com o irresponsável e atual marquês de Hutton que o preocupava.

— E a fortuna perdida? — perguntou ele, tentando se distrair.

— Pelo que investiguei, a sociedade ainda acredita que o título de Hutton é sinônimo de riqueza. No entanto, o velho marquês começou a vender as propriedades de Hutton pouco depois de sua esposa adoecer. Isso parece ter marcado o início de seu declínio financeiro, embora, curiosamente, a família de Seaton, Rossburn, tenha florescido desde então.

— Florescido?

— Cinco anos atrás, havia rumores sobre a existência de problemas financeiros no ducado de Rossburn. Mas, desde então, Rossburn montou um estábulo cheio de cavalos de corrida, reuniu uma coleção impressionante de pinturas renascentistas, comprou uma grande casa em Mayfair e adquiriu um castelo em algum lugar perto de Swindon. O duque e a duquesa são famosos por sediarem bailes luxuosos, festas no jardim e outros tipos de entretenimento. O tipo de evento que o príncipe frequenta.

— Coincidência?

— Coincidências em nossos negócios são quase tão comuns quanto duendes, você sabe disso.

— Hummm.

— Dito isso, não consegui encontrar nada que provasse ou refutasse que é, de fato, uma coincidência. Alderidge se ofereceu para investigar mais, mas recusei. Quando um duque começa a fazer perguntas, por mais cuidadoso que seja, alguém presta atenção. Meu marido e sua posição são úteis em alguns casos, mas um problema em outros.

— Agradeço sua discrição, Duquesa. Por mais que eu admire seu marido, não preciso de um duque-pirata metendo o nariz em meus negócios. — Alex fez uma pausa. — Aliás, onde está seu querido Davy Jones no momento?

— Alderidge está nas docas.

— Algum navio foi atacado por um kraken?

Ivory deu um suspiro teatral, embora estivesse sorrindo.

— Adeus, Alex — despediu-se ela, atravessando a sala até a porta oculta.

— Já vai? Está cedo.

— Não há mais nada que eu possa dizer. — Duquesa apertou a trava e a porta se abriu para as sombras do beco. — Se realmente está em busca de respostas, deveria conversar com sua dama em vez de beijá-la.

Alex teria retrucado, mas Ivory saiu logo e fechou a porta tão silenciosamente quanto a abriu.

Ele andou de um lado para outro do escritório, sentindo-se inquieto e insatisfeito. Sua primeira impressão de George Fitzherbert o deixara com um grande desgosto e uma falta de respeito ainda maior por sua figura, mas havia muitos homens como ele a quem Alex nem se dava ao trabalho de lembrar que existiam.

Os outros homens não tinham uma ligação com Angelique Archer, no entanto, sussurrou uma vozinha em sua cabeça.

Alex foi até a longa estante de livros que cobria a parede oposta. Sabia que estava começando a se comportar como um pretendente ciumento, e não estava gostando nada disso. Precisava se concentrar nos fatos. Ivory tinha razão. Se ele queria respostas, bastava fazer algumas perguntas a lady Angelique. Ele tentaria descobrir mais sobre a situação antes que ela começasse a trabalhar no salão de jogos naquela noite. Afinal, certos esqueletos não apenas caíam de armários, como também puxavam o pé das pessoas.

Alguém bateu na porta que dava para o beco e Alex se virou, puxando a trava.

— Esqueceu alguma coisa, Duquesa? — perguntou ele, porém logo percebeu que não era Ivory, mas Jed Harris na porta, com o chapéu mais uma vez nas mãos e uma expressão bem séria.

— Sr. Harris.

— Bom dia, sr. Lavoie — respondeu Jed.

— Você deve estar aqui para receber o pagamento. — Sem dúvida, o jovem Hutton estava desmaiado em algum lugar agora. Com sorte, perto da própria casa, e não em uma pilha de lixo em algum beco. Alex tentou espiar para fora da porta. — Seus irmãos estão com você?

Jed negou com a cabeça.

— Não. Theodore ainda está vigiando a casa do visconde, mas Fred está na Torre.

— Na Torre? — Alex franziu um pouco a testa, sem entender a situação. — Por quê?

— Porque o marquês de Hutton está na Torre.

Alex revirou os olhos.

— Por favor, diga que ele não se enfiou em uma das jaulas dos leões e dormiu lá dentro.

Aquilo era algo que Alex não tinha dificuldade em imaginar Hutton fazendo. Sem dúvida, o homem acharia tudo engraçadíssimo… até ser mordido.

— Não, ele não está na jaula dos leões.

— Meu Deus. Ele está na jaula do Martin?

— De quem? — perguntou Jed, perplexo.

— Do urso-pardo. Ele se chama Martin. Hutton foi devorado por Matin?

— Não. Sua Senhoria não está no zoológico nem foi… hum… devorado.

— Então não estou entendendo. Por que ele está na Torre?

— Porque o marquês de Hutton foi preso, sr. Lavoie.

Capítulo 8

— O marquês de Hutton foi preso — anunciou Vincent Cullen, o barão Burleigh, parado no meio do salão de Angelique, com o chapéu nas mãos e os olhos redondos mais arregalados que o normal em seu rosto fino.

Atrás dele estava sua mãe, lady Burleigh, vestida adequadamente para uma visita social, e vê-la foi quase tão chocante quanto a declaração de Burleigh. Angelique não a tinha visto nem uma vez desde a morte da própria mãe, embora as mulheres tivessem sido próximas. Ela envelhecera muito nos anos que se passaram. Seus traços estavam mais angulosos, e seus olhos, mais severos. O cabelo grisalho estava preso em um coque, e ela encarava Angelique como se estivesse esperando para avaliar a sua reação às notícias de Vincent.

Angelique ignorou o medo imediato que a percorreu. Ela não era tola. Embora não conseguisse imaginar por que Burleigh trouxera a mãe, certamente era algum tipo de brincadeira. Poucos dias antes, o irmão dela fingira ser um assaltante...

E parece que agora estava fingindo ser algo pior.

Não tinha graça alguma.

— Ah, sim, claro que está — ironizou Angelique. — Ele foi pego espionando para os franceses, é?

Burleigh pestanejou, confuso.

— Não — falou ele baixinho. — Ele foi preso por assassinato.

Angelique franziu a testa para o homem magricelo, mas moderou sua resposta em respeito à mãe dele.

— Sinto muito, mas não tenho tempo para isso, lorde Burleigh. Quando vir meu irmão, diga que ele precisa voltar para casa. Preciso discutir alguns assuntos com ele.

— Mas ele está na Torre — afirmou Burleigh, mexendo no broche azul-turquesa em sua gravata, como se ela estivesse muito apertada e ele não conseguisse respirar.

— Na Torre? — repetiu Angelique, notando como o homem estava mais pálido do que o normal e sentindo um calafrio repentino.

Lady Burleigh escolheu aquele momento para dar um passo à frente e colocar a mão fria na manga do vestido de Angelique.

— É verdade, querida. Eles o levaram para lá depois que o encontraram e o prenderam.

Angelique deu um passo para trás. Por qual motivo aquela mulher mentiria para ela?

— Não estou entendendo. Se isso for uma brincadeira...

— Não é. Eu juro! — exclamou Burleigh, olhando de sua mãe para Angelique. — É a verdade.

Angelique sentiu uma onda de náusea.

— Conte-me o que aconteceu.

— Encontraram Hutton na casa do conde de Trevane nas primeiras horas da manhã. Parece que...

— Parece que o quê? Fale! — exigiu ela em um tom um tanto rude, mas sua paciência estava perdendo uma batalha rápida contra o medo.

— Dizem por aí que ele estava tentando roubar a casa. E parece que uma criada o pegou em flagrante.

Angelique sentiu a boca secar.

— E?

— E ele a matou. Cortou a garganta dela — afirmou lady Burleigh sem emoção alguma na voz.

Angelique sentiu como se estivesse no meio de um sonho, afogando-se em um mar de desorientação. O mundo ao seu redor pareceu girar.

— Isso é impossível — ela se ouviu dizer. — Meu irmão nunca faria uma coisa dessas.

Eu vou dar um jeito. Prometo.

A visão dela ficou turva e de repente era difícil respirar.

— Meu Deus...

Angelique sentiu a mão de Burleigh em seu braço e, pela primeira vez, ficou feliz com o toque. Aquilo a levou de volta ao presente.

— Milady...

— É impossível — repetiu Angelique.

Impossível, impossível, impossível.

Burleigh deu um tapinha desajeitado no ombro dela.

— Sinto muito...

— Conte-me os detalhes — pediu ela, sentindo uma gota de suor pegajoso escorrer por suas costas. — Não deixe nada de fora.

— Não sei muito bem o que aconteceu. Era para nos encontrarmos com ele...

— Encontrarmos? Você e quem?

— Eu e Seaton estávamos indo para... hum... — Ele olhou para a mãe de soslaio. — Para um dos clubes do Seaton, mas seu irmão disse que tinha algo que precisava fazer antes.

— Na casa de Trevane?

Nervoso, Burleigh passou a mão pelo cabelo ralo.

— Seu irmão era muito reservado, milady, mas parecia se tratar de uma aventura inofensiva, sabe? Ele fez parecer que estava flertando com uma das criadas e que eles... que eles tinham um encontro marcado.

Angelique estendeu a mão e encontrou a borda da mesinha do corredor, como se aquela mobília fina pudesse ampará-la.

— E então o que aconteceu?

Burleigh tirou um lenço do bolso e secou a testa pálida.

— Eu não sei. Seu irmão... hum... bem, ele disse que não ia demorar muito. Mas estava chovendo e eu não queria esperar nos arbustos do lado de fora da casa do conde. Então fui até uma cafeteria próxima para esperar. Mas Seaton ficou.

Com o canto do olho, Angelique viu lady Burleigh balançar a cabeça e comprimir os lábios em clara desaprovação.

— Seaton nunca teve muito juízo — resmungou a mulher.

— Sim, bem... Eu estava na cafeteria, e, de repente, Seaton apareceu correndo e me arrastou para fora dizendo que Hutton tinha sido preso. Fiquei tão chocado quanto você, milady.

— Como... por quê... — balbuciou ela, tentando organizar seus pensamentos.

O barão se aproximou.

— O próprio conde o encontrou com o corpo, milady. Coberto de sangue. — Ele pigarreou. — Imagino que as autoridades virão em breve para notificá-la. Interrogá-la, também.

Angelique se concentrou em respirar fundo. A última coisa de que precisava era ser interrogada.

— Quem mais sabe disso? — perguntou.

— Todos deverão ficar sabendo até o fim do dia — sussurrou Burleigh, olhando o salão como se estivesse procurando por uma resposta diferente. — Ele é um marquês.

— Preciso vê-lo — afirmou Angelique.

Precisava falar com Gerald. Ele não podia ter feito aquilo. Seu irmão não era um assassino. No entanto... Com uma grande dose de álcool, uma grande dose de narcóticos, uma grande dose de desespero, de repente o impossível parecia assustadoramente possível. Ela colocou a mão na boca, lutando para manter a compostura.

Lady Burleigh balançou a cabeça de novo.

— Eles o proibiram de receber visitas de qualquer tipo.

— Eles?

— Os carcereiros.

— E como sabe disso?

— Porque nós já tentamos visitá-lo antes de vir aqui — explicou a mulher, pegando a outra mão de Angelique.

Burleigh suspirou.

— Sinto muito, milady. Sou apenas um barão e, para ser sincero, nem mesmo um muito importante. Não tenho o tipo de poder de que seu irmão precisa agora.

Angelique engoliu em seco.

— Lamento por lhe trazer uma notícia tão terrível, mas achei que seria melhor você ouvir isso de mim. Gerald é meu melhor amigo desde que éramos crianças. Eu faria qualquer coisa para ajudá-lo, você deve saber disso.

Angelique assentiu.

— E o que eu faço? — perguntou ela, sem esperar uma resposta.

— Seaton está falando com o pai agora, milady. Se alguém tem o poder de ajudar, certamente é o duque de Rossburn. Ele tem muitas conexões influentes. Você deveria ir vê-lo agora.

— Sim — respondeu Angelique, afastando-se do toque dele. — Vou fazer isso.

Burleigh apertou a aba do chapéu com os dedos.

— Gostaria que fôssemos com você?

— Não.

A última coisa que Angelique queria era passar mais um minuto na presença de um homem que era cúmplice daquela situação, ainda que indiretamente. Ou da mãe dele.

— Nós podemos ficar...

— Não.

Ela queria ficar sozinha. *Precisava* ficar sozinha para pensar.

— Certo, claro — disse Burleigh, nervoso. — Então nós vamos indo.

— Está bem.

Ele hesitou.

— Mais uma vez, milady, lamento ser o portador de uma notícia tão angustiante.

Angelique assentiu e se virou para encontrar lady Burleigh parada à sua frente.

— Você tem os olhos dele — disse a mulher, mais uma vez encarando-a.

— Como disse? — perguntou Angelique, confusa, distraída por um instante de sua angústia.

— Você tem os olhos dele — repetiu lady Burleigh. — Não tinha reparado antes, mas agora consigo ver com clareza.

— Do meu pai?

Por Deus, o que diabo aquilo tinha a ver com a situação?

— Mãe — chamou Vincent.

— Sim. E você também terá a força dele — afirmou a mulher, como se estivesse saindo de um transe.

Angelique supôs que lady Burleigh estivesse tentando lhe oferecer algum tipo de conforto, mas ela não se sentia nada forte. A vontade repentina de gritar ou bater em algo era avassaladora. Ela só queria que Burleigh e sua mãe fossem embora.

Vincent colocou o chapéu e levou a mãe até a porta.

— Saiba que seu bem-estar é muito importante para nós. Se pudermos fazer alguma coisa, qualquer coisa, é só...

— Acho que vocês já fizeram o suficiente — respondeu Angelique.
— Obrigada — forçou-se a acrescentar.

Ele pareceu engolir em seco e acenou com a cabeça uma vez, mantendo a porta aberta para lady Burleigh. Mãe e filho saíram em silêncio, e Angelique fechou a porta. Apoiou a testa na madeira lisa, fechando os olhos e ouvindo o silêncio ao seu redor, interrompido apenas pelo som de seu coração palpitante. Queria acordar agora, abrir os olhos e perceber que tudo não passava de um pesadelo. Um pesadelo que a deixara trêmula, ofegante e fraca.

Mas, quando os abriu, viu apenas o padrão granulado de uma porta de carvalho polido.

Ela se virou, recostou-se na porta e deslizou até se sentar no chão frio de mármore. Mas não gritou nem bateu em nada. O choque estava começando a passar, deixando sua mente acelerada. E uma coisa estava clara.

Burleigh tinha razão. Ela precisava de ajuda. Precisava de alguém que conhecesse sua família, que conhecesse Gerald. Alguém da nobreza que teria o poder de exigir respostas reais e falar em nome de seu irmão. Alguém que manteria aquele assunto em sigilo pelo maior tempo possível, senão por consideração pela família dela, pelo menos por considerar a proximidade do próprio filho naquela bagunça toda.

O duque de Rossburn. O pai de George.

Por mais que ela detestasse a ideia de lhe pedir ajuda, não havia outra opção.

Você poderia pedir ajuda ao Alex.

A ideia surgiu de repente em sua cabeça, e Angelique a enterrou com a mesma rapidez. Contar a Lavoie sobre aquele desastre não resolveria nada, pois não havia o que o dono de um clube de jogos pudesse fazer por um marquês preso na Torre de Londres. Exceto, é claro, demitir a irmã de um assassino. Por mais que Alexander Lavoie tivesse sido gentil com ela, até ele teria limites.

Angelique não duvidava que a história chegaria nos ouvidos de Alex, mas, se houvesse a menor chance de fazer com que ele não soubesse da situação de seu irmão, pelo menos até que ela estivesse sentada atrás daquela mesa de *vingt-et-un* por mais uma noite, ela aceitaria. Mais do que nunca, precisaria de dinheiro. E Lavoie era a única fonte que ela tinha.

Angelique se afastou da porta e se levantou cambaleando, com os olhos secos, embora seu estômago estivesse embrulhado. Conseguiria pedir ajuda a Rossburn. Ela havia feito muitas coisas que nunca imaginara ser capaz, e essa seria apenas mais uma delas.

Uma hora depois, Angelique estava na sala de estar da opulenta casa do duque de Rossburn, deixada lá por um mordomo frio e instruída a esperar enquanto ele checava se a Sua Graça estava disponível.

Angelique cruzou as mãos à sua frente, sentindo os dedos gelados até dentro das luvas. É claro que ela tinha sido levada para a sala de estar. Se soubesse que seria *aquela* sala, teria insistido em esperar no hall de entrada. Ela evitou olhar para o amplo sofá que dominava o meio do cômodo e, em vez disso, ficou em frente à janela, olhando fixamente para a luz do sol que iluminava o centro da praça de uma forma estranha. Em algum lugar, um cachorro latiu e cavalos trotaram pela rua de pedra. A vida cotidiana continuava enquanto o mundo dela estava ruindo.

— A que devo o prazer desta visita, lady Angelique?

A voz suave de Seaton veio da direção da porta, e Angelique fechou os olhos, sentindo mais uma onda de náusea.

Ela se virou da janela para encará-lo, lembrando-se de que estava ali em busca de ajuda e tentando escolher suas palavras com cuidado, para não dizer nada do que pudesse se arrepender. Seaton estava vestido impecavelmente, como sempre. Seu cabelo castanho-escuro tinha um corte estiloso, suas botas reluziam de tão polidas, e sua postura passava a impressão de que ele era um homem confiante em seu lugar no mundo. Ele a observava com certa expectativa e, se ela já não soubesse de tudo, teria pensado que ele ainda não estava ciente da prisão de Gerald.

Angelique o encarou.

— Estou aqui para ver seu pai.

O sorriso de expectativa dele desapareceu.

— Burleigh já contou para você — afirmou ele, em tom descontente.

— Sim, contou. Com a mãe dele.

O belo rosto de Seaton assumiu uma expressão de escárnio.

— Com a mãe dele? Ah, mas é claro que ele contou para ela também. Aquela mulher está sempre segurando as rédeas. Seria melhor se ele tivesse mantido a matraca fechada.

Angelique sentiu uma faísca de raiva e a acolheu. Era melhor sentir raiva do que o desespero e o terror que se alternavam em seu interior e ameaçavam sufocá-la.

— Você preferiria que eu não soubesse que meu irmão está preso? Que eu descobrisse ao ler nos jornais esta tarde? Ou que ficasse sabendo só quando decidissem enforcá-lo?

Seaton estremeceu com as palavras dela e fechou a porta do cômodo.

— Não vi sentido em incomodá-la.

— Me incomodar?

— Tenho certeza de que esse infeliz mal-entendido pode ser resolvido de forma rápida e silenciosa. Afinal, Hutton é um marquês.

— Que está sendo acusado de assassinato — retrucou Angelique. — Burleigh disse que você estava lá. Estava com ele dentro da casa?

— Fale baixo, milady! — exclamou Seaton bruscamente. Ele atravessou a sala, contornando o sofá, e parou ao lado dela. — Por favor, sente-se.

— Prefiro ficar de pé.

Uma má notícia era uma má notícia, não importava se alguém estava sentado ou de pé ao recebê-la. Uma almofada macia não ajudaria a diminuir o impacto. Angelique sabia disso mais do que ninguém, pois vinha enfrentando uma tempestade constante de más notícias havia um bom tempo...

Seaton deslizou a mão em volta do braço dela e a puxou na direção do sofá, mas Angelique se afastou e deu dois passos para trás.

Ele fez uma cara aborrecida.

— Teimosa, como sempre.

— Você não respondeu à minha pergunta.

Ele olhou na direção da porta.

— É claro que eu não estava com ele. Hutton me disse para esperar do lado de fora da casa. Disse que não demoraria muito, então eu esperei. Pelo menos até a polícia aparecer.

— E então você o deixou lá?

— Ele *me* deixou escondido nos malditos arbustos — retrucou Seaton. — É um milagre eu não ter sido encontrado e acusado de ser cúmplice. Se eu soubesse o que ele ia fazer...

Angelique recuou.

— Você acha que ele é culpado?

— Ele foi escoltado para fora da casa coberto de sangue, milady.

— Ele disse alguma coisa? Para algum dos oficiais?

— Não que eu tenha ouvido.

A raiva de Angelique de repente se dissipou tão rápido quanto havia surgido, deixando-a arrasada. Ela se virou para a janela, lutando para manter a compostura.

Seaton se colocou atrás dela.

— Você já foi vê-lo? — perguntou, em um tom mais suave.

— Não — sussurrou Angelique. — Os guardas proibiram qualquer tipo de visita.

— Ainda bem. Lá não é lugar para uma dama.

— Também não é lugar para o meu irmão — rebateu Angelique. — Gerald não é um assassino.

— Quando chegar a hora, um júri da nobreza determinará isso — acalmou Seaton. — Ele não será maltratado.

— Preciso que seu pai fale em nome dele — disse ela, forçando-se a se manter firme. — Ele conhece Gerald desde que vocês estudaram juntos.

— Meu pai fará o que puder, tenho certeza — afirmou ele, agora com as mãos nos ombros dela. — Assim como eu.

Angelique mexeu os ombros, tentando tirar as mãos dele, mas elas não só permaneceram lá, como ele começou a massageá-la.

— Pare com isso.

— Você está diferente.

— Não estou diferente. Estou chateada.

— Não. Você mudou. Você está diferente. Está linda — falou Seaton, deslizando as mãos pelos braços dela. — Posso fazer você se sentir melhor.

Ela se afastou dele.

— Por favor, não me toque.

— Por quê? — perguntou Seaton. — Você costumava gostar bastante do meu toque. Foi bem aqui nesta sala, inclusive. Você estava mais que disposta. Não se lembra de como eu fiz você se sentir bem?

Angelique desviou o olhar, sentindo repulsa e nojo de si mesma apesar de toda a tristeza que a dominava.

— Posso fazer você se sentir bem de novo — murmurou ele, aproximando-se — Fazer você esquecer seus problemas. Eu serei duque, posso cuidar de você...

A porta da sala de estar se abriu e o duque de Rossburn entrou, apoiado em uma bengala. Ele parou quando viu Angelique e o filho, e sua expressão endureceu.

— Deixe-nos — ordenou ele a Seaton.

Com o canto do olho, Angelique viu Seaton ficar rígido como uma estátua.

— Acho que é importante eu ficar, pai. Tem...

— Eu falei para nos deixar.

Com a expressão cheia de raiva e ressentimento, Seaton se virou e saiu da sala sem dizer mais uma palavra ou olhar para Angelique.

— Você está aqui em nome do seu irmão, suponho — falou o duque. — Meu filho me contou o que aconteceu.

— Sim. Gostaria de saber se poderia ajudar a garantir a libertação dele.

— Infelizmente, há pouco que eu possa fazer por seu irmão neste momento — disse o duque. — O jovem Hutton se meteu em uma confusão que nem eu consigo resolver.

— Mas deve haver alguém com quem possa falar, não? É impossível ele ter cometido o crime pelo qual está sendo acusado — afirmou Angelique, sem se importar com o tom de desesperado em sua voz.

— Sinto muito. É uma situação lamentável, uma que o público sem educação certamente tentará usar como desculpa para promover suas próprias pautas políticas ou para iniciar novos protestos. Eles são tão temperamentais hoje em dia... — comentou o duque, olhando para Angelique. — Sinto-me obrigado a sugerir que você saia da cidade, milady. Para sua própria segurança, pelo menos até que a justiça seja feita.

— Sair? Mas Gerald nunca...

— Às vezes, os jovens se rebelam — disse o duque, em um tom condescendente. — Uma força maligna se apodera deles, algo que não pode ser explicado. Nenhuma boa criação consegue superar isso. E, por mais que eu queira que essa história não seja verdadeira, não posso argumentar com os fatos. Nenhum membro que se preste de nossa sociedade pode.

— Então não vai ajudar? — perguntou ela, a perspectiva de derrota se tornando uma realidade aterrorizante.

O duque suspirou.

— Tenho uma responsabilidade para com esta família. As escolhas infelizes de seu irmão já destruíram uma vida, e não vou permitir que destruam a do meu filho. O futuro dele, assim como o da família, deve ser protegido. Não podemos e não seremos vistos como culpados por associação. No que me diz respeito, nem meu filho nem eu sabemos nada sobre essa infeliz ocorrência. Não posso ajudá-la. — Ele olhou para a porta da sala de estar, onde o mordomo estava agora, segurando a capa de Angelique. — Espero que entenda, milady.

— Mas lorde Seaton disse...

— Meu filho concorda comigo — afirmou Rossburn com severidade. — Ele agirá da forma correta nesta situação, assim como fez no passado com todos os assuntos que afetam os interesses e a segurança desta família. — Ele flexionou os dedos ao redor do topo da bengala. — Espero que não sinta a necessidade de procurar a mim ou ao meu filho no futuro.

Angelique encarou o duque, um homem que ela acreditava que seu pai já havia considerado um amigo, e percebeu como os ventos estavam soprando. A mensagem fora clara. A alta sociedade sairia correndo para se distanciar de um marquês rotulado como assassino. Não haveria ajuda vinda de nenhum lado. Certamente não da nobreza.

— Meu mordomo vai acompanhá-la até a porta — falou o duque, antes de sair da sala.

Minutos depois, ela se viu na rua, sob um sol que fazia o possível para penetrar um manto nebuloso de nuvens e fumaça de carvão. Estava tremendo sob o calor insípido, sentindo-se humilhada e abandonada. Angelique estava sozinha agora, mais sozinha do que nunca. Mas ela não era uma desistente. Não desistiria de ajudar o irmão.

Cobrindo o rosto com a capa, Angelique pensou no dinheiro que recebera de Lavoie.

Tinha pensado em usá-lo para as despesas da casa e, se fosse inteligente e econômica, conseguiria sustentar tudo por alguns meses. Só que agora seu irmão estava na Torre de Londres por um crime que Angelique não conseguia acreditar que ele cometera. Ela precisava pelo menos saber o que realmente havia acontecido. O dinheiro podia ser o suficiente para obter as respostas de que precisava. Porque ela não conseguiria viver com a própria consciência se não fizesse alguma coisa.

Angelique olhou para o leste, onde sabia que ficava a igreja de Saint Paul, escondida na esquina da Covent Square, e o escritório sob suas sombras. Ela ainda não fora derrotada.

Ainda havia mais uma opção.

Capítulo 9

D'Aqueus & Associados.

Era o que dizia a plaquinha perto da porta. A julgar pelo nome, alguém de fora da cidade poderia pensar que se tratava de uma empresa de banqueiros ou advogados, mas o verdadeiro ramo do negócio era bem diferente. E, embora fosse conhecida por muitos, qualquer um negaria conhecer a D'Aqueus. O motivo? Era lá que os escândalos acabavam antes mesmo de ver a luz do dia. Era para lá que as pessoas corriam para encontrar soluções quando a convenção, o intelecto e até a lei não estavam a seu lado.

Angelique ouvira Gerald falar sobre a empresa uma vez, mencionando algum tipo de problema que um de seus amigos teve com uma jovem em Chelmsford. O problema parecia ter evaporado assim que a D'Aqueus entrou na jogada.

Ela não tinha ideia do que a empresa poderia fazer por seu irmão, mas precisava tentar.

Angelique olhou em volta, mas ninguém notou sua presença. Pessoas entravam e saíam sem parar dos cortiços vizinhos ao escritório, enquanto um grupo de homens saiu em bando do edifício ao lado, segurando garrafas de bebida e rindo alto.

Ela então agarrou a pesada aldrava de bronze, batendo-a com força três vezes contra a porta de madeira sólida e um tanto desgastada.

A porta foi aberta quase imediatamente, e Angelique se deparou com o rosto de um menino de 9 ou 10 anos vestido com algum tipo de uniforme.

— Boa tarde, milady — cumprimentou ele com simpatia. — Posso ajudá-la?

Espero que sim, pensou Angelique.

— Gostaria de falar com o sr. D'Aqueus.

— Ah... — O garoto abriu um pouco mais a porta. — Posso perguntar quem gostaria de falar com ele?

— Lady Angelique Archer — respondeu ela.

Não havia motivos para mentir, não é? O garoto a encarou por um segundo a mais e então abriu a porta de vez.

— Por favor, entre e venha comigo.

Assim que a porta pesada se fechou atrás dela, o barulho da rua desapareceu, abafado pelo silêncio de uma casa que cheirava a bolinhos frescos e móveis lustrados. Ela olhou para todos os lados enquanto seguia o pequeno mordomo, incapaz de se conter. Embora não soubesse o que esperar do lugar, estava surpresa em descobrir uma casa restaurada e esplendorosa, com móveis e cristais que reluziam. Angelique foi levada para uma sala de estar decorada em azul-claro, e mal percebeu quando o menino a deixou sozinha, tão distraída que estava com a decoração luxuosa mas discreta. Os móveis eram de jacarandá, mogno e ébano. O tapete era um Aubusson, e Angelique sabia quanto valia, mesmo em uma loja de usados, já que vendera todos os doze Aubusson de sua família no último ano. Um relógio Edward East estava pendurado em uma das paredes, marcando a hora. Ela se aproximou, examinando o relevo de bronze do tímpano do relógio que retratava a deusa Diana, feroz e destemida com um arco na mão e cães em seus calcanhares.

Se ao menos Angelique pudesse ser tão destemida...

— Boa tarde, milady — falou uma voz feminina.

Angelique se virou e viu uma mulher na porta da sala de estar.

A irmã de Diana, pensou. A mulher tinha a presença de uma guerreira e um rosto que não demonstrava nada além de autoconfiança. Então, ela teve uma vaga sensação de *déjà-vu*, como se já tivesse visto aquela mulher. Como se o nome dela estivesse na ponta de sua língua.

— Peço desculpas se a fiz esperar.

Angelique balançou a cabeça.

— Não precisa se desculpar.

A mulher entrou na sala, e Angelique achou que o vestido marrom simples que ela usava não combinava nem um pouco com suas feições, que certamente se destacariam em qualquer baile real.

— Me chamo srta. Moore. Pelo que entendi, você precisa de ajuda — declarou ela, sua voz grave e rouca.

— Você trabalha com o sr. D'Aqueus? — perguntou Angelique, sem saber qual era o papel da srta. Moore.

A mulher apenas a encarou impassível, com olhos escuros e firmes.

— Sim, e muito de perto.

— Então pode me ajudar?

A srta. Moore a estava estudando atentamente.

— Depende do que você precisa.

Angelique respirou fundo, trêmula.

— Certo. Obrigada. Bom, eu… sabe… hum…

— Por que não começa do começo? — sugeriu a srta. Moore.

Do começo… Angelique não tinha ideia de qual era o verdadeiro começo dessa história, então começou pelo final. Pelo que a levara até ali.

— Meu irmão, o marquês de Hutton, foi preso por assassinato.

— Ah… — falou a mulher, sem demonstrar um pingo de surpresa.

— Ele está preso na Torre — continuou Angelique.

Será que a srta. Moore a tinha ouvido direito?

— Entendo.

— Entende?

— Claro. Eles não colocariam um nobre em Newgate, nem mesmo um acusado de assassinato.

Angelique olhou para a srta. Moore. A mulher a ouvira muito bem, e parecia inabalável. Devia ser um bom sinal, não?

— É impossível que meu irmão tenha feito isso — afirmou Angelique. — Que tenha feito essas coisas pelas quais está sendo acusado.

— Que são o quê, exatamente?

— Roubo. E de matar uma mulher que supostamente o pegou em flagrante.

A expressão da srta. Moore continuou impassível.

— Por que você duvida que ele tenha cometido esses crimes? — perguntou a mulher, em tom de curiosidade.

— Porque ele não é um assassino. Ele é um menino tolo que se recusa a crescer, mas nunca mataria ninguém! — exclamou Angelique.

Ela tinha que acreditar nisso.

— Talvez — comentou a srta. Moore, que, na verdade, não precisava acreditar em nada. — O que quer de nós, lady Angelique?

— Como assim?

— Temos uma série de opções para este caso. Você quer tirar seu irmão da prisão sem que ninguém veja? Colocá-lo em um navio para a Índia, ou talvez para as Américas? Arranjar uma nova vida com um pseudônimo para ele?

— Vocês conseguem fazer tudo isso? — questionou Angelique, boquiaberta.

— Tirar alguém da Torre é um desafio muito maior do que de Newgate ou Ludgate, mas sim, conseguimos fazer isso. Embora você deva saber que ele nunca mais poderia voltar para a Inglaterra, e que é provável que nunca mais o veja.

Angelique se afundou no lindo sofá de brocado, de repente se sentindo cansada demais para ficar de pé. Uma pequena parte dela gostou muito da ideia de mandar Gerald para longe, em segurança.

Para algum canto distante do mundo, onde Angelique não precisaria mais cuidar dele. Não seria mais obrigada a limpar a sua bagunça.

Mas ela não podia fazer isso. Ele era seu irmão. Sua família.

E o nome de sua família tinha importância, se não para ela, para seus dois irmãos mais novos.

— Quero limpar o nome do meu irmão — sussurrou Angelique.

— Uma opção mais difícil, claro, mas um sentimento nobre — afirmou a srta. Moore. — Se optar por seguir esse caminho, saiba que a verdade virá junto. É isso que deseja?

— Que tipo de pergunta é essa?

— Uma pergunta justa. A verdade nem sempre é fácil de engolir. A verdade no caso do seu irmão pode não ser o que você espera, e precisa estar preparada para isso.

Angelique fechou os olhos por uns segundos.

— Podemos trabalhar para que seu irmão desapareça sem fazer perguntas difíceis — disse a srta. Moore, em tom delicado. — Sem perguntar nada. Sem exigir a verdade.

— Você acha que ele é culpado?

— Não sou paga para tecer opiniões, milady. Não importa o que eu acho, só importa o que você quer.

— Eu quero a verdade.

Angelique precisava disso. Precisava de informações para pensar em novos planos de ação. Por mais dolorosas ou terríveis que essas informações pudessem ser.

Ela suportaria o que viesse, como suportara tudo até agora.

— Está bem — afirmou a srta. Moore, com o que parecia ser um olhar de aprovação.

— Então vocês vão me ajudar?

— Claro que vamos, milady, com tudo o que for necessário. Podemos começar neste momento.

Angelique agradeceu por estar sentada, pois o alívio que sentiu a deixou sem forças e tremendo.

— Obrigada.

Pela primeira vez desde que Burleigh aparecera em sua porta, ela sentiu que não estava sozinha. Ainda havia alguma esperança.

— Não há de quê. Agora, precisamos definir algumas coisas...

— Não posso pagar tudo agora — interrompeu Angelique, sabendo que detalhes financeiros precisavam ser tratados com antecedência. — Mas tenho um adiantamento aqui e pagarei semanalmente pelo tempo que for necessário.

Ela sabia que os serviços da D'Aqueus eram bem caros.

— Isso já foi resolvido — afirmou a srta. Moore.

— O quê? Por quem? — questionou Angelique, confusa e surpresa.

— Por mim — falou a voz de Alexander Lavoie, que de repente estava encostado no batente da porta, segurando um copo vazio na mão.

Angelique saltou do sofá e ficou de pé. Seu coração parou por um segundo antes de voltar a bater duas vezes mais rápido que o normal. Ele trajava roupas de noite pretas, como se tivesse acabado de sair do clube, mas ela não conseguia entender a presença dele naquela casa.

138

— O que está fazendo aqui, sr. Lavoie?

— No momento, bebendo um uísque que poderia ser melhor — respondeu ele, lançando um olhar acusatório na direção da srta. Moore.

— Mas como sabia que eu estava... Você me seguiu? — perguntou ela, a mente cansada de tentar assimilar as possibilidades.

— Eu não segui você.

Por algum motivo, a resposta dele a deixou arrepiada de um jeito ruim.

— Mas mandou alguém me seguir? Por quê?

Lavoie deu de ombros.

— Londres pode ser um lugar perigoso, não acha?

Angelique ficou dividida entre a descrença e o ressentimento, mas aceitou a breve distração do atual pesadelo que era sua vida.

— Sou capaz de cuidar de mim mesma.

— Eu sei.

Ela comprimiu os lábios. A discussão tinha acabado antes mesmo de começar.

— Não pedi sua ajuda.

— Eu também sei disso, mas você a tem de qualquer forma.

Angelique se sentou com um baque. Pela primeira vez, considerou o significado da presença de Lavoie.

E não apenas da presença dele, mas de sua óbvia familiaridade com o ambiente. Seu comportamento informal e casual com a srta. Moore.

— Você sabe por que estou aqui.

— Sei. Mas, antes que pergunte, preciso esclarecer que a situação do seu irmão não muda nada entre nós, milady.

Ela olhou para a srta. Moore, que ouvia a conversa em silêncio.

Lavoie seguiu seu olhar.

— A srta. Moore sabe sobre nossa relação, milady.

Angelique sentiu as bochechas ferverem. A lembrança de Alex refletido no espelho, com a cabeça inclinada, os lábios em seu pescoço, obscureceu sua visão. Ela cerrou os dentes, forçando-se a se concentrar no presente.

— Sobre nossa relação? — repetiu ela, com frieza na voz.

— Que você é uma funcionária valiosa do meu clube.

— Ah, sim, claro — falou Angelique, encontrando os olhos cor de âmbar de Alexander. — Assim como você é um funcionário valioso desta empresa.

Ela o pegou de surpresa.

E isso era um absurdo, pois ele deveria ter sido mais esperto e não ter subestimado a inteligência de Angelique.

Do outro lado da sala, Ivory deu uma risadinha.

— Meu Deus, agora entendi por que você está ca...

— Cuidado com o que vai dizer, Duquesa.

Ivory olhou de Angelique para ele, pensativa, e foi até a porta da sala. Parando no corredor, ela sussurrou antes de fechar a porta:

— Estarei no meu escritório se precisar de alguma coisa.

Alex colocou o copo vazio em uma mesinha e se virou para Angelique. Ela o encarava com um olhar desconfiado.

— Sim, faço parte desta empresa. E, por isso, estou em posição de ajudar.

— Sim, você não cansa de falar isso.

— O quê?

— Que quer me ajudar. Mesmo antes... disso tudo. Por quê?

— Porque eu posso.

— Você vai ter que me dar uma resposta bem melhor do que essa, sr. Lavoie.

Angelique ainda o observava com um olhar inabalável.

Ela tinha razão. Alex teria que dar uma resposta melhor se quisesse ganhar a sua confiança. A sua fé.

E ele queria as duas coisas. Na verdade, não gostava nem um pouco de saber que queria bem mais que essas duas coisas.

Mas não podia ser completamente honesto em sua resposta, não? O que diria? Que estava realmente caidinho por ela? Que não suportava a ideia de que Angelique sumisse de seu mundo logo agora que acabara de encontrá-la? Que queria passar o máximo de tempo possível ao seu lado, e que não se importava como conseguiria tal tempo?

Ele parecia um tolo apaixonado. E Alexander Lavoie não era tolo nem apaixonado.

Então, considerou sua resposta com cuidado.

— Eu faria o mesmo por qualquer um dos meus funcionários. E fiz muitas vezes, quando me pediram assistência. Mas você parecia determinada a resistir à minha ajuda, mesmo quando era do seu interesse.

— Acho que sou a melhor pessoa para decidir sobre o que é do meu interesse, não?

— Hummm.

— Não preciso que venha ao meu resgate, sr. Lavoie.

— Sim, você não cansa de falar isso — afirmou Alex, usando as palavras dela. — Precisar de ajuda de vez em quando não nos torna indefesos. Só nos deixa mais humanos. E, neste momento, estou em posição de ajudar.

Angelique comprimiu os lábios.

— Nós somos… — Ele procurou uma palavra que resumisse o relacionamento dos dois. — Parceiros.

A palavra escapou antes que Alex pudesse reconsiderá-la.

— Parceiros? — repetiu Angelique, fazendo um som indecifrável e se afastando dele, indo para a frente da lareira.

— Sim, parceiros — falou ele com mais convicção. — E não tenho o hábito de abandonar um parceiro quando as coisas se complicam.

Ela estendeu as mãos para o calor.

— Então você teria me contado? Se isso nunca tivesse acontecido?

— Contado o quê?

— Que é muito mais que o dono de um clube de jogos?

— O que você pensa que eu sou?

— Sua capacidade de responder a uma pergunta com outra pergunta é impressionante, sr. Lavoie.

— Isso é um elogio?

— Não. — Angelique olhou fixamente para as chamas. — O que você sabe? — perguntou, parecendo quase resignada.

— Sei bastante sobre as circunstâncias da prisão do seu irmão — confessou Alex, decidindo poupar o tempo dos dois. — Também mandei que o seguissem, mas à distância.

— Claro que mandou…

Angelique pressionou os dedos nas têmporas e continuou encarando as brasas incandescentes.

— Lamento não ter tido discernimento suficiente para pedir que meus homens interviessem e evitassem o que quer que tenha acontecido naquela casa.

Angelique deixou as mãos caírem.

— Não é sua culpa. — O som do relógio marcou os segundos em que ela ficou em silêncio. — Mas, na verdade, estava me perguntando o que você sabe sobre minha família.

O primeiro instinto de Alex foi querer negar saber qualquer coisa. Mas isso não faria nada além de complicar a situação e gerar desconfiança.

— Sei que seu pai vendeu a maioria das terras da família Hutton antes de morrer. E suspeito que esse dinheiro não está apenas indisponível, mas desaparecido — comentou, dando um tom de pergunta à última frase.

Os ombros de Angelique pareciam pesados.

— Sim.

— Sei que você tem feito o necessário para manter a casa funcionando. Não se pode comer um Rembrandt, por mais lindo que seja.

Ela virou a cabeça e o encarou.

— Sim.

Alex ficou satisfeito ao ver que não havia nenhum arrependimento no rosto de Angelique.

— Não imaginava que nossa atual situação financeira era tão conhecida.

— E não é. A sociedade londrina não sabe de nada. Você escondeu tudo muito bem.

Ela fez um som que pareceu uma risada engasgada.

— E eu achando que as desculpas que falei para Gerald usar, sobre estarmos redecorando e reformando a casa, já estariam batidas…

— Na minha experiência, as pessoas só veem o que esperam ver. Explicações simples costumam ser mais fáceis de aceitar.

— Diga-me, sr. Lavoie: você sabia de tudo isso quando me contratou?

A pergunta parecia inocente, mas as camadas de uma desconfiança amarga eram perceptíveis em cada palavra.

— Está perguntando se eu a contratei por pena? Ou se estava me divertindo em ser cúmplice de sua farsa? Ou se eu achava que poderia melhorar a sua situação de alguma forma?

Angelique o encarou de um jeito inabalável mais uma vez.

— Não sabia quem você era, milady, até se jogar entre seu irmão e as pistolas do meu cocheiro.

— Ah...

Pela primeira vez, a expressão de cansaço e ceticismo desapareceu do rosto dela.

— Eu a contratei por causa de sua mente, lady Angelique. Porque você pode fazer algo de que poucas pessoas são capazes, e eu admiro isso. Porque... — Alex se interrompeu.

Porque ele estava completamente caidinho. E por isso sufocou todos os sentimentos estranhos que pareciam acompanhar tal admissão, já que sentimentos nunca ajudavam a resolver nada.

Alex deu um passo para mais perto dela.

— Conte-me sobre o visconde Seaton.

— O que Seaton tem a ver com tudo isso? — indagou ela, desconfiada.

— As histórias dos títulos de Rossburn e Hutton se cruzam.

— Bom, suponho que sim... Nossos pais tinham uma relação cordial, e meu irmão e Seaton são amigos. Mas o que isso tem a ver com...

— Eu também sei que, alguns anos atrás, havia rumores de que as famílias poderiam se unir por casamento.

Alex a observou enrijecer.

— Isso nunca foi oficializado.

— Mas foi discutido.

Angelique olhou para o fogo de novo.

— Meu pai gostava da ideia — confessou. — E o pai de Seaton estava feliz com o fato do meu dote aumentar ainda mais a fortuna dos Rossburn.

— E o que você achou? — perguntou Alex, tentando usar um tom neutro, embora de repente tenha se dado conta de que estava com os punhos cerrados.

Ela deu de ombros, mas continuou sem encará-lo.

— Eu... não me opunha à ideia. Lorde Seaton era bonito, charmoso. E nossas famílias eram amigas.

— Mas?

Angelique deu de ombros novamente.

— Mas nada. Nada aconteceu. Minha mãe ficou doente, o pai dele mudou de ideia sobre o casamento e nada foi oficializado.

O velho marquês começou a vender as propriedades de Hutton pouco depois de sua esposa adoecer, Ivory tinha dito.

— Por quê?

— Por que o quê?

— Por que Rossburn mudou de ideia?

Alex não tinha certeza do que estava querendo descobrir, mas estava sendo guiado por seus instintos. Ou era isso que dizia a si mesmo, pelo menos.

Angelique se virou e o encarou.

— Não tenho ideia, sr. Lavoie. Eu tinha 19 anos, e ser assertiva não era o meu ponto forte na época. Enquanto via minha mãe morrer de dor, não pensei em pedir ao duque de Rossburn uma lista de razões pelas quais eu não era mais adequada para o filho dele.

Alex estudou a postura rígida dela. Ele acreditava em suas palavras, mas não tinha certeza se ela estava lhe contando tudo.

— E George Fitzherbert? Ele queria se casar com você?

— Pensei que sim, mas estava enganada.

— Você parece ter certeza disso.

— Eu tenho — garantiu, abraçando a si mesma.

— Você ainda deseja se casar com ele?

Alex amaldiçoou a pergunta assim que as palavras saíram de sua boca, mas não conseguiu se conter. Era mais do que óbvio que estava parecendo um pretendente ciumento.

Angelique cerrou os dentes.

— Não. E não entendo o que isso tem a ver com a situação de Gerald. Por que estamos discutindo esse assunto, sr. Lavoie?

Porque minha parte irracional quer saber se você já se apaixonou por Seaton. Se ainda está apaixonada.

— Porque Seaton estava lá quando seu irmão supostamente entrou naquela casa — respondeu ele, mas sem adicionar a parte da criada assassinada. — Logo, ele é relevante para mim.

— Sei muito bem disso, sr. Lavoie, mas eles eram amigos muito antes de nossos pais pensarem em casamento.

— E, mesmo assim, o duque de Rossburn não ofereceu ajuda em nome de lorde Hutton. Ele está com tanta pressa de afastar a família da mácula desse escândalo que não se importa com relacionamentos passados — ponderou Alex.

Angelique estreitou os olhos.

— Como você sabia... Ah, sim, claro. Esqueci que você mandou me seguirem.

— E você não estaria aqui de outra forma — falou Alex, tentando soar gentil.

Angelique mordeu o lábio.

— Gerald não fez isso — afirmou ela com a voz subitamente baixa, como se toda a sua força de lutar tivesse se esvaído. — Ele não seria capaz de matar alguém.

Alex ficou tenso e cruzou os braços sobre o peito. Ele queria abraçá-la. Afastar todos os problemas com beijos e dizer que tudo ficaria bem. Mas não podia.

Apesar de seu próprio deslize imperdoável naquela primeira noite, Angelique não era sua amante. Era sua funcionária. Um trunfo para seu clube. E misturar negócios e prazer era uma péssima ideia.

Ele precisava se lembrar disso, e começaria ignorando o quão protetor estava se sentindo naquele momento. Sentimentos causavam lapsos de julgamento. Sentimentos faziam homens inteligentes cometerem atos estúpidos. E Deus sabia que ele fora testemunha de diversas evidências trabalhando para a D'Aqueus.

— Posso ajudá-la, se você permitir.

Angelique o encarou com uma expressão conflitante.

— Está bem.

— Obrigado.

Alex soltou um suspiro que não tinha percebido que estava segurando e foi invadido por um misto de satisfação e expectativa. Mas também optou por ignorar essa sensação.

— Talvez a culpa do que aconteceu seja minha — comentou ela em seguida.

— Ora, essa é a primeira coisa idiota que ouvi você dizer. Nada disso é culpa sua.

Ele se forçou a se concentrar no problema em questão.

— Eu estava furiosa com Gerald por ele ter gastado o dinheiro que não era dele, o dinheiro destinado à escola dos gêmeos, e disse coisas horríveis. Meu irmão prometeu que daria um jeito. Que conseguiria dinheiro — contou Angelique, entristecida.

— Então acha que ele decidiu invadir a casa do conde de Trevane e roubar um colar?

Ela balançou a cabeça.

— Não sei. É isso que me assusta. Eu não sei.

— Ele já fez algo assim antes?

— Acho que não. Mas não posso ter certeza, não é?

Alex franziu a testa. Angelique tinha razão. Talvez o problema financeiro da família tivesse levado o jovem marquês de Hutton a tomar decisões desesperadas. Desesperadas, estúpidas e perigosas.

Embora Alex não estivesse convencido de que Gerald Archer era esperto o suficiente para fazer algo como roubar um colar sem ajuda.

— Você sabe o que Seaton estava fazendo com seu irmão na noite em que ele foi preso?

— Além de se esconder nos arbustos do conde de Trevane e esperar pela primeira oportunidade de fugir e se salvar? — retrucou Angelique. Sua voz estava fraca.

— Bem, isso também. Mas o mais importante: o que eles estavam fazendo mais cedo naquele dia. Em Pillory Lane.

Ela arregalou os olhos, confusa.

— Por que eles estavam lá?

— Eu esperava, milady, que pudesse me dizer. Eles ficaram em um estabelecimento chamado Galo Prateado por horas. Seu irmão já mencionou o local para você?

— Não, nunca ouvi falar. Mas eu pouco o vi na semana passada. Tildy me disse que ele quase não apareceu em casa. — Angelique fez uma pausa. — Burleigh estava lá também?

Alex franziu a testa. Jed Harris não mencionara nada sobre a presença de Burleigh.

— Não. Por quê?

— Porque Burleigh me disse que estava com meu irmão e Seaton quando Gerald decidiu ir à casa de Trevane. Falou que não queria esperar na chuva, então foi para uma cafeteria próxima.

Alex percebeu que ela estava se esforçando para manter a voz estável.

— Hummm.

— O que é esse tal de Galo Prateado?

— Um estabelecimento que serve gim e não muito mais, e tem como público contrabandistas, marinheiros, ladrões, batedores de carteira e prostitutas.

— Bem, está aí sua resposta para o motivo da visita do meu irmão. A primeira e a última opção, pelo menos.

Alex estremeceu.

— Milady...

— Não precisa se desculpar. Não sou cega nem estúpida. Fugir da realidade nunca deu certo para mim. E, nesse caso, parece que o Galo Prateado e todos os seus encantos não bastaram. Infelizmente. — Sua voz falhou.

Alex praguejou por dentro. Ele até concordava com Angelique, mas, se quisesse ser minucioso, precisava ouvir do próprio Hutton que tipo de negócio ele e Seaton encontraram em Smithfield.

— Você acha que seu irmão falaria comigo?

— Agora? Na Torre?

— Sim. Hutton me diria a verdade se eu perguntasse? Seja sincera.

— Hum, não. Acho que ele não contaria a verdade.

— Hummm. — Aquilo não era uma surpresa. — Ele não gosta de mim.

— Ele não o conhece — falou Angelique, soando desconfortável.

— Milady, meus sentimentos não são tão frágeis assim.

Apesar disso, o fato de ela se importar com os sentimentos dele despertou um calor curioso em seu interior. O desejo de beijá-la voltou, e Alex enfiou as mãos nos bolsos para se certificar de que não teria nenhuma reação impulsiva. Esses sentimentos indesejados e desconhecidos o levariam para o túmulo.

Angelique o encarou, seus olhos cheios de algo que ele não conseguia identificar. Algo que ele tinha medo de identificar.

— Alex...

— Então você precisará ir comigo.

Ele a interrompeu. Se Angelique continuasse olhando para ele daquele jeito, Alex temia acabar provando ser o cafajeste que o irmão dela acreditava que ele era.

Ela piscou, confusa, e ele conseguiu voltar a respirar.

— Para a Torre?

— Exato.

— Mas eles não estão deixando ninguém visitá-lo...

Alex deu um passo para trás, querendo se distanciar da tentação que ainda estava diante dele e se concentrar no que precisava ser feito a seguir.

— Deixe esses detalhes comigo.

Capítulo 10

Angelique sentiu o cheiro do fosso pútrido da Torre muito antes de eles chegarem.

Era um odor rançoso que piorava à medida que se aproximavam, mais forte até que o odor lodoso do Tâmisa. Ela permaneceu imóvel no barquinho que Alex remava, manobrando entre as várias embarcações que lotavam o rio. À sua esquerda, logo à frente, a Torre se erguia com suas paredes pedregosas e implacáveis. Era difícil encarar aquela fortaleza e não prestar atenção a cada movimento, na esperança de ver o irmão.

O que era ridículo. Não era como se Gerald estivesse andando pelos parapeitos do local. Angelique nem conseguia imaginar onde ele poderia estar dentro daquele labirinto. Ela sentiu uma nova onda de desesperança. Mesmo que conseguissem despistar os guardas e os carcereiros, como encontrariam o irmão?

Respirou fundo, tentando acalmar o nervosismo que mais uma vez ameaçava dominá-la. Em vez disso, concentrou-se em Alex, estudando sua aparência. Em vez dos habituais trajes de noite, caros e feitos sob medida, ele usava um uniforme de soldado — uma jaqueta azul com botões opacos na frente e uma calça desbotada, mas elegante. A gola preta da jaqueta levantada ocultava as laterais de seu rosto, e a aba de seu chapéu militar preto sombreava a maior parte da face. Sua faca estava enfiada em uma bainha amarrada em seu cinto, e ele carregava uma bolsa em um dos ombros. Angelique ficou surpresa ao vê-lo de uniforme. Não porque as roupas eram estranhas, mas porque, de alguma forma, pareciam combinar com ele. Então se lembrou de como

Alex manuseava pistolas e lâminas com facilidade. Talvez ser bom com armas fosse algo lógico para o dono de um clube de jogos, mas a maestria e a habilidade com que ele guiava o barquinho a deixaram desconfiada. Era óbvio que aquele homem passara algum tempo na água. Pela primeira vez, Angelique percebeu que não sabia nada sobre o passado dele. E até então isso não tinha importância. Mas agora, parte dela queria saber. Precisava saber.

— Você era soldado — afirmou ela, de repente.

Ela notou como ele apertou os remos, perdendo um pouco o ritmo.

— Hummm, tarde demais para verificar minhas habilidades, não?

Angelique se inclinou para a frente, recusando-se a aceitar outra resposta vaga.

— Você era um atirador?

Alex contraiu os lábios por um breve segundo, antes de retomar sua expressão indecifrável de costume.

— Não era para você estar perguntando se eu era um espião?

— Ora, um bom espião nunca responderia isso, seria uma pergunta inútil. — Ela fez uma pausa. — Você era um atirador.

— Você parece muito convicta.

Ele olhou para o rio atrás de si, ajustando o curso do barquinho.

— Você responde perguntas que não quer responder com perguntas, sr. Lavoie. É assim que eu sei que estou certa.

Ele a encarou.

— Eu não faço isso.

Ela sustentou o olhar.

— Faz, sim.

Angelique viu como Alex cerrou os dentes, tensionando a mandíbula.

— Milícia — disse ele, depois de um longo minuto. — Eu era da milícia. Do Terceiro Regimento de York, com o major William Allen e sob o comando do general Sheaffe.

Angelique franziu a testa.

— Em Yorkshire?

— Não, no Canadá.

Ela ficou boquiaberta.

— Você lutou nas colônias?

— Eu cresci nas colônias — respondeu ele, diminuindo o ritmo nos remos. — York era nossa casa. Na época, defendê-la parecia a coisa mais honrosa a se fazer.

Angelique estava com dificuldade para imaginar que tipo de circunstâncias poderia levar um miliciano de outro continente para um clube de jogos em Londres.

— Por que foi embora de lá?

Alex enrijeceu e desviou o olhar.

— Porque a guerra não deixa nada para trás, exceto ruínas.

— E sua família?

Ele afundou os remos na água.

— Por que o interesse repentino no meu passado?

Mais uma vez respondendo uma pergunta com outra. Angelique ficou em silêncio, reconhecendo que a conversa havia terminado. O que quer que tivesse acontecido, não era algo que ele parecia disposto a compartilhar. Não agora, pelo menos. Talvez algum dia ele confiasse nela o suficiente para compartilhar o restante da história. Ou talvez não.

— Obrigada — disse ela.

Alex permaneceu focado no rio.

— Pelo quê?

— Por suas respostas. Todas as quatro.

Ele relaxou quando entendeu que Angelique tinha lhe dado espaço para recuar.

— Você contou? — perguntou ele secamente.

— Gosto de contar coisas. Sou boa nisso.

Alex se virou para ela com um sorrisinho, seus olhos quase dourados na luz que refletia do céu para a água. Ele a encarou por um momento antes de voltar a atenção para a pequena embarcação. Angelique se remexeu no banco duro, a distração bem-vinda da conversa desaparecendo diante da realidade que se aproximava. Ela observou conforme eles passavam por Tower Hill e pelas escadas que subiam a margem do rio, virando-se na direção da entrada que projetava sombras profundas sobre a superfície oleosa da água.

— O que está fazendo? — perguntou ela.

Alex a olhou antes de voltar a remar.

— Achei que era óbvio.

Angelique analisou o túnel que se aproximava a cada remada.

— Vamos atravessar o Portão do Traidor? — indagou ela, odiando o tom hesitante.

— Hummm.

O barco deslizou para as sombras. Angelique se ajeitou no banco, sentindo as roupas estranhas que vestia começarem a coçar.

O barulho do tráfego fluvial foi abafado de forma repentina e assustadora, substituído pelos sons de gotejamento e do ondular da água que ecoava ao redor deles. Escondidos da fraca luz do sol, a temperatura caiu e Angelique estremeceu. Ela viu o lodo que se acumulara ao longo das pedras à beira d'água, linhas visíveis que marcavam a subida e a descida da maré. Ali, o cheiro quase fazia seus olhos lacrimejarem e, ao redor dela, tudo parecia coberto por uma camada escura e viscosa que tornava praticamente impossível ver a cor das pedras.

— Por que não entramos por Tower Hill? — questionou ela.

— Eu não tenho amigos naquela entrada — respondeu Alex, olhando para cima.

Angelique olhou para ele antes de seguir seu olhar. Acima deles, na plataforma que dava para a passagem, um guarda de casaco vermelho levantou a mão brevemente em uma leve continência. Alex acenou com a cabeça, voltou a remar e guiou o barquinho para a frente de dois grandes portões.

Em segundos, um dos portões se abriu com um rangido, fazendo pequenas ondas baterem no casco. Alex manobrou o barco pela abertura estreita e o parou em frente a uma ampla escada de pedra. O portão se fechou atrás deles, e Angelique sentiu um arrepio que não tinha relação alguma com a umidade fria.

— Além disso, tenho certeza de que devem ter trazido seu irmão por aqui. Quanto menos testemunhas, melhor.

Ela não gostou nada da ideia de Gerald ter sido levado para a Torre pelo Portão do Traidor. Como se aquilo, de alguma forma, o condenasse como culpado.

O som de passos vindos de cima a afastaram de seus pensamentos sombrios.

— Sr. Lavoie, há quanto tempo — cumprimentou o guarda da plataforma, que descia a escada enquanto olhava rapidamente para trás.

— Estive bem ocupado — afirmou Alex, saindo do barco e o segurando enquanto Angelique também saía. — Cuidado com a escada. É escorregadia.

A bota de Angelique já havia afundado na sujeira amolecida que cobria o primeiro degrau da escada, e ela subiu com cautela, buscando um apoio menos perigoso.

— O que você quer? — indagou o guarda, agora parado na frente deles.

Ele era mais velho e tinha um óbvio ar de autoridade. Um capitão ou algo parecido, supôs Angelique. Também era baixinho, mas estava na mesma altura de Alex por estar alguns degraus acima.

— Sempre direto ao ponto, hein? — murmurou Alex. — Isso é o que eu mais gosto em você, Hervey. Onde estão seus colegas?

O guarda fez um gesto de impaciência.

— Mandei-os procurar algo que nunca encontrarão quando eu vi você chegando. Mas eles voltarão logo, então fale rápido.

— Um homem foi trazido para cá ontem à noite. Um prisioneiro. Gostaria de ter uma palavrinha com ele.

O guarda ergueu as sobrancelhas espessas e abriu um sorriso que não chegou a seus olhos.

— Mandaram você para salvá-lo?

Alex deu de ombros.

— Me mandaram aqui para falar com ele primeiro. Veremos como salvá-lo depois.

O guarda não pareceu impressionado.

— Ele não pode receber visitas.

— Por ordem de quem? — perguntou Alex.

— Do carcereiro-chefe.

— Estranho, não? Alguém não poder receber visitas…

Hervey bufou.

— É estranho terem trazido ele para a Torre em primeiro lugar.

— Pois é… — ponderou Alex. — Por que acha que ele foi trazido para cá?

Foi a vez do guarda dar de ombros.

— Não sou pago para pensar. Mas o engomadinho é um assassino.

Angelique ficou tensa, mas Alex apenas riu.

— Também ouvi esse boato.

Hervey olhou para Alex com desconfiança.

— Está dizendo que ele não é culpado?

— Estou dizendo que, para mim, seria de grande utilidade falar com ele. Não estou aqui para ajudá-lo a escapar.

O guarda não pareceu impressionado.

— Já ouvi isso antes — murmurou. Ele cruzou os braços e olhou para Angelique. — E quem é esse?

— Um cidadão preocupado — respondeu Alex.

Ela precisou de todo o autocontrole para não desviar o olhar do estudo minucioso do guarda. As roupas masculinas largas e o casaco que usava escondiam qualquer vestígio de seu corpo feminino. Alex também a fizera usar um par de óculos e uma boina surrada que cobria completamente seu cabelo bem trançado, e o resultado fora surpreendente. Um soldado na Torre com uma mulher chamaria a atenção, afirmara Alex. Já um soldado na companhia de um escriturário seria menos suspeito.

— Não trabalho com pessoas que não conheço — falou Hervey.

Angelique enfiou a mão no casaco e pegou a bolsinha que Alex lhe havia entregado. Ela a segurou na direção do guarda, e o homem a aceitou.

— Diamantes — disse ela, falando um pouco mais grosso. — Eu os encontrei e pensei que um membro do serviço de Sua Majestade saberia o que fazer com eles. O sr. Lavoie acredita que você seja capaz de… ajudar.

Hervey soltou a cordinha e abriu a bolsa. Duas pedras caíram em sua mão, brilhando contra a textura áspera de sua palma. O guarda resmungou e voltou a olhar para ela.

— Talvez eu possa abrir uma exceção.

— Eu sabia que você seria razoável — disse Alex, com um leve tom de ameaça.

Hervey grunhiu e os diamantes desapareceram no bolso de sua jaqueta.

— Você tem sorte de pagar bem, Lavoie.

— Sorte não tem nada a ver com isso, Hervey — respondeu Alex, movendo-se para puxar o barquinho até a sombra da escada, onde não poderia ser visto. — E, por mais que eu admire seu empreendedorismo, espero obter o que o meu dinheiro vale.

O marquês de Hutton estava preso na Torre Branca.

Alex ficou surpreso ao saber, até parar para analisar melhor a informação. A Torre Branca não tinha nada além de estoques de pólvora e registros. Não havia tráfego de civis entrando e saindo, e a única entrada da antiga fortaleza era vigiada. O local perfeito se alguém quiser restringir e controlar o acesso a um prisioneiro.

O que também facilitou para Hervey, que pôde usar sua patente para enviar os oficiais para outro lugar, em mais um missão inexistente, abrindo caminho para que um soldado e um escriturário entrassem no edifício.

Assim que entraram, Hervey se juntou a eles, conduzindo-os por labirintos de barris empilhados em salas que antes eram locais de banquetes e câmaras do conselho dos homens e das mulheres mais poderosos do país. Eles o seguiram até uma escada em espiral e pararam no canto nordeste do andar superior, em frente a uma porta quase preta devido à ação do tempo. A luz das janelas altas se espalhava pela passagem de pedra, criando padrões longos e repetitivos no chão.

— Ele está num quarto nos aposentos do velho rei — comentou Hervey, com um leve escárnio. — Tem até uma cama de verdade lá. Não pode reclamar da estadia.

— De fato...

Alex olhou para a porta de aparência medieval, fechada com um ferrolho e um cadeado. Uma placa de metal retangular fora adicionada à parte superior da porta em algum momento mais recente, fixada de um lado com dobradiças pesadas. Do outro lado, outro cadeado a fechava. Hervey pegou uma chave e a inseriu na fechadura, e o som ecoou no silêncio que os rodeava.

— Tem visita para você, Sua Senhoria — anunciou Hervey, abrindo a placa de metal e revelando um buraco com grades de ferro.

Era possível ter uma visão clara da cela e de seus ocupantes, mas evitava que qualquer coisa passasse.

— Não vai abrir a porta? — perguntou Alex.

— Você disse que queria falar com ele. Então fale. Faça a gentileza de trancar a abertura quando terminar, ou talvez eu não me lembre de você da próxima vez que aparecer por aqui, com ou sem diamantes.

Alex encarou o oficial, impassível. Ele tinha certeza de que conseguiria abrir a fechadura em minutos se precisasse, então guardou essa informação para o futuro.

— Você tem dez minutos, Lavoie. Em dez minutos, meus homens na entrada do lado sul retomarão seus postos. Embora talvez você não tenha muito tempo até que os guardas da torre comecem a ronda. A presença do nosso ilustre convidado aqui os deixou um pouco mais diligentes do que você gostaria. E não tenho controle sobre esses homens.

— Diligentes?

— Estão como ratos hoje, em todos os lugares da fortaleza, garantindo que o gato da nobreza permaneça trancado em segurança. — O homem fez uma pausa. — Não seja pego, Lavoie. Se for preso, não poderei ajudá-lo.

— Entendido.

— Como sempre, é um prazer fazer negócios com você — falou Hervey, e, sem dizer mais nada, desapareceu nas sombras do corredor.

Alex voltou para a porta e viu que Angelique já estava com o rosto pressionado contra a abertura.

— Gerald? — chamou ela, incerta.

— Ang? — respondeu uma voz abafada do outro lado, e o rosto de Hutton apareceu na abertura. Ou melhor, os olhos do homem apareceram, e eles estavam vermelhos, com olheiras e miseráveis. — É você?

— Sim, sou eu.

Ela tirou os óculos e os guardou no bolso do casaco.

Alex se afastou um pouco mais, escondendo-se nas sombras. Era provável que Hutton falasse mais se acreditasse que a irmã estava sozinha.

— O que... quando...? Como diabo você entrou aqui?

Impaciente, Angelique balançou a cabeça, visivelmente tensa, mesmo sob as roupas volumosas.

— Você está bem?

Alex viu Hutton estreitar os olhos.

— Você não deveria estar aqui.

— E onde mais eu estaria? — perguntou ela. — Você está preso, Gerald. Por assassinato!

Hutton desviou o olhar e permaneceu em silêncio, como se não quisesse reconhecer a situação.

Angelique pressionava as mãos na porta com tanta força que a ponta dos dedos dela estava branca.

— Você fez isso? Você a matou?

Os olhos avermelhados de seu irmão encontraram os dela.

— Não! Eu não matei ninguém! Você acredita em mim, não é, Ang?

Alex balançou a cabeça. É claro que Hutton falaria aquilo. Se era verdade ou não, era mais difícil de se constatar.

— Mas você estava lá — afirmou Angelique, falando um pouco mais alto. — Uma mulher morreu e você estava lá. Eles pegaram você. E coberto de sangue, ainda por cima!

O rosto de Hutton desapareceu por um instante antes de reaparecer no buraco.

— Eu tentei ajudá-la, mas ela já estava morta! Armaram para mim!

— Armaram para você? — repetiu Angelique.

— Exato!

— E por que alguém faria isso?

— Não faço ideia!

— Gerald, se considerarem que você é culpado, vão enforcá-lo — alertou ela.

— Eles não podem me considerar culpado. E certamente não podem me enforcar — respondeu ele com teimosia. — Eu sou um marquês. Estou acima da lei.

Angelique baixou a cabeça e a apoiou na porta.

— Não neste caso, Gerald.

— Sua irmã está certa — falou Alex, saindo das sombras.

Ao que tudo indicava, Hutton não confessaria nada de boa vontade, e o tempo estava passando.

Hutton arregalou os olhos ao reconhecê-lo.

— O que ele está fazendo aqui, Ang? — perguntou Gerald, num tom de exigência.

— Está tentando me ajudar. Ajudar você — respondeu Angelique, levantando a cabeça da porta.

— Fique bem longe da minha irmã!

Alex o ignorou.

— Você tem problemas bem maiores, milorde, do que meu relacionamento com lady Angelique.

— Tenho amigos poderosos que garantirão que…

— Fique quieto e escute, Gerald! — ordenou Angelique.

Alex viu Hutton ficar boquiaberto de choque. Então, aproveitou a oportunidade para falar:

— Se quiser sair dessa com o pescoço intacto, sugiro que comece a contar a verdade. Não posso ajudar um homem que não quer se ajudar.

Hutton não parava de piscar.

— Eu sou um marquês, sr. Lavoie. Não posso ser…

— Desonrado? Enforcado? Feito de exemplo? Tenho certeza de que foi isso que o conde Ferrers disse a si mesmo depois de atirar no próprio mordomo e antes de se ver balançando na ponta de uma corda de seda. Leis existem, milorde, e seu título não será o suficiente para protegê-lo. E, embora a alta sociedade vá se divertir com as fofocas sobre o escândalo que isso criará, seus membros não pensarão duas vezes antes de se distanciarem de você. Você está sozinho.

O jovem marquês de repente pareceu incerto.

— Não acredito nisso. O duque de Rossburn…

— Me mandou sair de Londres depois de deixar claro que não nos ajudará — falou Angelique.

Hutton empalideceu.

— Eu fiz isso por você, sabia? E por Phillip e Gregory. Estava tentando ajudar. Era a solução perfeita. Não era para ninguém se machucar.

— *Roubar* era a solução perfeita? — retrucou Angelique.

— Como mais eu conseguiria dinheiro, Ang? — respondeu Hutton, irritado. — Com os meus amigos? Burleigh é um simples barão, não um banqueiro. Seaton tem dinheiro, mas o pai dele controla tudo. — Ele parou. — O conde de Trevane gasta mais com a amante em um mês do que gastamos em um ano inteiro. É um homem com dinheiro suficiente para encomendar um colar digno de uma rainha e depois pendurá-lo no pescoço de uma... — Gerald comprimiu os lábios. — Ele não teria sentido falta.

— Hummm. — Alex tamborilou com os dedos na perna. Aquela conversa não os estava levando a lugar nenhum. Era hora de mudar sua abordagem. — Vou contar o que acho que aconteceu. Você precisava de dinheiro, e uma jovem criada com quem você pode ou não ter tido um relacionamento sórdido lhe deu informações. Disse que Trevane tinha um colar, contou onde ele o guardava e deve até ter deixado você entrar na casa. Sem dúvida, prometeu dar a ela parte dos lucros quando o roubasse. Mas, então, mudou de ideia. Ficou ganancioso, talvez? Ou não quis correr o risco de que ela abrisse a boca.

— Não! Não foi isso que aconteceu! De jeito nenhum! Eu já disse que não a matei. Nunca tinha visto aquela mulher antes da noite passada.

Hutton estava com uma expressão de desespero.

Alex o analisou, com uma certeza razoável de que agora o homem falava a verdade.

— Então, se você não a matou, quem foi?

— Eu não sei. Mas alguém armou para mim!

— Sim, você já disse isso.

— É a verdade — sibilou Hutton.

Alex não estava convencido. A explicação mais plausível era de que outra pessoa invadira a casa para roubar um colar que valia tanto quanto o resgate de um rei.

Alex franziu a testa.

— Como soube do colar?

Hutton olhou para ele com olhos marejados.

— Recebi um bilhete.

— De quem?

O marquês esfregou o rosto com os dedos.

— Não sei. Um garoto de rua que entregou na minha casa. Dizia apenas que o conde de Trevane havia acabado de receber um colar de diamantes encomendado, e que ele guardaria o colar na gaveta de sua mesa no escritório. Que alguém ousado o suficiente poderia pegá-lo.

Como Angelique era irmã de um tolo como aquele? Como aquele jovem ingênuo e idiota compartilhava o mesmo sangue com a mulher ao lado dele?

— Você ainda tem esse bilhete?

— Talvez. Talvez ainda esteja no meu quarto.

— Quem sabia que você precisava de dinheiro? — perguntou Angelique.

— Ninguém. Só... Burleigh e Seaton. — Ele tirou as mãos do rosto. — Mas Seaton disse que perguntaria por aí. Ele tem... contatos que achou que poderiam me ajudar.

— Contatos? — Alex fez uma pausa antes de continuar. — Do tipo que você encontra em uma taverna em Pillory Lane?

Hutton soltou algo que parecia muito um ganido.

— Talvez?

— E você achou que essa era uma boa ideia? — questionou Alex, incrédulo.

Hutton abaixou a cabeça.

— Eu não matei ninguém. Vocês precisam acreditar em mim.

— Você chegou a falar com algum desses contatos de Seaton?

Hutton deu de ombros, impotente.

— Mais ou menos.

— Como assim, "mais ou menos"? Quem são essas pessoas?

— Eles disseram que eram homens que trabalhavam na alfândega.

— E eles tinham nomes?

— Não me lembro — murmurou o marquês. — Seaton não parava de me comprar gim.

Alex cerrou os dentes. O jovem marquês provavelmente merecia tudo o que estava passando, nem que fosse por sua estupidez colossal. Só que a mulher que estava ao lado dele, não. Angelique não merecia nada daquilo.

— Não é tarde demais para sumir com ele — disse Alex, virando-se para Angelique. — Devo precisar de quase uma semana para ajeitar tudo, mas...

— Sumir comigo? Que diabo isso significa? — questionou Gerald.

— Significa exatamente o que parece — respondeu Angelique, sem desviar o olhar dele.

— Me ajudar a escapar?

— Sim. Para fora da Inglaterra.

— Mas isso vai me fazer parecer culpado!

— Você já parece culpado, Gerald — afirmou ela.

— Mas sou inocente! Eles precisam acreditar em mim. Eles vão acreditar em mim! Eu não vou fugir. Sou um marquês e...

A batida de uma porta ecoou de algum lugar da fortaleza. O tempo deles tinha acabado.

— Precisamos ir — alertou Alex, pegando a placa de metal.

— Me desculpe, Ang — disse Hutton, arrasado. — Nunca quis que nada disso acontecesse...

Vozes abafadas de algum lugar soaram do andar debaixo.

— Milady, estamos sem tempo.

Angelique mordeu o lábio, com uma expressão séria abaixo da boina.

Ela se afastou da porta e Alex deu um passo à frente.

— Não importa o que pensa de mim, milorde, mas, se tem alguma consideração por sua irmã, nunca estivemos aqui. Entendido?

Hutton assentiu.

— Ótimo.

Alex fechou a placa e trancou o ferrolho, estremecendo com o arranhar do metal. Ele ficou inquieto ao perceber que as vozes se aproximavam, acompanhados de passos que subiam a mesma escada em espiral que usaram para chegar à cela de Gerald. Alex não queria saber quem estava chegando. Eles precisavam encontrar uma maneira diferente de descer.

— Por aqui — sussurrou, e Angelique assentiu.

Com passos ágeis e silenciosos, ele os guiou até o final do corredor e para longe das escadas. À frente, a passagem dava para uma galeria de observação acima da capela de St. John, e as grandes janelas do andar em que estavam e do andar de baixo iluminavam a torre com a luz do dia.

— Rápido — falou para Angelique.

Eles precisariam contornar a galeria para chegar à outra escada, no canto sudoeste da torre, mas a luz os deixaria expostos a qualquer guarda que decidisse olhar naquela direção.

Alex manteve Angelique à sua frente, dividido entre a necessidade de não parecerem suspeitos caso fossem vistos e a vontade de correr. Chegaram à galeria, e o espaço cavernoso da capela se abriu. O ar estava denso com o cheiro agora familiar do carvão, misturado com poeira e papel mofado.

— O que é tudo isso? — sussurrou Angelique, olhando para baixo.

Abaixo deles, onde antes deveriam ter existido bancos, havia amontoados de caixas, baús e torres inclinadas que pareciam estantes toscas. As pilhas altas se erguiam, criando corredores estreitos e projetando sombras profundas. No centro da capela, uma mesa enorme e cheia de marcas repousava como uma ilha em meio a um mar após um naufrágio, rodeada por algumas cadeiras. Livros contábeis e documentos soltos estavam espalhados pela superfície da mesa, alguns empilhados em colunas instáveis, e outros largados.

— Registros da chancelaria — respondeu Alex. — A maioria é centenária e não tem mais importância.

Eles se apressaram pela parede do lado sul, e Alex estava tenso e atento ao caminho à frente. No entanto, ninguém gritou para que parassem e se identificassem, e eles chegaram à escada no canto sudoeste sem contratempos.

— Vá na frente — sussurrou para Angelique, que desceu a escada meio desequilibrada por conta das roupas largas.

Ao chegarem no segundo andar, o som de vozes e passos ecoou abaixo deles.

Alex praguejou em silêncio e puxou Angelique da escada pela manga do casaco. O odor acre do carvão era forte naquele andar. Ele examinou a enorme sala que se abria diante deles, com raios de luz se espalhando pelo que já fora o maior salão de banquetes de toda a Inglaterra um dia. Agora, o espaço estava repleto de barris de pólvora e caixotes cheios de munição e polvarinhos. Tudo estava empilhado em fileiras que começavam das paredes, criando uma única passagem pelo centro do grande salão.

Eles não podiam ficar ali. Não havia lugar para se esconder e seriam vistos em um instante.

— Venha — falou Alex, voltando na direção da capela.

Seria muito mais fácil se esconder entre as colunas de pedra e as enormes pilhas de registros e deixar quem estivesse vindo passar.

Os dois chegaram às portas altas da capela, com o som de botas e de conversas retumbando atrás deles como um tambor sinistro. Alex agarrou a maçaneta e puxou a porta pesada com força. As dobradiças rangeram, e as vozes atrás deles pararam de repente. Angelique entrou e ele a seguiu, olhando para cima. Ali dentro, ainda estavam fora da vista de qualquer pessoa que estivesse na galeria superior e escondidos de quem estivesse na passagem. Ele colocou um dedo nos lábios e ela assentiu, e os dois ficaram paralisados contra a porta pesada, escutando atentamente.

Alex podia ouvir a respiração ofegante de Angelique, sentir o corpo dela pressionado contra o seu. Não importava que as camadas volumosas das roupas que ela usava escondessem as curvas de seu corpo. O corpo dele respondia à presença dela como se Alex ainda fosse um adolescente virgem, e não um soldado experiente. Um soldado que estava fazendo o possível para que eles não fossem pegos zanzando pela Torre de Londres. Ele cerrou os dentes. Onde estava seu juízo?

Em algum lugar ao sul de seu corpo, zombou uma vozinha interior.

Angelique colocou a mão em seu braço, e ele sentiu um arrepio.

Nossa! Alex estava tão louco por aquela mulher que não sabia se havia esperança de sair daquela situação com algum resquício de respeito próprio ou dignidade. Tudo o que sabia era que a desejava. Vestida como um escriturário em uma capela. Vestida como uma deusa em seu clube. E, mais importante ainda, sem roupa alguma.

— Será que nos viram? — perguntou Angelique baixinho no ouvido dele.

Alex fechou os olhos por um momento, tentando se concentrar nas palavras dela e não em como era gostoso sentir o toque da respiração de Angelique. Pelo menos um deles ainda estava pensando racionalmente. Ele a encarou. Ela estava tão perto que era possível ver as manchas de estanho em suas íris, contar cada sarda na ponta de seu nariz.

Angelique umedeceu os lábios e Alex não conseguiu desviar o olhar, lembrando-se do sabor inebriante daquela boca. Querendo saber o que aconteceria se ele a provasse de novo. Ali mesmo.

Forçou-se a se concentrar.

— Não sei.

As dobradiças da porta tinham rangido bem alto. Ele tentou prestar atenção, mas era difícil ouvir alguma coisa por trás da porta pesada. Talvez os homens não tivessem escutado.

Talvez estivessem muito distraídos na conversa para...

— Quem está aí? — perguntou uma voz do outro lado da porta, seguida do ruído de uma espada sendo desembainhada. — Apareça.

— Esconda-se — sibilou Alex para Angelique, e a empurrou em direção às sombras das pilhas de registros velhos. Ela se afastou, e Alex voltou para a porta.

Maldição, praguejou em silêncio. Aquilo era o que ele queria evitar. Alex soltou um suspiro, pensando em como deveria ser cuidadoso. Não podia dar a quem quer que estivesse do outro lado daquela porta qualquer razão para suspeitar de que ele sabia que havia um prisioneiro no andar de cima. Tinha apenas que dar uma explicação lógica que os fizesse sair dali o mais rápido possível.

Alex abriu a porta, com as dobradiças gritando em protesto. A borda bateu contra a parede de pedra e o barulho ecoou pelo salão. Ele deu um passo à frente e então se viu com duas lâminas de espada pressionadas contra seu pescoço.

Dois guardas estavam diante dele, exibindo expressões desconfiadas. O casaco vermelho que trajavam era como manchas de sangue escuro contra o cinza opaco das pedras ao redor, e a visão dos dois seria muito mais sinistra se ambos não fossem tão jovens. O que, na experiência de Alex, faria com que fossem ou mais fáceis de manipular, ou inflexíveis em suas convicções. Ele esperava que fosse a primeira opção.

— Calma. Não há necessidade alguma de cortar minha cabeça. Já estou aqui — afirmou Alex, erguendo os braços e tentando parecer o mais inocente possível.

Os homens o examinaram dos pés à cabeça e franziram a testa.

— Identifique-se — ordenou um deles, enquanto o mais baixo afastou sua espada em alguns milímetros.

— Jonathon Lavoie, *Terceiro Regimento de York* — falou ele, como se os dois já devessem saber disso. — Estou aqui por ordens do general Sheaffe.

Os guardas o encararam com expressões impassíveis, e Alex franziu a testa.

— Algum problema?

— O que está fazendo aqui?

— O que mais eu estaria fazendo? Procurando registros que com certeza nunca encontrarei. Este lugar é um maldito lixão.

Alex esperava que a resposta fosse suficiente para fazê-los sair dali. Ou que pelo menos baixassem as espadas antes que alguém espirrasse e ele fosse decapitado.

— Não fomos avisados disso.

Alex deu de ombros, mas com cautela.

— Estou apenas cumprindo ordens. Assim como vocês.

— Lavoie não é um nome francês? — perguntou o mais alto dos dois guardas.

— Suponho que sim, mas foi o sobrenome que me deram quando nasci.

— E como podemos saber que você não é um espião francês?

Alex forçou uma risada.

— Porque um espião estaria fazendo algo muito mais glamoroso do que vasculhando pilhas de papéis mofados para um general que quer saber se seu avô era dono de uma propriedade em Londres.

Os guardas trocaram olhares.

Saiam logo, ordenou Alex em sua cabeça. *Sumam daqui...*

— Você precisa vir conosco — disse o guarda mais baixo, seguran-do a espada com mais firmeza. — Ou nos mostrar sua autorização. É necessária uma ordem por escrito para entrar na sala de registros.

Alex sentiu uma apreensão desagradável.

Aquilo não era nada bom, especialmente com Angelique escondida em algum lugar da capela. Se eles o levassem, ela ficaria exposta e vulnerável. Será que conseguiria escapar sozinha, sem ser pega?

Ele olhou para os homens e suas armas. Não carregava nada, exceto sua faca de caça. O que, dado o jeito nervoso com que os jovens sol-dados se olhavam, já seria o suficiente. Mas a última coisa que queria era entrar em uma briga. Seria uma bagunça e chamaria a atenção indesejada de todos da Torre, além de colocar os guardas em alerta total. Gerald seria transferido — talvez até para a masmorra — e mais guardas seriam enviados para vigiar o local, tornando quase impossível a missão de tirá-lo de lá.

Alex também não gostava nada da ideia de matar aqueles jovens. Não mereciam morrer só porque ele tinha sido lento demais em sua retirada.

— O que diabo você está fazendo agora, Lavoie? — perguntou uma voz impaciente e rouca atrás de Alex, e seu coração parou.

Os guardas olharam para quem estava chegando, e Alex virou a cabeça devagar.

Angelique colocara os óculos de novo, sua boina estava abaixada sobre seus olhos e carregava uma enorme pilha de papéis que subia até seu queixo. Algumas das bordas dos papéis estavam curvadas de tão antigos, e, a cada movimento, nuvens de poeira saíam da pilha.

Ela tossiu e esfregou o rosto, sujando a bochecha e a manga do casaco com a poeira.

— Já era hora de você encontrar ajuda — continuou rudemente, empurrando Alex do caminho e forçando os guardas boquiabertos a darem um passo para trás e, consequentemente, salvando o pescoço dele das lâminas. Ela olhou para eles. — Se forem arrancar a cabeça dele, esperem até terminarmos nossa tarefa. Ainda temos mais cinquenta anos de registros para classificar. Isso não deveria demorar mais de uma hora, mas ficaremos aqui o dia todo nesse ritmo.

— Quem é você? — perguntou o guarda mais baixo.

— Sou o escriturário pessoal do general Sheaffe — respondeu Angelique, como se tivesse acabado de se anunciar como o Príncipe de Gales. — Lavoie não explicou nada?

— Bem, sim, mas não temos…

— Eu não me importo com o que você não tem — retrucou ela, ajustando a pilha de papéis que carregava. — Mas preciso de sua ajuda. Vocês parecem inteligentes. São mesmo?

O guarda ficou boquiaberto.

— Hummm, sim?

— Vocês sabem ler? Escrever?

— Sim, mas…

— Graças a Deus. Lavoie aqui é bom em levantar pesos e coisas do tipo, mas é um inútil para o resto. Só Deus sabe por que o general achou necessário me enviar uma babá que mal é alfabetizada — reclamou ela. — Ele não sabe nada sobre direito imobiliário.

— Prefiro cavar latrinas — respondeu Alex, alto o suficiente para que os guardas ouvissem.

— Isso será arranjado quando o general souber de sua insubordinação — rebateu ela, voltando-se aos guardas. — Mas não importa, pois tenho vocês dois agora. Parem de brandir essas espadas e comecem logo.

O guarda mais baixo se endireitou, tentando parecer mais alto.

— Precisamos ver sua autorização — afirmou ele. — Vocês não podem estar aqui sem uma.

Angelique olhou para ele e depois para Alex por trás da pilha de documentos em seus braços.

— Você não informou a eles por que estamos aqui?

— Eu tentei — falou Alex, dando de ombros e lançando um olhar de desculpas para os guardas. — Eles precisam ver a papelada.

O guarda pigarreou.

— Caso contrário, precisamos escoltá-los até a Torre Wakefield até que possamos verificar…

— Pelo amor de tudo o que é mais sagrado! Deus me livre de vocês, militares, e de todas as suas malditas regras e autorizações. — Ela tirou uma mão de debaixo da pilha e a enfiou no bolso do casaco. A torre de papéis que carregava se inclinou. — Eu tenho a autorização do general bem aqui — resmungou ela, arrancando um pedaço de papel do bolso. — Só preciso… Caramba!

A pilha de papéis de repente deslizou para o lado e Angelique estendeu as mãos para equilibrá-la. Ela foi envolvida por uma chuva de documentos, em um caos sufocante por conta da nuvem de poeira que tomou conta do ambiente.

Alex enterrou o nariz na manga do casaco, tossindo, e ouviu os dois guardas praguejarem enquanto davam passos para trás e espirravam sem parar. Demorou alguns minutos para que a poeira baixasse e, quando isso aconteceu, Angelique estava de pé sobre um amontoado de papéis espalhados, com as mãos na cintura e parecendo furiosa. Ela encarou os guardas com um olhar acusatório.

— Ora, vejam só essa bagunça! — exclamou. — Querem sua autorização? Então vão ter que me ajudar a encontrá-la.

Os homens a olharam consternados, mas não se mexeram para ajudar.

Alex se ajoelhou no chão, pegou o documento mais próximo e leu a primeira linha. Parecia ser um documento detalhando a tutela de uma criança nascida em 1674, mas ele fingiu estar tendo dificuldades para ler e apertou os olhos.

— Tes... tes-ta... men... — gaguejou ele, aproximando o papel do rosto — Tes-ta-men... ta...

— Testamentário — corrigiu Angelique, soltando um suspiro frustrado e arrancando o papel da mão dele. — Não é relevante. Estamos procurando uma escritura, um registro de imposto ou um documento de propriedade, Lavoie — falou ela. — E agora também estamos procurando a autorização do general. — Ela olhou para os dois guardas. — O general Sheaffe ficará ciente do que aconteceu aqui, sem dúvida, e não ficará feliz com a demora. Ele não costuma ser um homem paciente.

Alex pegou um punhado de papéis e os sacudiu, como se estivesse se preparando para lê-los, e fez outra nuvem de poeira surgir. Os guardas deram mais um passo para fora da porta. O mais alto estava olhando para Alex com uma expressão quase de pena.

— Acho que voltaremos depois — sugeriu o mais alto, olhando para o parceiro. — Quando organizarem isso e encontrarem a autorização.

O outro guarda embainhou sua espada.

— Sim, acho que é o melhor...

Angelique fez um barulho exasperado.

— Faça o que quiserem — resmungou ela, e se inclinou sobre o ombro de Alex. — Não, não está aí — falou irritada. — Pleitos *nesta* pilha. Depoimentos aqui. Qualquer coisa mais antiga que 1720 *naquela* pilha. Acha que é capaz de seguir essa ordem?

— Sim — respondeu Alex, ouvindo o som dos guardas indo embora.

Capítulo 11

Alex e Angelique deixaram a fortaleza em silêncio, atravessaram o pátio sem serem notados e se juntaram ao fluxo de pessoas perto do lado oeste da Torre, que estavam ali para visitar o zoológico ou para cuidar de outros negócios. Ninguém se interessou por um soldado e um escriturário saindo do local, mas foi um grande esforço não ficar olhando por cima do ombro. Assim como foi um grande esforço continuar andando sem sair correndo como alguém perseguido por cães de caça.

Eles se misturaram ao fluxo de pedestres e seguiram para o oeste pela Lower Thames Street, passando pelas alfândegas que margeavam o rio em direção à London Bridge. Um pouco antes de chegarem à ponte, entraram na Pudding Lane, onde Matthews descansava apoiado na carruagem de Alex de um lado da calçada, com um cachimbo antiquado na mão. Ele os viu chegando e se empertigou, franzindo um pouco a testa ao vê-los empoeirados, mas não comentou nada e apenas abriu a porta do veículo.

— Para Bedford Square, Matthews — instruiu Alex, falando pela primeira vez desde que saíram da Torre Branca. — Levaremos a dama para casa primeiro.

— Certo, sr. Lavoie — respondeu Matthews, enfiando o cachimbo na boca e ajudando Angelique a subir na carruagem.

Ela entrou na escuridão bem-vinda do interior do veículo e se afundou no banco. Fechou os olhos, de repente sentindo todo o peso do medo e da ansiedade que quase a sufocaram em sua fuga da Torre Branca. Só então percebeu que estava trêmula e ofegante.

— Angelique? — chamou Alex, e ela ouviu o som da porta da carruagem se fechando. — Você está bem?

Era a primeira vez que ele falava com ela desde que saíram da capela.

Angelique abriu os olhos e encontrou Alex no assento oposto, observando-a com preocupação.

Será que ela estava bem? Não tinha ideia. O pavor sufocante fora substituído por um alívio extasiante que dominava sua capacidade de raciocinar como se estivesse bêbada.

— Eu não desmaiei, caso estivesse com medo disso — garantiu ela.

— Não era disso que eu estava com medo — afirmou ele, e tirou a bolsa de seu ombro para colocá-la no chão.

— Ah, sim — comentou ela, sentindo uma risadinha irracional quase escapar. — Se eu fosse desmaiar, teria feito isso antes. Quando quase cortaram a sua cabeça.

A carruagem partiu e Angelique estendeu a mão para se firmar, mas a manga do casaco volumoso ficou presa no assento. A vontade de rir morreu tão rápido quanto surgiu, e de repente ela precisava tirar o casaco, se livrar daquelas amarras, ficar longe do cheiro de pólvora e da poeira que impregnara o tecido. Ela soltou os botões com rapidez e puxou as mangas pelos braços.

Alex estendeu a mão, ajudando-a a tirar o casaco pesado. Ela empurrou a peça de roupa para o assento ao seu lado, como se a distância pudesse fazê-la esquecer da última hora.

— Pensei que eu ia acabar nos entregando — sussurrou ela, estendendo a mão para a frente e ficando surpresa por estar tremendo apenas um pouco.

— Eu não.

Alex pegou a mão dela, e o calor dele era reconfortante e excitante ao mesmo tempo. Ele estava na beira do assento, examinando os olhos de Angelique na penumbra da carruagem. Ele tinha tirado o chapéu, e as mechas escuras de cabelo emolduravam seu rosto.

— Você foi incrível.

— Eu estava apavorada.

Alex apertou os dedos de Angelique, e ela respirou fundo.

— Eles estavam…

— Angelique.

— E se…

— *Shhh*.

Ele se ajoelhou no chão da carruagem, bem na sua frente, e tirou os óculos e a boina que ela usava antes de acariciar seu rosto.

— Alex.

A adrenalina ainda corria por suas veias, acompanhada de uma estranha sensação de imprudência. A proximidade de Alex não estava lhe dando tempo ou espaço para pensar, para considerar o que poderia ter acontecido. O que havia acontecido. Ou o que ainda aconteceria.

E ela não queria pensar, pelo menos não sobre aquilo. Mas precisava de algo, embora não conseguisse identificar o que era.

— Por favor — sussurrou ela, sem saber o que estava pedindo.

Mas isso não importava, porque ele pareceu entender.

— Sim — sussurrou ele, e então a beijou.

Aquele beijo não foi nada parecido com o primeiro beijo dos dois. Foi ardente e possessivo, uma completa dominação. O tempo parou e Angelique se deixou dominar, mergulhou no calor e na força dele. Ela retribuiu o beijo com a mesma entrega feroz, encontrando um escape para suas emoções conflitantes. Alex soltou a sua mão e chegou para a frente, acomodando o corpo entre as pernas de Angelique, e ela o abraçou pelo pescoço. As mãos dele em suas costas deslizaram para as nádegas, e então Alex a puxou enquanto voltava para seu assento, deixando-a montada em seu colo.

Ele a abraçava com força, enquanto o beijo ficava ainda mais desesperado. Ela passou as mãos pelo peito de Alex, sentindo os músculos e odiando as camadas de tecido que separavam a pele dos dois. As mãos dele também passearam por seu corpo até chegarem à barra de sua camisa e puxarem-na de dentro da calça. E então deslizaram por baixo da peça, tocando a pele dela da maneira que ela fantasiara muitas e muitas vezes. As mãos dele percorreram as costas e a cintura de Angelique, parando logo abaixo de seus seios, e os polegares traçaram a borda da faixa que ela usava para constringir o volume deles. Ela arqueou-se contra ele, querendo mais. Seus mamilos estavam rijos contra a faixa, latejando para serem tocados, e ela soltou um gemido abafado de frustração. Já estivera nos braços daquele homem antes, mas, desta vez, o *quase* não seria o suficiente.

Alex ainda a beijava, embora com um pouco menos de urgência. Seus lábios a reivindicavam enquanto sua língua duelava, e suas mãos alcançaram as amarras da faixa. Angelique sentiu os dedos dele desfazendo o nó com cuidado e delicadeza, até que as amarras finalmente cederem e ele puxou o tecido para baixo, roçando os mamilos sensíveis e deixando-a ofegante. Faíscas de prazer explodiram em seu interior e ela aprofundou o beijo, tentando comunicar o que queria mesmo sem ter palavras para isso.

Mas Alex pareceu entender também, pois suas mãos cobriram os seios dela e seus polegares circularam cada mamilo em movimentos decididos. Angelique agarrou o casaco dele, ancorando-se diante do prazer que pulsava por seu corpo, diretamente das mãos daquele homem até seu âmago. Como se tivessem vontade própria, suas coxas se apertaram ao redor dos quadris dele, e ela se pressionou sobre o volume rígido da ereção de Alex. Ele emitiu um som, quase um rosnado, e então soltou os seios dela. Angelique quase gritou de frustração, mas Alex logo puxou a barra da camisa dela para cima e substituiu as mãos pela boca, lambendo seus mamilos. De repente, seu corpo estava em chamas e ela ficou tonta de prazer.

Angelique jogou a cabeça para trás e fechou os olhos, sentindo seu corpo pulsar e o desejo se acumular em seu interior. Havia uma umidade entre suas pernas, e o tecido da calça friccionava a pele sensível da parte interna de suas coxas de uma forma que ela até então não conhecia.

Mexendo os quadris, Angelique se encaixou melhor em Alex e sentiu o sangue correr ainda mais quente em suas veias.

Ele mordiscou a ponta do mamilo dela quando Angelique pressionou o corpo para a frente, e os dois gemeram em uníssono. As mãos dele desceram pelas costas nuas até o cós da calça, apertando seus quadris e ajudando a controlar seus movimentos. Enquanto ela descia, ele subia, e os dois se encontravam em um ritmo delirante.

Angelique ofegou, esfregando-se contra ele, querendo mais e mais da sensação.

Alex beijou o pescoço dela, e ela aproveitou para deixar a cabeça pender para a frente, apoiando a testa no ombro dele e fechando os olhos.

Soltando o casaco de Alex, Angelique passou as mãos pelo pescoço dele, entrelaçando os dedos em seu cabelo escuro.

Os lábios dele subiram de seu pescoço até seu queixo, e ela virou o rosto para encontrar sua boca. O beijo era um ataque, e o duelo de línguas tinha o mesmo ritmo que o dos quadris dos dois.

Ele a puxou com mais força contra si, e Angelique viu pontos de luz ofuscantes dançarem por trás de suas pálpebras. A urgência aumentava em seu interior, apertando-se cada vez mais, e ela só conseguia se concentrar no volume dele entre suas pernas. Era aquilo que ela queria. Ele contra ela. Cada sensação, cada movimento, cada respiração e cada batida do coração de Alex contra o dela.

— Não se segure, Angel — sussurrou Alex contra a boca de Angelique.

Ela se ouviu gemer, e então ele mergulhou uma das mãos entre os dois e achou seu ponto mais sensível, empurrando-a da beira do precipício.

Nada no mundo poderia tê-la preparado para a intensidade do que a atingiu. Angelique foi pega desprevenida, e todos os músculos de seu corpo tremeram e pulsaram sem controle. Ela baixou a cabeça sob o rosto dele, e fechou os olhos quando a primeira onda de tremor a atingiu. Então suas pernas se apertaram ainda mais em torno de Alex, seus dedos se afundaram no cabelo dele, seus quadris tiveram um espasmo e todos os músculos de seu corpo se contraíram quando ela atingiu o clímax.

Angelique apoiou o corpo em Alex, exausta e ofegante.

O êxtase que tomara conta de seu corpo a fez entender por que homens e mulheres se arriscavam tanto para sentir esse prazer. A euforia ainda não havia passado e ela já queria mais de Alex, e nem tentou se enganar pensando que ele seria nada menos que um vício. Também não subestimou o perigo disso.

Angelique não estava apaixonada por esse homem. O que Alexander Lavoie lhe dera não fora nada mais que uma liberação física, e ela não podia negar que quisera isso. Agradecera. Aproveitara cada segundo. Mas era apenas isto: uma liberação.

Aos poucos, voltou a ouvir o som da rua, e então ela se lembrou de onde estavam. Escorregando do colo dele, ela se levantou, mas não voltou para o seu banco. Alex a puxou para ficar ao seu lado. Ele segurou a mão dela e não a soltou, mesmo quando ela tentou se afastar. Angelique, então, desistiu do impulso de recuar e se recostou no assento.

Alex a acariciava com o polegar.

— Está melhor? — perguntou ele, depois de um longo silêncio.

Angelique sabia que era uma brincadeira, que ele estava tentando amenizar qualquer desconforto que ela estivesse sentindo, mas a pergunta a fez se sentir mal.

As mulheres que me escolhem e me usam. Sou apenas uma perigosa distração para elas. E, nas raras ocasiões em que me convém, permito ser usado, porque também consigo sentir prazer com isso.

Ela podia ouvir as palavras dele em sua cabeça. Era isso que ela tinha acabado de fazer? Usara Alex e seu corpo para distraí-la de sua realidade miserável? Como uma forma de esquecer e de se sentir melhor, mesmo que por um breve momento?

Angelique queria acreditar que era melhor que isso. Mas, quando o tocara, não estava pensando em Alex. Estava pensando em si mesma, no que desejava.

No que precisava. E então não conseguiu pensar em mais nada.

Algo muito parecido com vergonha se apertou em seu peito.

— Obrigada — sussurrou. — Por...

Ela não conseguia terminar a frase. Não sabia nem como descrever o que acabara de acontecer.

— Fiz você se sentir desconfortável de novo, não é? — perguntou ele, mas sem nenhum tom de provocação.

Desconfortável? Por Deus, não! Angelique conseguira fazer isso sozinha. Na verdade, Alex a fizera sentir... um êxtase perfeito e avassalador.

Havia lhe dado o que ela precisava, como se conhecesse o corpo de Angelique da mesma forma que sabia tudo sobre ela.

— Não. Você não me deixou nem um pouco desconfortável — afirmou. O rosto dela ainda estava corado porque, apesar de tudo, ela queria que ele fizesse aquilo de novo. — Obrigada pelo que fez por mim hoje.

Foi o melhor que conseguiu responder sem fazer papel de boba.

A mão de Alex apertou a dela.

— E pelo que fez pelo meu irmão — agradeceu ela, pois isso precisava ser dito.

— Hummm.

— Não há ninguém que eu preferisse ter ao meu lado neste momento além de você — confessou Angelique, pois isso também precisava ser dito.

Não porque ele oferecera ajuda quando ninguém mais o fizera. Nem por causa de tudo que tinha feito e continuava fazendo por ela — Alex lhe dera diamantes para subornar um guarda da Torre! —, mas porque, a partir do momento em que o conhecera, aquele homem pareceu entendê-la melhor do que ela mesma.

Alex não disse nada, apenas se aproximou e endireitou a gola da camisa de Angelique com a mão livre. Então, puxou a ponta da faixa abandonada, que agora estava esquecida no colo dela, a enrolou e guardou no bolso do casaco esquecido.

— Gerald não matou ninguém — falou Angelique de repente, sem querer continuar pensando no que havia acontecido entre eles.

— Também não acredito que ele tenha matado.

Ouvir Alex concordar com ela acendeu uma pequena chama de esperança em seu peito. Fosse lá que crime tolo Gerald pudesse ter cometido, ele não era um assassino.

— Mas será que o júri acreditará nele?

Ela ouviu Alex suspirar.

— Não sei.

E aquele era o ponto crucial da situação. Se Gerald fosse considerado assassino, culpado ou não, ele seria enforcado. Talvez Angelique devesse ter aceitado a sugestão da srta. Moore de colocá-lo no primeiro navio para a Índia. Gerald ainda achava que seu maldito título o salvaria, e seria tarde demais quando ele percebesse a verdade.

— Você acredita que alguém armou tudo isso para ele? — perguntou ela.

— Na minha experiência, as coisas raramente são tão complicadas — falou Alex. — Suspeito que tenha sido apenas uma infeliz coincidência. O verdadeiro ladrão e assassino deve ter chegado antes do seu irmão e já tinha ido embora quando ele apareceu e acabou no lugar errado, na hora errada.

— Talvez o assassino tenha recebido o mesmo bilhete que meu irmão — sugeriu Angelique.

— Hummm, talvez — respondeu ele, parecendo um pouco distraído.

Angelique fechou os olhos, enquanto diversas dúvidas rodopiavam em sua cabeça. Ela deveria perguntar a Alex o que aconteceria, qual seria o próximo passo para ajudar Gerald, mas não conseguia. Estava tão cansada de pensar no irmão quanto de pensar em si mesma.

Ela abriu os olhos.

— Quem é Jonathon?

Alex congelou ao lado dela.

— Jonathon?

— O nome que você deu aos guardas. O mesmo que está gravado no couro da alça da sua bolsa. Quem é?

— O que faz você pensar que Jonathon realmente existiu?

— O fato de você estar reagindo assim à minha pergunta.

Alex desviou o olhar. Angelique deixou o silêncio se estender, interrompido apenas pelas rodas da carruagem girando pela rua. Ela estava ficando boa nisso.

— Era meu irmão — respondeu Alex de repente.

Angelique sentiu um peso no coração. Algo no tom de voz dele a fez se arrepender de ter feito a pergunta impulsiva. Alex apertava com força a mão dela, quase a ponto de doer, como se talvez tivesse esquecido que ainda a estava segurando.

— Ele foi morto em York quando os americanos atacaram.

Ela permaneceu imóvel, ciente de que Alex estava longe, como se tivesse se transportado para além de qualquer lugar que ela pudesse ver. Angelique preferiu não comentar nada ou pedir desculpas, e apenas deixou a mente dele ir para onde precisava e voltar quando estivesse pronto.

Depois de um minuto, ele puxou a mão dela de repente, como se estivesse surpreso ao encontrá-la ali.

— Eu não consegui salvá-lo. A guerra... — Alex não terminou o que ia dizer.

Angelique nunca usara uma farda, nunca tivera que enfrentar armas como ele. No entanto, vinha lutando uma guerra pessoal havia muito tempo, e a morte e o desespero que as batalhas deixavam não eram muito diferentes das que ele enfrentou. Deus sabia o quanto ela desprezava revisitar as próprias perdas.

— A guerra só deixa sobreviventes. — Foi tudo o que ela disse.

Alex entendera que Angelique precisava esquecer e se aliviar antes mesmo que ela se desse conta das próprias necessidades. E, que Deus o ajudasse, mas ele fora incapaz de não aproveitar a situação. De não aproveitar a chance de tê-la em seus braços de novo.

Enganou-se pensando que seria capaz de ficar satisfeito ao ceder às próprias necessidades e desejos. Que conseguiria recuperar o foco e tirá-la de sua cabeça. Mas aquilo só piorou as coisas. Tocá-la, explorá-la e senti-la tremer em seus braços tinha sido uma tortura erótica diferente de tudo o que já havia sofrido.

Ele queria penetrá-la profundamente, queria sentir cada pedacinho de seu corpo e tocá-la até que ela gemesse seu nome.

Angelique não era completamente inocente, mas era óbvio que não tinha muita experiência. No início, seus movimentos estavam um pouco desajeitados, mas ela logo aceitou ser guiada pelas mãos dele. Seu corpo respondera de forma imediata e honesta a cada toque e a cada beijo, um fogo líquido que testara o controle de Alex. Agora, ele fantasiava sobre todas as maneiras devassas de aproveitar a paixão dela, todas as maneiras pelas quais ele poderia mostrar para aquela mulher que o que acontecera na carruagem não era nada comparado ao que poderia lhe ensinar quando tivessem espaço e tempo.

Ele era um idiota.

Alex lembrou a si mesmo mais uma vez que Angelique Archer era sua funcionária. Um trunfo para seu clube. Um recurso fascinante e sensual, mas ainda assim um recurso. E seria melhor ele proteger aquela... parceria.

Era inconcebível pensar que estava fazendo tudo aquilo por qualquer outro motivo que não fosse o bem de seu clube. E era tolice pensar que ela havia aceitado a ajuda dele por qualquer coisa que não fosse necessidade.

Não há ninguém que eu preferisse ter ao meu lado neste momento além de você.

Na verdade, não havia mais ninguém disponível. Alex sabia que Angelique estava encurralada em uma situação muito difícil — uma situação que ficara ainda pior quando o irmão dela fora preso. Angelique não *escolhera* confiar nele. Ela *precisara* confiar nele. No entanto, algo em Alex queria acreditar que ele era mais que um cavaleiro em um cavalo branco que aparecera para salvá-la.

E provavelmente fora esse algo que o fizera falar do irmão.

Alex nunca falava sobre Jonathon. Nunca. O fato de ter feito isso com Angelique era inquietante. Ainda havia muito arrependimento com suas lembranças, mesmo que elas fizessem Angelique perceber que ele entendia melhor do que ninguém o que era ser leal a um irmão.

A carruagem começou a virar, mas parou de supetão.

Do lado de fora, Alex ouviu um zumbido, como se um enxame de abelhas furiosas tivesse aparecido na frente do veículo. Então, ele ouviu a voz abafada de Matthews acalmando os cavalos e deu uma batidinha no teto da carruagem.

— O que está acontecendo, Matthews?

— Temos companhia — respondeu o cocheiro. — Ou melhor, Sua Senhoria tem.

Como assim?

Alex afastou a cortina da janelinha. Havia uma multidão aglomerada em frente à casa dos Hutton, uma mistura de pessoas com expressões raivosas e outras só curiosas. Pelas roupas que usavam, a maior parte era da classe trabalhadora, mas estavam misturados com homens bem-vestidos que colaboravam com o tumulto. Folhetos eram vendidos e distribuídos com agilidade, sem dúvida repletos de detalhes sórdidos dos eventos da noite anterior, inventados ou exagerados por uma alma empreendedora com um tipógrafo e uma imaginação fértil.

As casas vizinhas enviaram criados — lacaios corpulentos, pelo visto — para afastar a multidão e impedir que invadissem suas propriedades. Alguém havia colocado uma placa grande na frente da porta da casa dos Hutton, com os dizeres FORCA PARA HUTTON e ASSASSINO em tinta escarlate.

— Passe reto — ordenou Alex, mas Matthews já havia virado a carruagem e estava voltando por onde vieram, passando pela praça.

Ninguém olhou duas vezes para o veículo. Então, ele percebeu que Angelique estava pressionada contra ele para olhar pela janelinha, respirando com dificuldade e bastante tensa.

Alex não tinha ideia do que dizer a ela. Nada do que dissesse deixaria a situação menos terrível do que era.

— Meu Deus… — sussurrou ela de repente. — A Tildy!

— Sua criada?

— E se…e se eles entrarem na casa? E se a machucarem…

— É improvável que ela sofra algum mal — afirmou Alex, com a esperança de estar certo, já que protestos podiam ser imprevisíveis. — Vou mandar Matthews e Jenkins voltarem para buscá-la. Tem mais alguém na casa?

— Não, só ela — disse Angelique, pálida. — Mas como eles vão…

— Não se preocupe com meus homens. Eles são muito bons no que fazem.

A carruagem ganhou velocidade ao se afastar da praça.

— Para onde vamos?

— Para o último lugar onde alguém procuraria uma dama.

Capítulo 12

Alex se sentou à sua mesa e ficou encarando a porta fechada de seu quarto de vestir, perdido em pensamentos.

Estava preocupado com Angelique. Apesar de garantir que se sentia bem, ela estava pálida e deprimida quando chegaram ao clube, e andara apática de um lado para outro pelo escritório dele, a mente distante. Bem, não tão distante assim. Devia estar pensando no irmão preso na Torre. Ou em sua casa em Bedford Square.

Ele pediu para que preparassem um banho para ela, ignorando os protestos de Angelique, tentando fazê-la se distrair e relaxar. Também aproveitou para se lavar e trocar de roupa, e agora estava se sentindo mais revigorado e seguro de que ainda estava no comando de seu mundo e de seu próprio lugar nele. Alex fizera a ronda no clube, certificando-se de que os preparativos para aquela noite já estavam em andamento, e a sensação da rotina o acalmou. Agora ele podia focar em resolver a situação do marquês de Hutton.

Será que era melhor já iniciar o processo de resgatar Hutton da prisão e enfiá-lo em um navio destinado a outro continente, ignorando as contestações do idiota? O marquês parecia não entender a gravidade dos problemas que estava enfrentando, como se seu título o tornasse imune ao rigor da lei.

E, embora isso pudesse protegê-lo de algumas coisas e fazê-lo escapar ileso de certas punições, ser acusado de assassinato não era uma delas.

Armaram para mim!

Alex franziu a testa. Essa teoria era muito improvável, mas ele não podia ignorar a pontinha de dúvida em sua mente. E não seria apenas negligente, mas tolo se ignorasse a possibilidade. No mínimo, ela merecia ser reconhecida e investigada. Alex suspirou, pegando um pedaço de papel e sua pena. Supondo, por enquanto, que Hutton estivesse falando a verdade e que alguém tivesse armado para que ele fosse acusado de um crime que não cometera, isso deixava uma série de perguntas para as quais Alex não tinha respostas.

Ele arranhou o papel com a pena e encarou as únicas palavras que havia escrito, a pergunta mais óbvia de todas.

Por quê?

Por experiência, Alex sabia que pessoas geralmente eram motivadas por ganância. Dinheiro significava poder, e todo mundo tinha um preço, querendo admitir ou não. No caso de Gerald Archer, alguém poderia tê-lo incriminado para extorqui-lo depois, mas as peças não se encaixavam. Ninguém incriminaria alguém por assassinato para ter uma vantagem depois.

Além do bilhete misterioso que Hutton alegou ter recebido, Alex pediu a Matthews que procurasse qualquer correspondência que tivesse sido entregue na casa de Hutton com algum tipo de demanda, mas não estava esperançoso. Alex bateu a ponta de sua pena no tinteiro. Se a motivação não foi dinheiro, então o que pode ter sido? Sexo, aliado ao ciúme e à raiva, geralmente explicava tudo que não envolvia dinheiro, mas Hutton não tinha uma amante, ou pelo menos não do tipo que não recebia pela visita, e tampouco havia rumores ou evidências de um noivado ou outro tipo de compromisso. Alex descartou essa ideia por enquanto.

Intrigado, ele não conseguia se livrar da ideia de que estava faltando alguma coisa na história. Algo importante. Pegou a pena mais uma vez, voltando à sua ideia original. "Dinheiro", ele escreveu. Mais especificamente, a fortuna de Hutton que tinha sumido. *Isso*, sim, tinha todos os indícios de uma extorsão bem-feita. Sigilo e magnitude.

Alex queria muito que o velho marquês ainda estivesse vivo para questioná-lo, ou até a marquesa, mas ambos tinham morrido. Ela, de uma doença, aparentemente, e ele, de um assalto na estrada que deu errado. E agora o filho deles estava preso na Torre de Londres, confrontado com a possibilidade altíssima de ser enforcado por um crime que não cometera.

Alex se endireitou na cadeira. Talvez estivesse deixando algo escapar, porque não estava vendo o panorama geral.

E se alguém não estivesse apenas tentando destruir Gerald Archer? E se alguém estivesse tentando destruir toda a família Hutton?

Ou talvez ele estivesse apenas sendo muito dramático e pensando demais em tudo aquilo. Ele passou a mão pelo cabelo, irritado.

— Alex?

Ele se sobressaltou, respingando tinta no papel. Olhou para porta do quarto e para a figura que estava parada ali.

Angelique vestia um dos robes dele e estava descalça, com o cabelo molhado penteado para trás e descendo por suas costas. Alex sentiu o aroma de seu sabonete de limão misturado com sândalo e, embora o cheiro devesse ser familiar, senti-lo nela era muito excitante. Cada gota de sangue se concentrou em sua virilha, e ele reprimiu um gemido.

Num primeiro momento, parecera uma boa ideia trazê-la para o clube, onde ele sabia que estaria segura. Mas naquele instante percebeu que deveria tê-la levado para o escritório da D'Aqueus em Covent Square. Ou talvez para uma maldita estalagem nos arredores de Londres, pois ter Angelique ali, em seu espaço, com seu cheiro e suas roupas, estava testando sua sanidade.

As bochechas dela não estavam mais pálidas, mas vermelhas, e Alex não sabia se isso era resultado do banho ou de seu desconforto por estar vulnerável naquele traje. Tentou não deixar seus olhos se desviarem para o tornozelo dela, ou para a curva suave das panturrilhas, onde desapareciam sob a seda bordô do robe.

Ele tentou não se lembrar do contorno das coxas de Angelique, de como fora tê-las ao redor de seu corpo. Ou da sinuosidade da cintura dela e a maneira como ele a apertara, unindo o corpo dos dois. Tentou não se lembrar de como era macia a pele dela enquanto ele explorava a linha de sua coluna, a saliência de suas costelas e a deliciosa plenitude de seus seios. Se Alex se permitisse se lembrar de como ela se arqueara contra ele, de seus mamilos eriçados, de sua boca quente e voraz, não sabia se conseguiria continuar agindo de forma honrosa.

A beira da cama era visível atrás dela, e ele desviou os olhos, embora fosse irrelevante. Se cedesse aos seus impulsos mais básicos, ele a tomaria em qualquer lugar. No chão. Na parede. Na mesa. Na cadeira em que estava sentado. Provavelmente em todos eles. Pelo menos duas vezes em cada um.

— Você está bem? — perguntou, remexendo-se na cadeira na tentativa de se livrar do desconforto de sua ereção.

— Estou — respondeu ela sem se afastar da porta, o que foi um alívio.

Alex colocou a pena de lado, tentando controlar seu corpo.

— Pedi a Matthews que pegasse algumas roupas suas em Bedford Square quando fosse buscar Tildy, mas ele ainda não voltou. Ele levará sua criada ao escritório da D'Aqueus primeiro e a acomodará lá. Sinto muito que tenha que usar uma veste minha no momento.

Angelique balançou a cabeça, entrando no escritório.

— Por favor, Alex, não se desculpe. Nunca poderei retribuir o que você já fez por mim.

O robe estava um pouco aberto no pescoço dela, e Alex engoliu em seco. Meu Deus, ele estava em apuros. Nunca em toda a sua vida ficara tão afetado por uma mulher.

— O que é isso? — Angelique gesticulou para o rascunho diante dele.

— Pensamentos. — Ele se mexeu na cadeira de novo, tentando se concentrar nas palavras dela e não em sua libido. — Na verdade, são perguntas.

— Sobre o quê?

Angelique escolheu uma das poltronas do outro lado do escritório, perto da lareira, e sentou-se com os pés embaixo do corpo. Agora, tudo o que ele podia ver era o pescoço e a cabeça dela, pois seu corpo inteiro estava escondido pelo robe volumoso. Isso deveria ter ajudado, mas teve o efeito contrário.

— Muitas coisas. Sobre sua família, principalmente. Sobre como seu irmão pode ter acabado nessa situação. Para entender o que está acontecendo agora, preciso entender melhor o que aconteceu no passado — explicou ele, aproveitando a chance para se distrair da visão dela, a oportunidade de voltar ao verdadeiro problema em questão.

Ele a viu respirar fundo.

— Pergunte o que precisa saber. Vou tentar responder tudo da melhor maneira possível.

Alex a encarou.

— Você pode não gostar de algumas dessas perguntas.

— Não gostei de muitas coisas que me aconteceram nesses últimos anos, Alex. Não vou fugir agora.

— Sei disso, mas eu...

O quê? Queria poupá-la da dor?

— Faça logo suas perguntas.

— Conte-me sobre seu pai.

Ele precisava começar por algo, e esse parecia um ponto tão bom quanto qualquer outro.

— Meu pai era filho único. Herdou seu título aos 22 anos e casou-se com minha mãe aos 51 anos.

— Hummm.

Ele se lembrava de ter lido isso nos registros da D'Aqueus, mas ainda assim ficou surpreso pelo velho marquês ter esperado tanto tempo para se casar, especialmente porque, na época de sua sucessão, ele era o último de sua linhagem.

Normalmente, os últimos de sua linhagem tinham pressa para garantir a longevidade de seu título. Mas não o marquês, e ele acabara se casando tardiamente e com uma noiva que tinha a metade de sua idade. A discrepância não era incomum, mas o fato de ela ter sido sua primeira esposa, sim.

— Foi uma união por amor — explicou Angelique de sua poltrona, como se tivesse lido a mente dele, em um tom um pouco melancólico. — Quando éramos mais novos, meu pai gostava de nos dizer que o dia em que conheceu minha mãe foi o melhor dia de sua vida. Que ela tinha sido a mulher mais disputada da temporada de que ela havia participado, e que ele não podia acreditar que fora o escolhido.

— Hummm.

Romântico, supôs Alex, se não sensato.

— Ele amava minha mãe mais do que a própria vida — continuou Angelique. — Não lhe negava nada, fazia tudo por ela.

Como por exemplo vender vastas propriedades de Hutton?, perguntou uma vozinha em sua cabeça. Alex não tinha descoberto nada no passado do velho marquês que explicasse o motivo para tais vendas, mas não havia considerado a marquesa. O amor levava as pessoas a fazerem coisas estranhas.

— Como sua mãe era?

— Como assim? — perguntou Angelique, franzindo a testa.

— Ela tinha... algum vício? — Alex quase estremeceu, mas manteve a calma na voz.

Angelique o encarou.

— Vício?

— Jogos de azar? Dependência química? Hábitos de consumo que eram... insustentáveis? — indagou ele, sabendo que todas essas coisas não eram exclusivas do sexo masculino.

— Não — afirmou Angelique. — Ela era o oposto de uma pessoa com vícios. Preferia a companhia da família à companhia da sociedade. A família era seu orgulho e sua alegria, e não havia um dia em que não nos dissesse o quanto a fazíamos feliz. Dizia que sonhava em ser mãe desde pequena e a realização desse sonho a fizera a mulher mais sortuda do mundo. Quando crianças, passávamos mais tempo com minha mãe do que com nossas babás.

Alex tamborilou os dedos distraidamente em seu joelho. A antiga marquesa de Hutton parecia uma maldita santa, não uma provável candidata a um escândalo.

— Meu pai nunca mais foi o mesmo depois que ela morreu — continuou Angelique. — Ele fora o maior protetor dela, mas não conseguiu protegê-la da morte. Foi como se tivesse se tornado um fantasma, e acabou se distanciando de tudo e de todos, inclusive de nós.

— Ele falou com alguém depois que ela morreu? Desabafou com alguém?

— Sobre o quê?

Alex deu de ombros.

— Qualquer coisa.

Como pastagens de ovelhas, minas de carvão ou sumiço de dinheiro...

Angelique negou com a cabeça.

— Só tinha um amigo que ele considerava um verdadeiro confidente: o pai do lorde Burleigh. Ele era como o irmão mais novo que meu pai nunca teve, mas morreu de uma apoplexia repentina cerca de um ano antes da minha mãe falecer. — Ela fez uma pausa. — Não consigo pensar em mais ninguém com quem meu pai teria conversado.

Bem, isso também não ajudava em nada.

— Seu pai teve alguma amante após ficar viúvo? Alguém que poderia tê-lo deixado... menos solitário?

Ela ficou vermelha, mas não desviou o olhar.

— Não que eu saiba.

Alex fez outra anotação. Dado o que Angelique contara sobre o relacionamento dos pais, não era surpreendente que o velho marquês não tivesse tido uma amante após a morte da esposa. No entanto, era algo a ser investigado com mais atenção. As informações costumavam aparecer nos lugares mais inusitados.

— O que sabe sobre a morte de seu pai?

O relato que ele lera dizia apenas que o marquês fora vítima de um assalto na estrada que dera errado.

Angelique tirou as mãos dos braços da poltrona e as colocou no colo, com uma expressão sombria.

— Meu pai estava a caminho de Bath quando foi abordado. Forçaram a carruagem para fora da estrada e a destruíram. Ele foi encontrado próximo ao local, sem seus pertences e baleado, junto do cocheiro. Os responsáveis nunca foram capturados.

Alex franziu a testa. Forçar uma carruagem para fora da estrada e ainda ter tempo de retirar os ocupantes e atirar neles em outro lugar parecia extremo. Não era inédito, mas a maioria dos salteadores que conhecia sempre se preocupavam com o tempo. E com a sutileza da operação. Quanto menor o dano, maior a recompensa. Ele fez outra anotação.

— Sinto muito, Angelique. Por sua perda e por ter que trazer isso à tona mais uma vez.

Ela assentiu em silêncio.

— Seu pai tinha algum inimigo?

Angelique ficou quieta por tanto tempo que Alex pensou que talvez não o tivesse ouvido.

— Você acha que alguém o queria morto?

Alex hesitou. A ideia estava surgindo em seus pensamentos, e ele não tinha a intenção de vocalizá-la naquele momento. Não antes que pudesse provar alguma coisa.

— Não sei... — respondeu Angelique. O olhar dela era indecifrável, embora seu rosto estivesse pálido. — Não — afirmou ela. — Pelo menos, eu nunca soube de nenhum inimigo que meu pai pudesse ter tido. Ele era muito benquisto.

— E sua mãe?

Angelique balançou a cabeça, impotente.

— Não.

— E seu irmão? Alguma aposta que deu errado? Algum investimento malsucedido? Qualquer coisa?

Ela negou.

— Eu não... Eu acho que não. Sei que ele acabou de investir em algum tipo de companhia marítima com Seaton e o pai dele. Ele já tinha feito isso antes, mas a carga afundou em uma tempestade e Gerald perdeu o dinheiro. *Nosso* dinheiro.

Alex a encarou.

— E você não acredita nisso?

— Eu não confio em Seaton.

Alex também não confiava.

— Que tipo de companhia marítima é essa?

Angelique deu de ombros.

— Uma que faz importações. Ele não quis me contar. Ou não podia.

— Hummm.

Alex fez outra anotação. Aquela informação podia ser mais relevante.

Uma batida na porta do escritório quebrou o silêncio. Alex se levantou e foi até a porta. Matthews estava do outro lado, carregando um baú em seus braços fortes.

— A criada já está acomodada — disse ele sem preâmbulos, colocando o baú no chão do escritório com um baque. — As roupas de Sua Senhoria.

Matthews enfiou a mão no casaco e pegou um fino maço de papel.

— A correspondência. E o bilhete que acho que você queria do quarto do marquês. Levei quase meia hora para encontrar. O homem não é muito... organizado. — Ele entregou tudo para Alex.

— Obrigado, Matthews. Ótimo trabalho.

O cocheiro assentiu.

— Posso presumir que Sua Senhoria permanecerá aqui esta noite?

— Pode.

Alex não a deixaria ir a lugar algum. Não sem ele.

— Está bem, sr. Lavoie.

Matthews acenou com a cabeça e desapareceu pelo corredor. Alex fechou a porta e voltou para a escrivaninha. Angelique já estava se levantando da poltrona. Ele colocou a pequena pilha de correspondências no canto de sua mesa, deixando o bilhete que Matthews havia descoberto nos aposentos de Hutton separado.

— Dê uma olhada na correspondência — disse ele. — Veja se encontra algo incomum ou inesperado.

Alex não esperava que ela encontrasse algo, mas não custava nada conferir.

Angelique assentiu e começou a folhear as cartas. Ela separou um punhado e abriu dois envelopes antes de adicioná-los à pilha.

— Contas — murmurou ela. — Dois convites sociais para meu irmão. Claramente entregues ontem, antes de tudo...

Abriu mais uma, e Alex notou como o rosto dela endureceu.

— De quem é?

Angelique balançou a cabeça como se não fosse responder, mas pareceu mudar de ideia.

— Uma carta de lorde Seaton, rebuscada e cheia de elogios. Ele deseja me visitar e afirma que uma linda dama como eu precisa de um protetor. Diz que ficaria honrado em ter o privilégio de atender a todas as minhas necessidades. Na ausência do meu irmão, é claro.

Alex se controlou para não reagir, embora parte dele quisesse arrancar a carta das mãos dela e jogá-la na lareira. George Fitzherbert não a merecia. Ele não tinha nem o direito de sugerir isso.

— Talvez ele ainda esteja apaixonado por você — comentou, esforçando-se para manter um tom controlado.

— Ele nunca foi apaixonado por mim — afirmou Angelique, em tom ácido, e amassou a carta antes de largá-la na mesa. — Seaton só ama a si mesmo.

Alex sentiu uma onda de satisfação, mas então percebeu que não estava mais apenas *agindo* como um ciumento. Ele havia se *tornado* um.

E não se importava.

Angelique pegou a última carta e a abriu.

— E uma carta de lady Burleigh oferecendo qualquer ajuda que ela e o filho possam providenciar no que ela chama de "momento muito difícil". — Ela pareceu confusa ao dizer aquilo.

— Isso é estranho?

— Eu não a via desde que minha mãe morreu. No entanto, ela apareceu em minha casa com lorde Burleigh para dar a notícia da prisão do meu irmão e agora está oferecendo apoio. — Angelique suspirou. — Não consigo imaginar o que ela acha que pode fazer, mas suponho que eu deveria ser grata…

Ela largou a carta.

— Hummm.

Nenhuma carta de extorsão, ameaças ou exigências. Nada de relevante.

O bilhete que Matthews encontrara nos aposentos de Hutton, no entanto, era uma história diferente. Estava dobrado em um quadrado elegante, com o endereço de Bedford impresso sob o nome do marquês. Alex desdobrou o papel e o colocou na mesa para que Angelique também pudesse ler.

A escrita no interior era igual à do exterior, com uma caligrafia pesada e desleixada que dizia exatamente o que Hutton havia descrito. Que o conde de Trevane tinha um colar de diamantes de valor substancial escondido de sua esposa na última gaveta de sua escrivaninha. Várias palavras continham erros ortográficos, e Alex franziu a testa.

— Quem quer que tenha escrito isso tinha instrução — disse Angelique antes que ele pudesse falar.

— Mas não foi esperto o suficiente para errar a sintaxe, assim como errou a ortografia.

— Estranho, não?

— Muito.

Alex pegou o bilhete, virou-o e examinou o selo quebrado em busca de pistas. Mas a cera era comum, assim como o papel — uma qualidade mediana que podia ser encontrada em uma centena de lojas diferentes. Ele o virou de novo e examinou o endereço, segurando o papel contra a luz. Um leve entalhe circular na superfície ficou visível, evidência de que uma moeda havia sido pressionada contra o papel.

— Por que você parece tão satisfeito de repente? — perguntou Angelique.

— Eu sei de onde isso veio.

Angelique arregalou os olhos.

— O quê? De onde?

— De um lugar chamado Pata do Leão.

— O que é isso?

— Uma taverna.

— Não estou entendendo...

— Essa taverna tem um sistema especial — explicou Alex. — Mensagens podem ser deixadas em uma caixa do beco que fica atrás do edifício, de forma anônima. Elas precisam ter apenas o endereço escrito na frente e ser embrulhadas com dois xelins. Um xelim fica para a taverna, e o outro fica com o mensageiro.

Angelique o encarou.

— Isso é a... — ela parecia estar se esforçando para escolher uma palavra — coisa mais absurda que eu já ouvi. Quem precisaria enviar uma mensagem anônima?

— Além da pessoa que enviou um bilhete para seu irmão tentando parecer alguém que não é?

Angelique cerrou a mandíbula.

— Mas como isso nos ajuda?

Alex redobrou o papel e o colocou no bolso.

— Às vezes, milady, vale a pena ter amigos em lugares absurdos.

Ao entrarem na Pata do Leão, Angelique foi envolvida pelo delicioso aroma de carne assada, cerveja e lenha queimada. O chão estava bem varrido, as paredes limpas e as longas mesas e bancos cheios de clientes devorando refeições.

Uma jovem ruiva linda passou na frente deles com os braços cheios de canecas vazias. Ela não devia ter mais que 13 anos, mas tudo indicava que teria uma beleza extraordinária quando crescesse. A jovem abriu um sorriso quando viu Alex.

— Sr. Lavoie! — Uma covinha apareceu em sua bela bochecha. — Veio jantar?

Alex sorriu de volta para ela e negou com a cabeça.

— Ou tomar uma cerveja, talvez?

— Hoje não, mas obrigado. Gil está por aqui?

— Na parte de trás, eu acho. Estou indo lá, então posso dar uma olhada. Espere aqui.

A garota desapareceu, mas voltou minutos depois com uma bandeja cheia de canecas reabastecidas.

— Gil está lá atrás. Avisei a ela que você está aqui — comentou a menina, apontando a cabeça para o fundo da taverna.

— Obrigado.

— Não há de quê.

A garçonete encarou Angelique com olhos verdes e curiosos.

Alex não fez menção de apresentá-las, e a garota não pareceu esperar por isso. Ela ajeitou a bandeja nos braços e voltou para o mar de clientes.

— Venha comigo — disse Alex, e Angelique o seguiu em meio à multidão.

Perto da parte de trás da taverna, um grupo de meninos malvestidos estava sentado a uma mesa, alguns deles comendo tigelas de ensopado e crostas de pão grosso, outros apenas esperando por alguma coisa. Então, uma campainha tocou e um dos meninos pulou do assento.

— Minha vez! — exclamou, como se desafiasse alguém a contradizê-lo.

Ele foi para os fundos do bar e desapareceu da vista de todos. Segundos depois, estava de volta, enfiando algo no bolso e puxando o gorro para baixo sobre as orelhas. Foi direto para a porta da frente e desapareceu na rua escura.

Angelique olhou para Alex, confusa, mas ele já estava passando pela porta por onde o garoto acabara de sair.

— Alexander Lavoie! — cumprimentou uma voz forte, musical e feminina. — Minha filha disse que você estava aqui. A que devo a honra de sua adorável presença? — E inequivocamente sarcástica.

— Gil.

Alex deu um passo à frente, e Angelique viu a dona da voz. Ela era pequena, com cabelo ruivo espesso igual ao da linda garçonete e olhos de um tom surpreendente de jade. O avental que usava por cima do vestido não conseguia esconder sua figura voluptuosa.

Também não escondia as duas pistolas penduradas em seus quadris.

Alex pegou a mão da mulher e deu um beijo cortês, como se estivessem em um salão de baile. A mulher abriu um breve sorriso, mas logo notou a presença de Angelique. Ao contrário da filha, não a fitou com curiosidade, e sim com um olhar analítico e nada discreto. Os olhos verdes foram das botas de Angelique, passando por seu vestido e capa simples, até parar em seu rosto. Angelique sustentou o olhar dela com firmeza.

— Ela não é muito o seu tipo, não é, Lavoie? — comentou a mulher.

Angelique pestanejou, confusa.

— Eu não sabia que tinha um tipo — respondeu Alex, parecendo achar graça.

— Você tem, Lavoie, e esse tipo nunca seria visto em uma taverna. — Ela fez uma pausa e apertou os lábios. — Não me diga que essa moça está aqui em busca de emprego, pois não tenho nada agora, nem mesmo para você. Aqueles garotos lá fora comem demais…

Alex riu.

— Gilda, esta é Angelique, minha crupiê de *vingt-et-un*. E você não teria dinheiro para contratá-la. — Ele se virou para Angelique. — Angelique, esta é Gilda, a dona deste belo estabelecimento.

— Prazer — cumprimentou Angelique mais por hábito do que sinceridade, já que ficara irritada com o escrutínio da mulher.

Gil a examinou de novo.

— Sua crupiê de *vingt-et-un*, Lavoie?

— Sim — respondeu Angelique. — A crupiê de *vingt-et-un*.

Gil soltou uma risadinha.

— E eu sou apenas uma humilde cervejeira.

Ela foi até uma enorme lareira, onde um pesado caldeirão preto borbulhava, e pegou a colher de madeira de cabo comprido que repousava no topo. Então, mexeu o conteúdo e limpou as mãos no avental.

— A Duquesa esteve aqui esta manhã e mencionou que você estava apaixonado, Lavoie. Eu não acreditei, até agora.

O coração de Angelique parou por um segundo antes de acelerar.

— Você me conhece, Gil — afirmou Alex rindo, embora desta vez soasse um pouco desconfortável. — E sabe muito bem que não deve acreditar em tudo o que a Duquesa diz.

— Ah, sim, claro — respondeu Gil, abrindo um sorriso malicioso.

Angelique se concentrou em respirar com calma quando um pedacinho de seu coração palpitou com algo perigoso demais para ser identificado. Uma partezinha irracional dela queria, mesmo que por um momento, acreditar que aquele homem era capaz de amar uma mulher como ela. Mas é claro que isso era impossível. Alexander Lavoie era um dos melhores homens que Angelique já conhecera — e que provavelmente conheceria —, mas não lhe pertencia. Na verdade, nunca pertenceria a ninguém.

— Você deve ser muito inteligente — disse Gil a Angelique em um tom de desafio, embora Angelique não conseguisse entender que desafio era esse.

— Com números — respondeu ela.

— E cartas — acrescentou Alex. — Você deveria ver o que ela faz nas minhas mesas de jogo com uma garrafa de conhaque francês e um vestido decotado.

— Acredito em você — afirmou Gil, ainda com um sorriso malicioso.

Alex fez uma careta.

— Você poderia aprender alguma coisa…

De repente, Gil se afastou de Angelique.

— Por que ela está aqui?

— *Ela* está bem aqui — respondeu Angelique. — E é capaz de responder a perguntas por si mesma, como uma adulta.

Os olhos de Gil brilharam em aprovação, e ela olhou para Alex.

— Como eu disse, Lavoie, esta mulher não é mesmo o seu tipo.

Alex franziu a testa, mas Gil apenas se virou para Angelique.

— Certo, e por que você está aqui?

— Porque tenho interesse no que o sr. Lavoie está... investigando.

— Ah, já estava me perguntando quanto tempo levaria para chegar a essa parte. — Ela fez uma pausa. — O que vocês querem?

— Falando desse jeito, até parece que somos mercenários — comentou Alex.

A ruiva arqueou uma única sobrancelha elegante.

Alex levantou a aba da bolsinha volumosa amarrada ao peito, a mesma que usara por cima do uniforme militar na Torre. Angelique não prestara muita atenção nisso no caminho para a taverna, pois estivera mais preocupada com o bilhete bizarro encontrado nos aposentos do irmão. Mas, agora que estava prestando atenção, viu Alex tirar três polvarinhos da bolsinha — iguais aos que estavam em uma caixa na Torre, onde ela se escondera para esperar a passagem dos guardas.

— Talvez eu só tenha vindo lhe trazer um presente. — Ele estendeu um polvarinho e Gil o pegou, examinando o exterior.

— Você roubou um navio de guerra, foi? — perguntou ela, abrindo o topo. — Isso é da Marinha.

— Ah, eu tinha esquecido que você se envolveu recentemente com o comércio marítimo.

— É bom ter vários investimentos — murmurou a mulher. — Onde conseguiu isso?

— Você faz muitas perguntas quando recebe um presente, Gil.

Ela estava examinando o conteúdo.

— Esta pólvora é boa.

— A melhor de toda a Inglaterra. — Alex gesticulou para as pistolas nos quadris dela. — Para quando você mais precisar.

— Humpf. — Gil fez uma careta e fechou o polvarinho. — Quanto isso vai me custar, Lavoie?

— Uma informação.

— Seja mais específico. E lembre-se de que são apenas três polvarinhos, não um barril.

— E eu tenho apenas uma única pergunta, então acho que você vai sair na vantagem.

Gilda colocou as mãos na cintura enquanto esperava.

— O marquês de Hutton. Há poucos dias um de seus meninos entregou uma mensagem em Bedford Square.

Ele apontou para uma pesada caixa de ferro acoplada à parede perto da porta que dava para a rua dos fundos. A tampa estava presa por um cadeado, e a chave ficava guardada em segurança embaixo do avental de Gil.

E das pistolas.

A mulher o encarou por um momento antes de cair no riso.

— Sim, com toda a certeza entregaram.

Angelique respirou fundo. Alex já havia lhe dito isso, mas, pela primeira vez, eles tinham a confirmação de algo. Não se tratava de outra peça perdida do quebra-cabeça.

— Existe alguma maneira de determinar quem enviou a mensagem? — perguntou Angelique.

Gilda riu de novo.

— Claro que não. Isso estragaria todo o propósito do sistema. Ninguém pagaria para enviar uma mensagem anônima se corresse o risco de ser descoberto.

— E você entrega muitas dessas mensagens anônimas? — perguntou Angelique.

— Você ficaria surpresa com a quantidade de pessoas que não desejam que suas cartas sejam rastreadas até elas por meio de criados, carteiros ou outras testemunhas inconvenientes — explicou Gilda. — Entre nobres e políticos, amantes e criminosos, é incrível eu conseguir acompanhar tudo.

— E, ainda assim, você se lembra de que havia algo divertido na mensagem enviada ao marquês de Hutton — comentou Alex, parecendo um pouco irritado.

— Como gosto de você, Lavoie, e como gosto da sua escolha de... presentes, vou compartilhar uma coisinha — afirmou ela, guardando os polvarinhos em um armário longe da lareira. — As mensagens que entreguei na Bedford Square nos últimos anos, endereçadas ao marquês de Hutton, pagaram a metade desta maldita taverna.

Angelique olhou fixamente para a mulher, sentindo uma leve náusea.

Anos? Muito antes de seu irmão herdar o título. Que tipo de mensagens anônimas seu pai teria recebido?

— Quantos anos? — perguntou Angelique, vendo Alex acenar com a cabeça pelo canto do olho. — Por quanto tempo o marquês recebeu essas mensagens?

Gilda deu de ombros.

— Não sei. Uns quatro ou cinco anos, talvez… — Ela fez uma pausa e olhou para Alex. — Isso é mais que uma única pergunta, Lavoie.

— E você foi bem recompensada.

— É verdade — considerou Gilda. — Eu posso ter outra coisa de seu interesse.

Alex descruzou os braços.

— O quê?

— Isso custará mais do que três polvarinhos da melhor pólvora de Sua Majestade — afirmou Gil em tom sedoso.

— Eu decidirei o preço depois de saber do que se trata. Lembre-se de que não tenho um navio cheio de mercadorias para oferecer.

— Justo…

Gilda voltou para o armário onde guardara a pólvora e pegou outra caixa de ferro volumosa, semelhante à que estava montada na parede. A caixa também estava trancada, então ela pegou uma chave em algum lugar embaixo do avental e, em segundos, estava vasculhando o conteúdo.

Angelique tentava avaliar as implicações de sua nova descoberta: seu pai recebera mensagens anônimas por anos. De quem? E com que propósito?

Gil levou apenas um minuto para encontrar o que estava procurando.

— Às vezes meus meninos não conseguem entregar uma mensagem, normalmente porque o destinatário morreu, foi preso ou fugiu do país. Eles só recebem o xelim quando a mensagem é entregue, por isso são bem esforçados. Mas, neste caso, o marquês de Hutton estava fora de Londres quando isso foi enviado. E, se não me engano, ele morreu na viagem.

A mulher estendeu o papel dobrado, um pouco amarelado nas bordas, com o selo de cera começando a se desfazer. "Marquês de Hutton, Bedford Square" estava escrito em tinta escura.

Angelique pegou o papel, odiando que seus dedos estivessem tremendo um pouco. Aquela era a última mensagem enviada ao seu pai. Não tinha chegado até ele antes de sua partida para Bath. Antes de ser baleado por um assaltante em um trecho ermo da estrada.

A vontade de abri-la causava quase uma dor física, mas ela não a leria ali. Não naquela taverna, não na frente daquela mulher. Angelique não tinha ideia do que poderia encontrar, de quais segredos seu pai escondera dela. Embora, no fundo, soubesse que não seria nada bom, fosse o que fosse.

— Você leu a mensagem? — indagou Alex a Gil.

— É claro que não. Não posso ser forçada a revelar coisas que não sei, e prefiro continuar assim. Acredito que essa filosofia me fará viver mais — explicou a mulher enquanto fechava a caixa e a guardava de volta em seu esconderijo.

— Mas, mesmo assim, você guardou o bilhete.

— Só uma pessoa tola descartaria algo que pode ter valor no futuro.

Ela se endireitou e abriu um sorriso um pouco falso.

— O que você quer por isso? — perguntou Angelique.

Era uma pergunta estúpida, na verdade, pois não tinha nada em seu nome que aquela mulher pudesse querer. Mas a mensagem não pertencia a Gil, e era a única pista que poderia oferecer algum tipo de resposta concreta para a situação. A única maneira de ela sair daquela taverna sem a carta seria num caixão.

— Quão boa você é com números? — indagou Gil.

— Muito boa — respondeu Angelique. Não havia motivos para mentir.

— Se eu lhe der uma declaração de remessa e os recibos subsequentes enviados pela alfândega, quanto tempo você levaria para determinar se os valores batem e se a porcentagem do imposto retido na fonte está correta?

— Depende do tamanho da carga.

Gil apertou os lábios, mas se curvou e pegou um livro contábil meio surrado do mesmo armário. Ela o abriu, pegou algumas folhas de papel que haviam sido colocadas entre as páginas e entregou uma a Angelique. Era uma lista longa e detalhada de cargas que haviam chegado em um navio chamado *Fênix*.

— Esta é a declaração do navio, e isto foi o que a alfândega me deu.

Ela entregou a Angelique uma segunda folha desorganizada, com colunas de números e porcentagens anotadas ao lado delas e cálculos escritos no final como se estivessem fora de ordem.

Angelique comparou os números da declaração, de fardos de algodão e seu peso correspondente, com os números na folha da alfândega, e notou uma série de anomalias. Ela examinou as somas e os cálculos e encontrou erros. Nada que alguém pudesse notar à primeira vista, mas errinhos como aqueles se transformariam em grandes somas.

— Quanto tempo você levaria para analisar tudo? — perguntou Gil.

— Já terminei.

Ela viu a mulher ficar boquiaberta.

— Impossível!

— Se você me pediu para ver isso porque suspeita que a alfândega está enganando você, parece que está certa. Há erros nos cálculos.

Algo que era óbvio para Angelique e seria óbvio para Alex, se ele tivesse tempo para examinar tudo, mas que não seria tão óbvio para alguém que não levasse jeito para matemática.

Gil ficou vermelha.

— Quem está cuidando da sua contabilidade atualmente? — perguntou Angelique.

— Eu — murmurou Gil, parecendo desconfortável e envergonhada.

Alex pigarreou.

— Se suspeitava de alguma coisa, por que não me pediu...

— Não preciso da sua ajuda. Você é um homem ocupado — afirmou a mulher, na defensiva.

E Angelique, mais que ninguém, entendia o quão difícil era pedir ajuda. Como era difícil admitir que alguém se aproveitara de você. Como era horrível se sentir impotente.

— Eu vou matar todos eles! — O constrangimento de Gil se transformou em raiva. — Mas bem-feito para mim, por tentar fazer negócios com o lado certo da lei.

— Não há lado certo da lei — murmurou Angelique. — Apenas ladrões que a usam melhor do que outros para esconder seus crimes.

Gil olhou para ela com surpresa.

— No entanto, como alternativa, sugiro que visite a alfândega e exija uma compensação com juros. Acho que será mais gratificante — afirmou Angelique, estendendo a mão para pegar o livro. — Pode deixar comigo.

— Por quê?

— Para que eu possa contabilizar o quanto lhe devem. Acredite em mim, tenho experiência com indivíduos que querem tomar o que não é deles.

Gil pareceu confusa, mas entregou o livro sem dizer mais nada.

Angelique folheou os recibos, com cuidado para não fazer uma careta para as páginas contábeis salpicadas de tinta que apresentavam as tentativas aritméticas de Gil.

— Preciso de vinte minutos para descobrir o valor. — Ela olhou para as pistolas na cintura da mulher antes de erguer os olhos. — Mas você decide como deseja coletar essa quantia.

Gil encarou Angelique por um segundo antes de virar-se para Alex.

— Definitivamente não é o seu tipo, Lavoie — disse ela, rindo.

Alex franziu a testa.

— Angelique, talvez…

— Vá tomar uma cerveja e me deixe trabalhar, sr. Lavoie. É o que devemos a essa mulher.

Então, Angelique empurrou um punhado de tigelas para abrir espaço num balcão e apoiou o livro.

Gil riu de novo e puxou Alex na direção do salão.

— Agora eu consigo entender por que está apaixonado, Lavoie.

Capítulo 13

O bilhete estava no centro da escrivaninha de Alexander Lavoie como uma bomba que Angelique temia explodir ao menor movimento. Estava com medo do que poderia descobrir. Com medo de que não descobrisse nada. Parte dela estava envergonhada por não ter tido a coragem de abrir a mensagem na volta para o clube. Outra parte sussurrava que ela não era obrigada a ler o bilhete. Nunca se sentira tão dividida.

Mas de uma coisa ela não tinha a menor dúvida: a ignorância *não* era uma bênção.

Nunca.

Alex desaparecera em seus aposentos, fechando a porta atrás de si. Dissera que iria trocar de roupa para a noite, mas era óbvio que queria dar tempo e espaço para Angelique ler a mensagem sozinha. Ela não sabia se era isso que queria até pegar o bilhete e ficar aliviada por ninguém testemunhar como sua mão tremia.

— Deixe de ser covarde — sibilou para si mesma.

Ela pegou a mensagem, rompeu o lacre de cera vermelha e desdobrou com cuidado o bilhete que nunca havia alcançado seu pai.

Parecia ser um verso, escrito em uma caligrafia elegante. Ela leu a primeira linha:

O cuco zomba, no alto escondido,
dos casadinhos, em sustenido:
Cuco! Cuco!
Oh! que palavras de desagrado
para os ouvidos do homem casado!

Angelique franziu a testa. Era um trecho de Shakespeare, e ela não fazia ideia do porquê alguém enviaria aquilo para seu pai. Abaixo dos versos, havia mais um trecho:

1.500 libras, Threadneedle St. Um pequeno preço para manter a memória de sua esposa imaculada e os filhotes seguros no ninho.

Angelique encarou o papel, perplexa e um pouco frustrada. Ela não tinha certeza do que esperava encontrar, mas com certeza não era aquele enigma que fora embrulhado com dois xelins. Era evidente que se tratava de algum tipo de extorsão, mas por qual motivo? Seria uma acusação de que o pai fora infiel à mãe? Que ele tivera um caso com uma mulher casada? Que ele talvez tivesse filhos fora do casamento?

Era a única coisa que fazia sentido, mas Angelique não conseguia acreditar nisso.

Colocou a carta na mesa e esfregou o rosto com as mãos.

— Angelique?

Ela levantou o rosto e encontrou Alex parado perto da mesa. Ele trocara de roupa e agora vestia trajes escuros que adornavam seu corpo esbelto. Seu cabelo estava levemente úmido nas pontas, encostando em sua gola, e ele fizera a barba. Angelique sentiu o aroma do sabonete dele e teve vontade de passar os dedos pelas mechas úmidas, a língua pela pele macia de seu pescoço.

Fingir que só os dois existiam no mundo, mesmo que por um breve momento, e fazer coisas devassas com aquele homem.

— Quer me contar o que diz na mensagem? — perguntou Alex, olhando para o papel na superfície da mesa.

Ele não fez menção de pegá-lo, e Angelique sentiu o peito apertar e o coração acelerar. A gentileza a deixou com uma vontade repentina de chorar.

— Pode ler — afirmou ela, tentando controlar seus pensamentos e sua compostura.

Alex a encarou por alguns segundos antes de pegar a carta e ler a mensagem duas vezes, passando os olhos sobre cada linha com cuidado.

— Esse trecho... você sabe de onde é?

— É de *Trabalhos de amor perdidos*, de Shakespeare. Li com a minha mãe, era uma das peças favoritas dela.

Alex ainda olhava para o bilhete com atenção.

— Do que se trata a peça?

— É uma comédia sobre um rei e três companheiros que tentam evitar a companhia de mulheres por três anos. Minha mãe disse que gostava do fato de a mensagem final lembrar sobre a seriedade do casamento.

— Hummm.

— É uma extorsão — disse ela. — Mas não tenho ideia do motivo pelo qual meu pai estava sendo extorquido.

— É... Mas acho que pelo menos podemos concluir com segurança que a fortuna desaparecida de sua família não foi simplesmente colocada na caixa de doações de alguma igreja.

— Não. Pelo menos mil e quinhentas libras foram para algum lugar da Threadneedle Street.

— Talvez. — Ele colocou a carta de volta na mesa e encarou Angelique. — A referência repetida ao cuco é um tanto curiosa, assim como a menção a seus filhotes. Será possível que seu pai tenha tido um caso? Que ele teve filhos fora do casamento?

Angelique balançou a cabeça, desolada.

— Acho que não. Meus pais odiavam ficar longe um do outro.

— E antes do casamento? Ele não era jovem quando se casou com sua mãe. Será que ele teve um... relacionamento, talvez até filhos, antes de se casar com a sua mãe?

— Talvez... — Angelique não sabia mais o que pensar. — Entretanto, metade dos homens da nobreza têm filhos bastardos. Não é algo incomum e não costuma ser usado como motivo de extorsão.

— Ele poderia estar tentando proteger sua mãe. A parte sobre "manter a memória de sua esposa imaculada". Talvez ele não quisesse que ela sofresse humilhação e vergonha.

Angelique jogou as mãos para o alto.

— Mas sacrificar a maior parte da nossa fortuna por isso? — Aquela hipótese não parecia fazer sentido. — E, para falar a verdade, acho que se minha mãe soubesse da existência de filhos bastardos do meu pai, ela teria insistido para que eles fossem criados conosco. Ela não era do tipo que punia crianças pelos pecados dos adultos. — Angelique foi até a lareira e encarou as chamas. — Nem meu pai, aliás.

Ela não o ouviu se mover, mas percebeu a presença dele atrás dela. Queria se virar e se jogar nos braços de Alex. Mas isso não resolveria nada.

Aquele homem, que já arriscara tanto por ela, que tinha ido além do que qualquer parceiro de negócios faria, não precisava lidar com uma mulher chorosa e desesperada. Nunca fora esse tipo de mulher, e não seria agora. Então, respirou fundo e falou com firmeza:

— Acho que eu deveria estar satisfeita por, pelo menos, saber que a fortuna do meu pai realmente acabou. Que não preciso mais perder tempo com advogados e tribunais tentando descobrir onde tudo foi parar.

— Hummm.

Angelique podia sentir as unhas cravando a palma das mãos.

— A boa notícia é que, se você quiser, estou disponível para continuar trabalhando em sua mesa de *vingt-et-un* por tempo indeterminado. Parece que vou precisar de um emprego fixo.

— Angelique...

— A má notícia é que a revelação do passado do meu pai não parece estar relacionada com a situação do meu irmão.

Respirou fundo mais uma vez, tentando manter a compostura. Seja lá o que fosse que seu pai tivesse feito, não mudava nada no presente. Ele ainda estava morto. A mãe dela ainda estava morta. O dinheiro ainda fazia falta. E seu irmão ainda estava preso.

Ela sentiu as mãos de Alex em seus ombros e quase falhou em sua promessa de não se virar para ele.

— Acho que mudei de ideia — disse Angelique, sem desviar o olhar do fogo. — Não posso correr o risco de meu irmão ser considerado culpado. Também não posso vê-lo morrer. Você ainda pode ajudá-lo a escapar?

As mãos de Lavoie apertaram os ombros dela, mas ele permaneceu em silêncio.

— Custe o que custar, trabalharei para pagá-lo — garantiu ela.

— Angelique.

Ela fechou os olhos, sabendo que se se virasse, se o encarasse agora, não seria capaz de resistir ao que quer que fosse que a atraía para aquele homem. Imploraria para ser beijada, para que ele terminasse o que começara na carruagem, para que a fizesse se esquecer de tudo. E que a levasse para o quarto e fizesse com que ela se sentisse amada, segura e protegida pelo máximo de tempo.

O que nunca seria o suficiente, pois era impossível pará-lo.

Angelique abriu os olhos e se afastou do toque de Alex, colocando a cadeira de couro entre eles antes de se virar para encará-lo. Ele a observava com uma expressão indecifrável.

Uma batida soou na porta do escritório.

— Entre — falou Lavoie, sem desviar o olhar de Angelique.

A porta foi aberta sem ruídos, revelando um homem gigante com as mãos cruzadas às costas, que ela conhecia como Jenkins. Ao longe, um murmurinho de vozes podia ser ouvido sob a música. Que estranho. Ela já se acostumara com o fluxo do clube, e ainda era muito cedo para aquele tanto de gente.

A impressão foi a de que Alex pensou a mesma coisa.

— O que está acontecendo lá fora? — perguntou ele, mal-humorado, ao funcionário.

— Uma multidão chegou mais cedo, sr. Lavoie — explicou Jenkins.

O homem se aproximou de Alex e estendeu uma pequena folha de papel que Angelique logo reconheceu, já que era igual à que estava sendo distribuída em frente à sua casa naquela tarde.

— Suspeito que o cheirinho de um bom escândalo tirou as pessoas de casa — afirmou Jenkins, lançando um olhar de pesar para Angelique. — Com o perdão da palavra, milady.

Alex pegou o papel da mão de Jenkins e leu, exibindo um semblante de raiva. Então, amassou a folha em uma bolinha e a jogou na lareira.

— Estarei no salão o quanto antes — anunciou Alex ao homem. — Destrua qualquer papel desses que você encontrar no clube.

Jenkins pareceu aliviado.

— Certo, sr. Lavoie. — Ele acenou com a cabeça mais uma vez para Angelique e desapareceu, fechando a porta.

O som das vozes foi abafado. Se ela estivesse prestando mais atenção antes, talvez tivesse notado, mas estava muito distraída com todo o resto.

Sem dizer uma palavra, virou-se e entrou no quarto de Alex.

Ele levara o baú dela para lá, e Angelique arrumara os vestidos azul-turquesa e o prateado no topo das outras roupas, para que a seda não amassasse. Encarou os dois, tentando decidir qual teria sobrevivido melhor à viagem de Bedford Square até o clube.

O azul-turquesa, decidiu ela, tirando o vestido do baú.

— O que diabo você pensa que está fazendo? — perguntou Alex logo atrás de Angelique.

Ela pulou de susto. Como sempre, não o ouviu se aproximar.

— Escolhendo meu vestido para esta noite — respondeu ela, endireitando-se e virando para encará-lo.

— Nem pensar! — exclamou Alex, tentando pegar o vestido, mas Angelique foi mais rápida e se esquivou. Ele franziu a testa. — Você não precisa trabalhar hoje. E não vai.

— Vou, sim.

— Não vai, não. Quero que fique aqui.

Desta vez, ele conseguiu arrancar o vestido das mãos dela.

— Você quer que eu fique escondida nos seus aposentos?

— Palavras suas, não minhas.

— E o que vou fazer enquanto estiver aqui?

Alex a encarou e se aproximou, encurtando a distância entre os dois. Angelique ficou ofegante, mas se manteve firme.

— Descanse. Leia. Revise meus livros contábeis. Faça o que quiser, mas não quero você no salão.

— Por que não?

— Porque não quero correr o risco de que a reconheçam — afirmou ele.

— Mentir não combina com você, Alex. Ainda mais quando a mentira é ruim.

Ele fez uma careta.

— Você não me quer lá porque não quer que eu ouça o que as pessoas vão dizer sobre o meu irmão. Ou, quem sabe, sobre mim — constatou ela, recebendo a confirmação de que estava certa pelos olhos dele. — Não sou criança. Quero ouvir o que essa gente tem a dizer.

Alex balançou a cabeça.

— Angelique...

— Se realmente armaram para o meu irmão, então alguém, em algum lugar, sabe de alguma coisa. Entendo que é improvável que eu ouça algo útil, mas sei bem o efeito que um bom conhaque francês e algumas insinuações têm na língua das pessoas.

Alex desviou o olhar, frustrado.

— Você sabe que estou certa.

— Vai ser horrível — declarou ele, olhando para ela.

— Tão horrível quanto ouvir os motivos pelos quais a Donzela de Mármore seria uma péssima esposa? Ou até uma péssima parceira de dança? — perguntou Angelique com um leve tom de zombaria.

— Provavelmente — respondeu Alex, cerrando o maxilar.

— São palavras, Alex. Só isso. Proferidas por pessoas que não sabem de nada, mas gostam de pensar que sabem tudo.

Ele a encarou.

— Além disso, pense no que uma multidão tão fascinada pode render. Seu cofre vai sofrer se eu não estiver no salão, cuidando da mesa de *vingt-et-un*.

— Eu não me importo com meu maldito cofre — retrucou ele.

— E eu não vou me acovardar e me esconder enquanto outra pessoa trava minhas batalhas — disse ela. — Nunca o fiz, e não vou fazer agora.

— Nunca esperei isso de você.

— Então me dê meu maldito vestido.

Foi horrível.

A multidão parecia infectada com algum tipo de alegria macabra, e cada relato dos pecados do marquês de Hutton ficava mais sanguinário e estarrecedor que o anterior. Angelique só ouvira mentiras, e no final da noite todos estavam convencidos de que Gerald Archer saía massacrando mulheres e crianças por toda Londres.

Falaram com entusiasmo sobre a "irmã peculiar" do assassino. Lembraram que Angelique Archer tivera apenas uma única temporada antes de desaparecer, mas não antes de demonstrar como era estranha. Várias pessoas especularam sobre os gêmeos e se eles eram capazes de assumir o título e as responsabilidades depois que o irmão mais velho fosse enforcado. Ou será que também tinham algum problema mental? Não seria melhor interná-los em Bedlam para serem examinados?

Esse último comentário quase destruiu Angelique.

A esperança de ouvir algo útil morreu cedo. Não estavam interessados na verdade. Parecia que ninguém sabia de nada além do que tinham lido nos folhetins de fofoca. E as histórias ficaram apenas mais absurdas e cruéis com o passar da noite. Alex mandou Angelique encerrar o expediente uma hora antes de o clube fechar e ela não discutiu. Apenas acenou com a cabeça e terminou a mão em meio a protestos dos poucos jogadores que estavam ali para apostar, e não fofocar.

Ele enviara uma das criadas ao escritório para ajudá-la a tirar o vestido elaborado, a mesma que a ajudara a se vestir no início da noite. Angelique não tinha ideia se a garota sabia sua verdadeira identidade. Ela, como o restante da equipe de Alex, não fazia perguntas, o que, pelo que Angelique percebera, era como todos os funcionários do clube preferiam operar.

A garota foi embora para cuidar de suas tarefas regulares assim que terminou de ajudá-la com o vestido, e Angelique ficou sozinha no santuário de Alex. Parte dela gostaria de ter dado ouvidos a ele e nunca ter ido para o salão. Fora difícil ouvir seu irmão ser julgado e condenado pelo público ignorante. Assim como fora difícil ouvir as pessoas julgarem e condenarem seu eu de apenas 19 anos. Pessoas que ela nunca vira na vida.

As palavras não tinham o poder de antes, mas isso não as deixava mais palatáveis. A fofoca a lembrou de como se sentira inadequada no passado. Da incapacidade de se tornar o que esperavam dela. Sua mãe a amara e desejara o melhor para ela... Mas considerando apenas as coisas que fizeram a própria mãe feliz quando jovem, apenas coisas que ela acreditava que também fariam Angelique feliz. Foi só quando Angelique aceitou quem verdadeiramente era que encontrou um pouco de felicidade e paz.

Ela colocou o vestido azul-turquesa na beirada da cama de Alex e passou a mão para desamassar o tecido. Entretanto, manteve os diamantes no pescoço, como uma pequena armadura para se lembrar de quem realmente era. E para se lembrar de que havia pessoas no mundo que a admiravam e a respeitavam. Alguém que até a desejara por isso.

Angelique pegou o robe de Alex sobre o encosto da cadeira, perto do espelho de corpo, e disse a si mesma que estava usando a peça porque Matthews e Jenkins se esqueceram de colocar o dela no baú levado de Bedford Square. Mas era mentira.

Ela subiu na cama e se deitou, apoiando a cabeça nos travesseiros e alisando a coberta luxuosa sob seu corpo. Então, desejou ter Alex por perto, nem que fosse por apenas alguns segundos. Queria fechar os olhos e imaginar como seria ser tomada por ele.

Queria saber qual seria a sensação de pertencer de corpo e alma a um homem que a conhecia tão bem.

Angelique acabou pegando no sono, embora não tivesse tido a intenção de fazê-lo, e, quando abriu os olhos, soube que não estava sozinha. Ela se apressou a se sentar e encontrou Alex encostado casualmente em um dos pilares da cama. Ele vestia apenas a calça e uma camisa e estava de costas para ela, então Angelique não conseguia ver seu rosto.

— Que horas são? — perguntou ela, olhando em volta. O cômodo ainda estava escuro, iluminado apenas pelas chamas da lareira e uma única vela.

— Tarde. Ou cedo, dependendo de quem está perguntando — respondeu ele, mas sem se mexer.

Angelique saiu da cama e foi até o lavatório com a sensação de que tinha sido pega roubando algo. Ela apertou o roupão com mais força em seu corpo — o roupão *dele* — e sentiu seu rosto esquentar. Mas não havia o que fazer. Ela não ficaria nua na frente dele, não é?

— Quanto tempo você ficou me observando dormir? — indagou ela, sentindo-se desconfortável e ruborizada.

— Falando desse jeito, até parece que sou um pervertido. Não fiquei observando você dormir. Eu só estava... pensando.

— Você poderia ter me acordado.

— Hummm.

— Eu não queria ter pegado no sono. Me desculpe.

— Não precisa se desculpar. — Alex tomou um gole do copo em sua mão que ela não tinha notado antes. — Sinto muito pelo que você sofreu no salão. Sobre o que falaram do seu irmão. De você...

— Não se sinta mal por algo que foi escolha minha. Eu já sabia o que enfrentaria.

— Mas as coisas que foram ditas...

— Já passei por coisas piores e sobrevivi — Angelique se apressou em assegurá-lo.

— Sim, você sobreviveu, mas não deveria ter que *sobreviver* dessa forma.

— Mas a necessidade de sobrevivência fez de mim quem eu sou hoje. Aprendi a confiar em mim mesma já que não havia mais ninguém, entendi que meus pontos fortes não eram falhas. Arrependo-me de muitas coisas na vida, mas não disso.

Alex deu a volta na cama, diminuindo a distância entre eles, e colocou o copo em cima do lavatório.

— De fato, você não deve se arrepender disso.

Angelique mordeu o lábio. Atrás dele, ela podia ver seu reflexo sombreado no espelho de corpo inteiro e se lembrou da última vez que estiveram juntos naquele quarto.

Alex seguiu o olhar dela, e foi como se os olhos cor de âmbar dele estivessem analisando a sua alma.

— Você se arrepende do que aconteceu entre nós? Aqui, naquela primeira noite? E depois, na minha carruagem?

Ela balançou a cabeça, nada surpresa com a pergunta. Incapaz de dar qualquer outra resposta além da verdade.

Angelique não conseguia dizer o que ele estava pensando. Seus olhos brilhavam em um tom dourado-escuro na luz suave, e seu rosto era uma máscara de ângulos rígidos. Ele estendeu a mão e tocou a lateral da face dela suavemente.

— Ótimo — falou ele baixinho.

Angelique estremeceu, e seu corpo inteiro de repente se esquentou. Aquela única palavra soara como uma promessa, e uma onda intensa de excitação a percorreu. Desejo e expectativa a fizeram fervilhar, e ela reconheceu as reações que já estavam se tornando habituais perto daquele homem. Uma pulsação em seu ventre, um formigamento em seus seios.

Ele alcançou a trança que prendia o cabelo dela e puxou a fita da ponta, arrastando os dedos para desfazer o penteado e deixar que as mechas cascateassem por seus ombros e suas costas.

— Eu quero você — sussurrou Alex, traçando os dedos pelo pescoço dela, onde a corrente de diamantes ainda reluzia. — Quero você desde a primeira vez que a vi.

Angelique reconheceu o verdadeiro significado daquelas palavras. Um convite para terminar o que haviam começado na primeira vez que estiveram naquele quarto juntos. Ele dera a ela o controle e o poder da escolha. Se ao menos ela tivesse a coragem de aceitar...

Alex se curvou e a beijou suavemente, com lábios quentes e delicados.

— Não tenha medo. — Era como se ele estivesse lendo sua mente. — Nunca tenha medo.

— Esta não é minha primeira vez — ela deixou escapar.

— Hummm.

— Mas foi há muito tempo.

Ela não tinha ideia de por que estava tocando nesse assunto, ou por que isso importaria para Alex.

— Você gostou? — perguntou ele, em um tom de voz aveludado.

— Eu queria ter gostado...

Os olhos âmbar estavam focados nela.

— Fale mais sobre isso.

Angelique não tinha certeza se ouvira direito.

— Falar mais?

— Isso. Me diga o que sentiu. Do que gostou. Do que não gostou.

Angelique sentiu o rosto arder e engoliu em seco, sem saber o que responder. Ela não tinha certeza do que Alex esperava ouvir, e de repente percebeu o quanto aquela situação era diferente de tudo o que já vivera.

— Eu...

Alex esperou em silêncio.

— Não foi como pensei que seria — ela conseguiu dizer, tentando manter a voz firme.

Ele a olhou com uma expressão um pouco diferente.

— Foi sua primeira vez.

— Foi minha única vez.

— Hummm. — Ele afastou uma mecha de cabelo dela da testa e a colocou atrás da orelha. — E você não sentiu prazer.

Havia uma intensidade no rosto de Alex, algo um pouco sombrio, e Angelique estremeceu.

Ela balançou a cabeça.

— Não. Na verdade... doeu — sussurrou. — Ele... levantou minha saia e... acabou em um minuto. Achei que era o que eu queria, mas estava enganada.

Angelique viu a expressão no rosto de Alex endurecer. Ela não pretendia fazer aquela... revelação, falar sobre algo que lhe causou tanto arrependimento, vergonha e decepção durante anos. Mas ele perguntou e ela respondeu, já que estavam prestes a fazer algo que exigia honestidade sem adornos.

— Não é assim que deveria ser — afirmou ele.

— Eu sei. — Ela não desviou o olhar. — Você me faz sentir coisas que... você me faz sentir bonita. Perfeita.

Também não era bem aquilo que Angelique queria falar, mas estava difícil encontrar as palavras certas.

— O que você quer agora, Angel? — perguntou Alex. Ele não estava tocando nela, mas seu olhar era incandescente e ele parecia estar se contendo.

— Eu quero as coisas que você faz comigo. Eu quero como você me faz sentir. Eu quero... você.

Alex pareceu congelado por um instante antes de estender a mão e deslizar um dedo pelo cinto do robe dela. Com um simples movimento, ele soltou o laço e afrouxou o robe no corpo de Angelique, mas não o abriu. Em vez disso, ele a circulou e parou às costas dela.

Angelique sentiu o calor do corpo daquele homem através da seda.

— Isso não vai acabar em um minuto, Angel — sussurrou Alex em seu ouvido.

O olhar dele encontrou o dela no espelho, e Angelique ficou arrepiada. Então, ele deslizou o robe pelos ombros dela.

— Nunca vou machucá-la — continuou ele, enquanto a seda deslizava sobre os braços dela. — Mas, às vezes, prazer e dor são a mesma coisa. — Alex fez uma pausa, prendendo o tecido acima dos seios de Angelique com os dedos. — Você precisa ter certeza de que quer isso.

Ela então afastou a mão dele que prendia o robe, e a seda escorregou de seu corpo direto para o chão, deixando-a completamente nua.

Ela observou no espelho enquanto os olhos de Alex seguiam o robe, sentiu quando ele prendeu a respiração, ouviu o pequeno gemido que ele tentou abafar.

Angelique nunca se sentira tão excitada quanto naquele momento, observando o reflexo dos dois no espelho. Era isso que imaginava quando pensava na relação de um homem e de uma mulher. Revelar a si mesma e seu corpo a um homem, e saber que ambos eram venerados simplesmente pelo que eram.

Alex a segurou pela cintura e a puxou para si antes de subir as mãos para seus seios e roçar os lábios em seu pescoço. O contraste da tez morena dele com a palidez de seus seios era fascinante, e ela se arqueou ao toque, esfregando os mamilos contra a palma das mãos dele.

Alex levantou a cabeça, com os olhos cálidos e o rosto tomado pelo desejo. Sem desviar o olhar dela no espelho, ele circulou os mamilos eriçados e sensíveis com os polegares. Angelique sentiu os músculos de suas coxas se contraírem e uma umidade se acumular entre suas pernas. Observá-lo tocar seu corpo era indecente. Indecente e excitante, e ela não conseguia tirar os olhos da imagem, especialmente porque o prazer estava turvando todos os outros pensamentos. Só conseguia pensar nele e na forma como uma de suas mãos estava descendo por sua barriga, como seus dedos acariciavam os pelos entre as coxas dela, como aqueles mesmos dedos agora tocavam sua parte mais íntima.

Ela fechou os olhos, temendo que suas pernas estivessem trêmulas.

— Você está molhada — sussurrou ele em uma voz rouca.

Então, apertou-a com mais força contra si e deslizou um dedo para dentro do calor dela.

Angelique ofegou, sentindo suas paredes internas se contraírem ao redor da intrusão.

— Meu Deus — gemeu Alex, tirando a mão, e Angelique quase choramingou. — Não assim. Não desta vez.

Ele voltou a ficar na frente dela, e Angelique abriu os olhos para encontrar os dele.

— Tire minha roupa — ordenou Alex.

Angelique respirou fundo. Seu corpo estava febril, em chamas contra o ar mais frio do quarto. Porém, de repente, sentir o toque dele em sua pele não era o bastante. Ela puxou a camisa sobre a cabeça de Alex e a jogou no chão, aproveitando para estudar o peitoral dele. O corpo daquele homem era uma mistura divina de linhas longas e músculos esbeltos, e as planícies e os vales que até então haviam sido negados a ela pelas roupas agora flexionavam sob seu toque. Ele era duro sob a pele macia, com uma pelagem escura que descia do centro de seu peito até o cós da calça. Alex tinha mamilos escuros e rijos, e, sem pensar duas vezes, ela passou os polegares sobre eles da mesma forma que ele havia feito com ela.

Ele fechou os olhos e respirou fundo. Encorajada, desceu as mãos pelas costelas dele, substituiu os polegares pela boca, circulando e explorando com a língua. O corpo de Alex ficou tenso e ele a segurou pela cintura com força.

— Minha calça — murmurou ele.

Angelique se afastou um pouco e se concentrou na calça. O volume abaixo do tecido era inconfundível, e ela acariciou toda a extensão rígida. Foi como se Alex tivesse sido atingido por um raio, e os músculos de suas nádegas e coxas se contraíram sob o toque dela. Angelique abriu os botões e finalmente empurrou o tecido da calça até o chão, e ele chutou a peça para longe.

Ela aproveitou para percorrer a pele aquecida das coxas torneadas, traçando as nádegas e a cintura dele, chegando ao V dos quadris de Alex. A ereção dele cutucou a barriga dela, e Angelique envolveu o membro dele, acariciando da base até a ponta. Era uma exploração erótica, e o pequeno gemido de prazer que Alex deixou escapar acabou com qualquer indício de timidez. Ela deslizou a mão de volta até a base e além, tocando de leve os testículos da mesma forma que ele havia acariciado seus seios. Alex gemeu de novo, afastou a mão dela e a beijou profundamente.

— Você é tão perfeita… — murmurou ele contra a boca dela. — Mas esta noite eu quero satisfazê-la. — Ele enterrou as mãos no cabelo de Angelique, inclinando a cabeça dela para trás e mordiscando seu pescoço. — Me diga se eu fizer algo de que você não gosta — disse ele, suavemente. — Entendeu?

Ela assentiu, mas era difícil pensar quando Alex a provocava com seus lábios diabólicos.

— E me diga do que gosta. O que lhe dá mais prazer — afirmou ele, impelindo-a para trás.

Ela assentiu de novo, sentindo-se inebriada com a devassidão das palavras daquele homem.

— Ótimo. Agora vá para a cama.

Ela obedeceu, estremecendo ao sentir o frio do lençol e dos travesseiros. Ele ficou de pé por um momento, imóvel, devorando-a com os olhos. Em outra vida, aquilo a teria deixado constrangida. Envergonhada. Mas, naquele momento, só a fazia se sentir poderosa.

— Fantasiei com você assim inúmeras vezes. Usando apenas isso.

Alex se deitou ao lado dela na cama e estendeu a mão para brincar com os diamantes em seu pescoço.

A mão dele deslizou do colar para traçar um caminho até o vale entre os seios dela.

Então, fez o mesmo caminho com a boca, sem pressa, provocando um mamilo com a língua e fazendo-a arquear de prazer antes de passar para o outro. Ele acariciou sua barriga e cintura, passando a mão pela parte interna de uma de suas coxas e empurrando-a para que ela abrisse as pernas.

— Você é tão linda — murmurou, tirando a mão da coxa de Angelique, mas arrastando o polegar pelas dobras do sexo dela, tocando seu ponto mais sensível.

Angelique gemeu e fechou os olhos.

— Isso — sussurrou ela.

— Hummm.

Ele se curvou então, e ela ofegou ao sentir a respiração dele onde sua mão acabara de estar. Alex lambeu e chupou delicadamente, e ondas incandescentes de prazer a atravessaram. Suas pernas se abriram ainda mais, e ele aproveitou ao máximo o novo acesso. Algo no interior de Angelique crescia, uma necessidade que parecia se expandir como uma bomba prestes a ir pelos ares, uma força que exigia liberação. Mas ela precisava de mais. Só aquilo não era o suficiente. Desta vez, quando atingisse o ápice, queria ele por inteiro.

— Alex — chamou ela, enroscando os dedos no cabelo dele.

Ele levantou a cabeça e encontrou o olhar de Angelique. Uma mecha de cabelo caía sobre o rosto dele, escondendo seu olhar, e ela não tinha certeza se ele entendera o que ela queria. Não tinha certeza se ela mesma entendia.

— Eu quero você — ofegou Angelique, procurando palavras para explicar. — Eu quero...

Ela não conseguiu terminar, pois num piscar de olhos ele clamou sua boca com possessividade. Angelique sentiu as coxas fortes de Alex na parte interna das suas, abrindo mais suas pernas. Ele ainda estava apoiado na palma da mão, mas seu peito se esfregava contra o dela, fazendo com que novas fagulhas de desejo explodissem pelo corpo de Angelique. E na entrada de seu sexo, úmida e sensível, ela sentiu a ponta da ereção de Alex.

Por um breve segundo, apesar de todo o seu esforço e de todo o cuidado dele, ela hesitou.

Ele deve tê-la sentido ficando tensa, pois sussurrou no ouvido dela:

— Confie em mim, Angel.

Angelique assentiu, pois parecia ter perdido a capacidade de falar, e então ele a beijou de novo, um beijo longo e ardente que a fez derreter.

Não havia noção de tempo. Não havia um mundo além daquele quarto, além daquela cama.

Alex moveu os quadris devagar, e ela sentiu o membro dele contra sua entrada outra vez. Ele colocou a mão entre os dois e acariciou seu clitóris, fazendo-a gemer e arquear os quadris. Aproveitando a oportunidade, penetrou-a. Fundo. E os dois ficaram imóveis por um breve momento.

— Me diga o que está sentindo — ofegou ele.

Alex a preenchia de uma forma que Angelique nunca imaginara. Mas não havia dor, apenas uma pressão que parecia latejar no ritmo de seu coração acelerado. Ela moveu a pélvis levemente, e notou que o pequeno movimento enviou ondas de prazer por todo o seu corpo. Então repetiu o movimento, arfando com a fricção primorosa.

Alex apenas a beijou, deixando que ela se ajustasse à sensação. O corpo de Angelique ainda buscava liberação, mas aquilo ainda não era o suficiente. Nem de perto.

— Alex — implorou ela.

Ele saiu quase que por completo, apenas para voltar a penetrá-la.

— Isso — sibilou Angelique, fechando os olhos com a intensidade das sensações enlouquecedoras.

— Me diga o que está sentindo — repetiu ele, e Angelique notou um brilho de suor em sua testa, a intensidade feroz em seus olhos, a luta pelo autocontrole.

Não havia palavras para descrever o que ela estava sentindo.

Era impossível encontrar as palavras exatas. Então ela o envolveu com as pernas, deslizou as mãos sobre as nádegas de Alex e moveu os quadris contra os dele, afundando-o mais em seu interior. Alex abaixou a cabeça e gemeu o nome dela.

— Isso — respondeu ela, sem fôlego. — Eu sinto isso.

Ele deu outra estocada, estimulando o fogo dentro dela.

— Isso — sussurrou ela. — Não pare.

Angelique subiu as mãos para as costas dele, enquanto ele mantinha um ritmo avassalador. Cada impulso aumentava ainda mais a pressão em seu corpo, e ela tentava acompanhar, ofegante e emitindo sons que não reconhecia. Havia perdido a habilidade de falar, de raciocinar. Estava completamente entregue às emoções que preenchiam sua garganta, sua mente e seu coração, mas que eram impossíveis de serem classificadas. Só ele existia naquele momento. Tudo o que ela conseguia fazer era segurá-lo.

Alex reivindicou a boca de Angelique, possuindo-a, clamando-a, dando-lhe o que nenhum homem jamais dera. Exigindo que ela se rendesse por completo.

E Angelique se rendeu. Cada músculo de seu corpo se contraiu e estremeceu quando foi tomada por um prazer devastador, que parecia dominá-la como ondas violentas de uma tempestade no mar, e ela só conseguiu sussurrar o nome dele.

Ao ouvi-la gemer seu nome, Alex apoiou a cabeça no ombro de Angelique e deu uma última estocada antes de se retirar e gozar na barriga dela. Foi dominado pelo tremor de seu clímax, como se todas as terminações nervosas de seu corpo tivessem sido atingidas por raios. Então, desabou contra o corpo de Angelique e demorou um pouco até conseguir recuperar o fôlego.

A lenta sedução que prometera a si mesmo, a reeducação perfeita que ele planejara, quase foram por água abaixo sob o toque inexperiente mas instintivo de Angelique. Nenhuma mulher o deixara daquele jeito antes.

Levantando-se, ele saiu da cama e buscou um pano no lavatório. Limpou delicadamente a barriga dela e deixou o pano de lado, ciente de que estava sendo observado. Angelique não se mexeu, apenas permaneceu deitada na cama, com os lábios inchados, o cabelo espalhado sobre o travesseiro e a pele dourada à luz suave da vela. Parecia saciada e nem um pouco confusa, e Alex não tinha vergonha de admitir que isso acalmava um pouco seu orgulho e ego baqueados.

Ele deitou-se ao lado dela e os dois ficaram em silêncio por um longo tempo, apenas se entreolhando, até Angelique virar-se de lado para encará-lo.

— Obrigada. Por isso.

Alex sorriu, sentindo uma confiança que não sentia havia muito tempo.

— Foi tudo o que você esperava?

— Mais. Muito mais.

— Ótimo. Você não merece menos que isso.

Ele traçou uma linha sobre o ombro dela com a mão, passando por um seio.

— Obrigado por confiar em mim.

— Você não é só uma aventura — sussurrou Angelique.

Alex congelou.

— O que disse?

— Você disse uma vez que as mulheres usam você. Que você é uma aventura escandalosa e devassa que elas desejam na vida comum e entediante que levam — comentou Angelique, observando-o com os olhos azuis tempestuosos na pouca luz.

Alex a encarou por um momento antes de rolar de costas e olhar para o teto. Ele tinha dito isso. E então ela perguntara se isso o deixava feliz.

— Não importa o que aconteça, hoje, amanhã ou daqui a dez anos. Quero que saiba que você não foi uma aventura. Não para mim. Você é o melhor homem que já conheci — continuou Angelique em um tom urgente, como se precisasse dizer tudo aquilo antes de perder a coragem.

Alex esperou que o comentário certo surgisse em sua cabeça, algo casual e engraçadinho que tiraria o peso das palavras dela. Mas nada surgiu. Nada, exceto a necessidade de acreditar nela e uma emoção estranha que deixou sua garganta embargada e seu peito dolorido.

— Eu não sou um bom homem — respondeu, embora suas palavras não tivessem soado tão arrogantes quanto ele gostaria. — Sou um assassino. E talvez um espião. Com um harém e um clube de jogos…

— Pare. — Angelique afastou o cabelo da testa dele com um toque suave. — Antes que você insulte minha inteligência.

Alex não sabia se ela estava brincando ou não, então ficou em silêncio.

— Me conte o que aconteceu — pediu ela, passando a ponta do dedo sobre a cicatriz que cruzava a bochecha dele.

— Que tipo de história você gostaria de ouvir? — ele deixou escapar, antes de perceber o que acabara de dizer.

Ao lado dele, Angelique ficou em silêncio, como se estivesse dando permissão para ele fugir do assunto, caso quisesse.

— Eu estava tentando salvar meu irmão. Nossa missão era fazer com que os americanos em terra voltassem aos navios. — Ele continuou olhando para o teto, perguntando a si mesmo por que estava contando aquilo para ela. Mas, agora que tinha começado, não conseguia mais parar. — Nosso regimento havia se dispersado. Estávamos em menor número e com menos armas. Tentei convencer Jonathon de que precisávamos flanquear, usar a base das árvores como cobertura e atacá-los por trás, mas ele me ignorou. Jonathon foi imprudente, estava cego pela sede de sangue da batalha. Estava convicto de que era intocável. Até ser atingido no ombro com um tiro de canhão. Eu estava tentando tirá-lo do campo quando um soldado da infantaria americana nos pegou, querendo terminar o que a artilharia havia começado. Nós lutamos, e levei muito tempo para matá-lo. Quando voltei para Jonathon, ele estava morto, o chão ao redor dele encharcado com seu sangue. Cheguei tarde demais para salvá-lo.

Alex sentia que ela o observava, mas Angelique continuou em silêncio.

— Não me culpo pela morte dele — continuou, e foi a primeira vez que confessou o pensamento em voz alta. — Era uma guerra, afinal. Mas ainda assim não consigo deixar de sentir que…

— Que você falhou — completou ela em voz baixa. — Que se você tivesse feito alguma coisa diferente poderia ter mudado o resultado. Alterado o destino do seu irmão.

— É… — É claro que Angelique entenderia. O irmão dela ainda estava vivo, mas podia morrer a qualquer momento, e as palavras dela deixavam claro que ela também estava questionando tudo o que fizera na vida até então. — Essa sensação de dúvida, de arrependimento, não acaba nunca.

— Ainda assim, não há como voltar ao passado. Você não pode mudar nada.

— Sei disso — respondeu Alex, soando um pouco mais ríspido do que o pretendido. Sem parecer se importar, Angelique deitou a cabeça no ombro dele, apoiando a mão sobre o seu coração.

— E você também não pode controlar tudo no futuro.

— Também sei disso.

— Sabe mesmo?

Alex abriu a boca para discutir, mas descobriu que não conseguia.

— É um esforço solitário, não é? — comentou ela.

— O quê?

— Tentar controlar o futuro.

Os dedos delicados estavam desenhando pequenos padrões sobre a pele dele; um gesto simples, mas imensamente íntimo.

— Gosto de ficar sozinho — afirmou ele, repetindo as palavras que Angelique lhe dissera uma vez.

Ela parou o carinho por um segundo antes de retomá-lo.

— Mentiroso — sussurrou ela, com a mesma gentileza que ele o fizera.

Capítulo 14

Alex acordou antes de Angelique e ficou em silêncio por longos minutos.

Nunca havia levado uma mulher para sua cama. Para seu espaço, sua privacidade, seu cerne. Mas agora, olhando para aquela que dormia ao seu lado, com o cabelo desarrumado, os lábios entreabertos ainda inchados pelos beijos, os cílios tocando as bochechas salpicadas por sardas, ele não conseguia imaginá-la em nenhum outro lugar. Angelique estava exatamente onde deveria estar.

Ele sabia que todas as tentativas patéticas que fizera para negar que a relação deles ia além dos negócios, que ela era apenas um ativo para seu clube, eram inúteis. Alex se encantara ao ver os perspicazes olhos azuis pela primeira vez. Havia se perdido quando ela se colocara entre ele e as espadas de dois guardas. E se apaixonara quando Angelique confiara seu corpo a ele, quando o presenteara com sua vulnerabilidade e exigira o mesmo em troca.

Alex revelara mais sobre si mesmo para Angelique do que para qualquer outra pessoa em toda a sua vida.

O que parecera natural e correto, pois ela havia feito o mesmo. E, em vez do arrependimento e da inquietação que esperava com tal exposição, ele se sentia… feliz. Era uma sensação estranha, diferente de tudo que já experimentara. Era como se tivesse corrido uma grande distância e não conseguisse recuperar o fôlego. Como se seu coração trovejasse e a alegria corresse por suas veias. Tudo o que ele sabia era que não queria nada além de manter Angelique exatamente onde estava — onde ela pudesse ser dele.

Se tinha algo que Alex sabia sobre aquela mulher, era que ela era capaz de cuidar de si mesma. O que acontecera na noite anterior não mudara isso. Mas ela ainda precisava da ajuda dele. Não o tipo de ajuda que envolvia lençóis de seda e gemidos no escuro, mas do tipo que encontraria as respostas de que ela precisava — as respostas que Angelique merecia — para seguir adiante. Infelizmente, eles não tinham nada além de uma coleção alarmante de perguntas e coincidências enigmáticas.

Se não tivesse descoberto que o pai de Angelique fora extorquido por anos, além das circunstâncias suspeitas em torno da morte do antigo marquês, Alex até aceitaria o fato de que Gerald Archer apenas estivera no lugar errado na hora errada, que a situação fora resultado de sua própria estupidez. Entretanto, seu instinto dizia outra coisa, e Alex aprendera havia muito tempo a nunca o ignorar.

Não sabia quem estava extorquindo o velho marquês.

Não sabia quem enviara o bilhete anônimo para Hutton sobre o colar. Mas o único nome que continuava aparecendo relacionado a Hutton era o do visconde Seaton. George Fitzherbert o incomodava. O homem não só parecia ter laços suspeitos com o lado clandestino de Londres, como também estivera na casa dos Trevane na noite em que Hutton foi preso.

Além disso, Seaton tivera e ainda tinha certas motivações em relação a Angelique. Era possível que ele esperasse tirar proveito da possível vulnerabilidade dela ou isolá-la ainda mais. Em seu tempo na D'Aqueus, Alex vira pessoas ficarem tão obcecadas com outras que acabaram perdendo a noção da realidade. Elas ficavam tão fixadas em seus desejos e fantasias que faziam qualquer coisa para alcançar seus objetivos. Até matar.

No entanto, se Seaton queria se livrar de Hutton, fosse qual fosse o motivo, por que não o matara? Ninguém ficaria surpreso se o corpo de um jovem fanfarrão conhecido por seu estilo de vida imprudente e irresponsável fosse encontrado em Smithfield, cheirando a gim e sem qualquer objeto de valor. Por que elaborar um plano tão complicado quanto aquela armadilha?

Alex saiu da cama e se vestiu, irritado por seus pensamentos estarem andando em círculos. Por mais que quisesse apenas puxar a coberta e beijar Angelique até que ela acordasse, e depois beijá-la um pouco mais, ela precisava dormir. E ele precisava de algumas respostas. De fatos, não suposições. E não encontraria nada em seu quarto.

Angelique acordou com uma batida na porta, mas, quando abriu os olhos, não tinha certeza se havia sido apenas um sonho.

O que sabia era que havia dias que não se sentia tão descansada. Semanas, talvez. Provavelmente anos. Ela se espreguiçou, sentindo seus músculos doloridos em lugares que não sabia que existiam até a noite anterior e, por um momento, se deleitou com a sensação incrível. Ela rolou para o lado, já sentindo que Alex não estava mais na cama, mas não se preocupou com a ausência dele. Um feixe de luz passava por uma fresta nas cortinas que cobriam a única janela do quarto. Já devia ser umas dez horas da manhã.

Outra batida suave soou na porta e, desta vez, ela se abriu. O quarto foi inundado pela luz que vinha do escritório, e Alex entrou e fechou a porta atrás de si. Ele estava vestido, do complicado nó de sua gravata até a ponta polida das botas. Poderia se passar por um duque, ou até um príncipe, com facilidade.

— Boa tarde — cumprimentou ele com um sorriso.

— Tarde?

— Eu ia dizer boa noite, mas pareceu exagero. Ainda não são quatro horas.

— O quê?!

Ela tinha dormido o dia inteiro? Angelique começou a se levantar da cama, parando de repente quando percebeu que ainda estava nua e que não tinha ideia de onde estavam suas roupas. A coberta começou a deslizar por seus seios antes que ela conseguisse segurá-la.

— Ora, não me deixe atrapalhá-la — brincou Alex.

— Estou nua — falou Angelique, sentindo as bochechas esquentarem, tanto pela obviedade de sua declaração quanto pelo fato em si.

— Você não deixa nada passar, não é? — Alex avançou em direção à cama. — Mas que fique claro que aprovo.

Ela fez uma careta para disfarçar o súbito frio na barriga e apertou os lençóis enquanto observava Alex se aproximar da cama. Ele se sentou ao lado dela, e o colchão ondulou sob o seu peso. Ele apoiou as mãos nas coxas e, de repente, Angelique se lembrou do que Alex fizera com aquelas mãos.

Sua pele formigou e uma onda de excitação a percorreu.

— Seu irmão está bem — disse ele. — Ou tão bem quanto se pode estar na situação em que ele se encontra...

O desejo que sentia se extinguiu com um balde de água fria de culpa. Ela não havia pensado em Gerald uma vez sequer desde que acordara.

— Você o viu?

— Não, ele ainda não pode receber visitas. E não achei sensato testar a nossa sorte de novo e correr o risco de ter uma reprise de ontem. Hoje eu apenas me apresentei como um membro exaltado da nobreza que precisava verificar o bem-estar do jovem Hutton. Hervey foi bem receptivo.

Angelique olhou para baixo. Enquanto ela dormia, Alex fizera o que ela deveria ter feito.

— Não faça isso — disse ele, erguendo seu queixo e forçando-a a encará-lo.

— O quê?

— Punir-se. Não há nada que você possa fazer por ele agora que ainda não tenha feito.

— Eu poderia ter ido com você.

— E o que teria feito então?

Angelique deu de ombros, infeliz.

— Só... estaria presente.

— Você estava exausta.

Ela se afastou do toque dele.

— Você não está mais sozinha, Angel — afirmou Alex, inclinando-se para lhe dar um beijo lento e doce.

Ela queria tanto acreditar nele. Acreditar que não importava o que acontecesse, os dois poderiam continuar a ser confidentes, amantes, parceiros.

Alex se afastou, examinando os olhos de Angelique.

— Espere por mim aqui.

— Oi? — perguntou ela, distraída — Aonde você está indo?

— Vou ter uma conversinha com o visconde Seaton. Quero esclarecer alguns assuntos pendentes com ele e perguntar o que ou quem pode tê-lo levado para uma taverna em Pillory Lane.

— E ele está lá agora? Nessa taverna?

— Não.

Angelique franziu a testa.

— Então onde vai encontrá-lo?

— Na minha vizinha. E creio que ele não estará me esperando.

— Na sua vizinha?

— Bom, na verdade, é a vizinha da duquesa. A srta. Winslow gerencia um estabelecimento muito popular e lucrativo.

— Um bordel.

— Algo do tipo.

— Eu vou com você.

— De jeito nenhum.

— Que estranho. Parece que você está me pedindo para ficar escondida em seu quarto de novo — afirmou ela em um tom gélido. — O que uma pessoa veste para visitar um estabelecimento popular e lucrativo?

— Roupas — respondeu Alex, taciturno.

— Ah, já entendi. Você acha que vou ficar chocada com o que vir lá.

— Você é uma dama — retrucou ele.

— Às vezes. — Angelique estava sendo teimosa, mas Alex já sabia que não deveria tratá-la como uma flor delicada. — E, às vezes, eu distribuo cartas em um clube de jogos. Para um homem que pode ser um assassino e um espião. E, às vezes — ela deixou a coberta deslizar por seus seios —, quando lhe convém, esse homem não quer nem um pouco que eu seja uma dama.

Angelique viu como ele ficou imóvel, notou como todos os músculos do corpo de Alex pareceram enrijecer. Ele tinha uma expressão quase selvagem, e ela sabia que estava brincando com fogo. Mas não se importava.

Empurrou a coberta para longe e engatinhou até Alex, parando com a boca a centímetros da dele.

— Mas ele não escolhe quando sou uma dama. Quem escolhe sou eu. — Ela o beijou, lambendo o lábio inferior dele. — E, neste momento, eu definitivamente não sou.

Angelique seria seu fim.

Ela não tinha ideia do tipo de tormento erótico que causara com aquelas palavras. A visão daquela bunda lindamente arredondada, o balançar de seus seios generosos e a sensação da língua dela deslizando sobre a boca dele enviaram todo tipo de pensamentos devassos direto de seu cérebro para seu pênis.

Alex estava tão duro que doía.

— Angelique... — falou no que poderia ser tanto um alerta quanto uma súplica.

Ela aprofundou o beijo, mordiscando e lambendo com mais habilidade do que qualquer mulher deveria possuir. Aquela mulher não tinha ideia do que estava pedindo. Não tinha ideia do que...

Ao mesmo tempo que a língua dela invadiu a boca de Alex, Angelique apertou a ereção dele, fazendo-o ofegar e se levantar num pulo. Então, com um desespero que deveria ter sido vergonhoso, ele começou a tentar tirar a calça. Ela havia se aproximado e agora estava de joelhos na beira da cama, de frente para ele, e afastou as mãos de Alex para soltar o último botão e empurrar a peça de roupa para baixo, libertando a ereção latejante.

Ele agarrou um dos pilares da cama para se firmar, sentindo a visão turvar de tanta luxúria. Nunca desejara tanto uma mulher quanto aquela. Nunca perdera tanto o controle, nem tão rápido. Alex sentiu o ar frio arrepiar a parte de trás de suas pernas, mas logo foi inundado por uma onda de calor quando Angelique acariciou seu membro da base à ponta, e repetiu o movimento. Ele estremeceu e fechou os olhos, sentindo-o pulsar na mão dela. Angelique continuou a acariciá-lo, ajustando a pressão e o ritmo, lendo o corpo e as reações dele com a mesma facilidade com que fazia na mesa de *vingt-et-un*. E então Alex sentiu as mãos dela deslizarem para suas nádegas e o toque macio de seu cabelo roçando suas coxas quando ela levou seu pênis para a boca. Angelique arrastou os lábios pela extensão de seu membro, girando a língua sobre a ponta, e Alex sentiu seus testículos se contraírem e os primeiros tremores de um clímax ameaçando dominá-lo.

Ele abriu os olhos e se afastou, apenas o suficiente para subir na cama atrás dela. Angelique ainda estava de joelhos e se virou, mas Alex a agarrou pela cintura e a virou de costas de novo.

— Não se mova — rosnou ele.

Posicionando-se entre as pernas dela, deslizou o pau na fenda de sua bunda, acariciando as costas de Angelique com as mãos, e mais uma vez a segurou pela cintura. Apoiando-se nos joelhos e recuando um pouco, ele posicionou a ponta de sua ereção nas dobras do sexo dela.

Minha nossa, como ela estava molhada. Alex nunca se cansaria dela.

— Angel — gemeu ele, penetrando-a aos poucos, lutando contra a vontade de se enterrar de uma vez.

Alex ouviu Angelique ofegar, e, no segundo seguinte, ela abriu mais os joelhos e abaixou a cabeça, e ele quase perdeu a batalha contra o autocontrole.

— Isso — sussurrou ela.

Cerrando os dentes para se controlar, ele continuou a penetração vagarosa até o fim, sentindo as paredes dela se contraírem ao redor de seu membro. Então, retirou-se um pouco e deu a primeira estocada, sentindo a leve fricção enviar faíscas de prazer por todo o seu corpo. Outra estocada lenta e ela gemeu, parecendo estar com dor.

Alex parou.

— O que está fazendo? — perguntou ela.

Ele estava tentando pensar, mas era difícil.

— Eu não quero machucá-la.

Angelique grunhiu.

— Você não está me machucando.

Ele engoliu em seco e seu corpo inteiro estremeceu.

— Continue — ofegou ela, apertando os lençóis. — Apenas... continue. — Ela inclinou os quadris para trás e para cima, e ele deslizou mais fundo dentro dela.

A visão de Alex ficou mais turva quando ele se afundou no calor de Angelique. De novo e de novo. Qualquer controle a que ele ainda pudesse se agarrar tinha desaparecido, dispensado pelas palavras dela. Sem diminuir o ritmo, inclinou-se para a frente e encontrou os seios dela com as mãos, acariciando os mamilos rijos. Angelique gritou de prazer antes de ficar tensa embaixo dele e estremecer por completo, apertando-o com seu calor. Ele soltou um som gutural, penetrando-a fundo mais uma vez antes de se retirar e ter o clímax mais intenso de sua vida. Sua mente ficou vazia e seu mundo inteiro foi reduzido à poderosa onda de prazer que o invadiu.

Alex recobrou os sentidos para descobrir que desabara em cima de Angelique. Ela ainda estava de quatro, com a cabeça apoiada no colchão, os olhos fechados e os lábios ligeiramente abertos enquanto tentava recuperar o fôlego. Ele se endireitou, limpando o sêmen nas costas dela com a ponta do lençol, e percebeu horrorizado que ainda estava vestido. Não tinha nem tirado o casaco, de tão desesperado que estava para possuí-la.

Ele, que queria dar àquela mulher todo prazer incrível que era possível encontrar em uma cama, fora reduzido a um animal no cio. A um amante desesperado, carente e egoísta.

— Vamos fazer isso de novo — murmurou ela, com a voz abafada pelo colchão.

Alex tinha se levantado e estava tentando desamassar sua roupa, mas parou de repente, sem saber se tinha ouvido direito.

— O que disse?

— Você me falou para dizer se eu gostasse de algo. Se eu quisesse algo. — Angelique rolou para o lado e se sentou. Seu rosto estava corado, mas ela o encarou com um olhar firme. — Isso. Eu gostei disso.

Nossa! Ele ia ficar duro de novo antes de aquela conversa terminar. Alex tentou encontrar uma resposta, mas seu cérebro parecia ter parado de funcionar.

— Eu deixei você desconfortável — comentou Angelique, usando as palavras de Alex contra ele, deixando-o em dúvida se ela estava zombando dele.

Alex se aproximou da cama com uma expressão mais séria.

— Não. Nunca ficarei desconfortável com você. Mas estou determinado a fazer com que a próxima vez dure mais.

— Eu não queria que durasse mais. Eu queria isso. Você. Rápido e intenso.

Ele estremeceu, imaginando como conseguira viver antes de conhecer essa mulher. Ele se ajoelhou na cama, inclinando-se para beijá-la com força e deixá-la sem fôlego.

Então, tirou o casaco e começou a desatar o nó da gravata, vendo a expressão no rosto dela mudar. O desejo explícito nas bochechas coradas.

— Você terá tudo isso — disse ele, jogando a gravata para o lado. — Mas acredite em mim quando digo que vai durar mais tempo. *Muito* mais tempo.

Capítulo 15

O bordel ficava bem ao lado do escritório da D'Aqueus & Associados.

Também tinha uma fachada danificada, degraus de pedra rachada e uma porta pesada e desgastada. E, assim como o escritório da D'Aqueus, o estabelecimento tinha janelas bem fechadas que davam para a praça e para a multidão que ia e vinha do mercado.

E, também como a D'Aqueus, não dava nenhuma pista sobre o tipo de negócio que abrigava. Não havia janelas abertas ou mulheres vestidas de modo exagerado esperando na porta para atrair a clientela. Apesar do endereço, o negócio da srta. Winslow era exclusivo e privado, e não faltavam pagantes.

Alex subiu os degraus de pedra com Angelique ao lado, e a porta escarlate do bordel se abriu quando se aproximaram. Dois homens caindo de bêbados apareceram e desceram a escada cambaleando, e Alex notou quando Angelique deu um passo para trás e se virou, puxando um pouco mais o capuz para esconder o rosto e o cabelo.

Uma mulher estava encostada no batente da porta e observou os homens partirem com um olhar perspicaz, mas abriu um sorriso quando avistou Alex.

— Sr. Lavoie! — cumprimentou ela, abrindo espaço para que eles entrassem. — Seja bem-vindo.

Penny Winslow era quase tão alta quanto ele, com um corpo anguloso e membros longos evidentes até sob o belo vestido feito sob medida. Até seu rosto era angular — do nariz longo e fino aos olhos um pouco estreitos.

— Boa tarde — respondeu ele ao entrar, mas virou-se para apresentar Angelique. — Srta. Winslow, esta é minha amiga Angel. — Ele não usou o nome completo de Angelique pois não sabia quem podia estar ouvindo a conversa. — Angel, esta é a srta. Winslow.

Angelique sorriu educadamente, como se estivesse entrando numa casa de chá ou em uma sala de reunião.

— Boa tarde — disse ela.

— Boa tarde — cumprimentou Penny, lançando a Alex um olhar questionador.

Em todas as vezes que fora ao bordel para coletar informações, nunca estivera acompanhado. E ainda não tinha certeza se levar Angelique até lá era uma boa ideia...

Penny fechou a porta, e Alex seguiu pelo saguão de entrada. Em algum lugar do edifício, alguém tocava uma melodia assombrosa no pianoforte. O cheiro de incenso misturado com algo mais forte era enjoativo. Como se Penny tivesse lido sua mente, ela abriu uma fresta na janela do saguão e franziu o nariz.

— Odeio o cheiro de ópio — resmungou ela. — Mas não posso ignorar os lucros.

— Hummm...

Alex observou a decoração suntuosa que não mudava havia anos. Ele acreditava que o tema pretendido era algo inspirado em *As mil e uma noites*, mas o resultado era apenas um toque francês e incongruente. Cortinas escuras e estampadas cobriam as longas janelas, e sofás ornamentados no estilo Luís XVI sobre tapetes persas vermelhos e pretos complementavam o espaço. Almofadas brocadas, muitas com estampa de flor-de-lis, adornavam os sofás, enquanto arandelas tremeluziam com velas nas paredes, cada uma com longos fios de contas de vidro pendurados para refletir a luz. Havia uma coleção de quadros, a maioria de figuras nuas ou de querubins disparando flechas em figuras também nuas.

— A que devo o prazer da visita? — perguntou Penny, conduzindo-os pelo corredor quando dois homens enormes apareceram no caminho.

— Não precisam se preocupar, rapazes — falou Penny, e os dois recuaram.

— Estão fazendo um bom trabalho, então? — indagou Alex.

Aqueles dois haviam aparecido em seu clube buscando emprego e com excelentes referências, mas Alex não precisava de mais seguranças e os direcionou ao bordel.

— Sim, obrigada. Até os piores clientes gostam de continuar com seus testículos intactos e podem ser facilmente persuadidos a se comportarem bem para isso. Nem eu nem minhas meninas gostamos de abuso.

— E não deveriam.

Penny virou-se e entrou numa salinha iluminada apenas por um candelabro, fechando a porta atrás deles. O contraste do cômodo com o saguão era quase gritante. Os pisos eram de madeira lixada e as paredes e o teto eram de gesso liso, até descascando em alguns pontos. Uma mesa, uma cadeira e uma estante eram os únicos móveis ali. Ficou claro para onde o lucro do bordel ia.

— Precisamos falar com um cliente que está aqui — disse Alex sem rodeios.

Algo caiu no chão e pareceu quebrar no andar de cima, seguido do que parecia a risada de um bêbado. Penny fez cara feia.

— Tem muitos clientes aqui a essa hora — respondeu ela, ficando atrás da mesa.

— O visconde Seaton.

— Ah, um dos meus melhores clientes — comentou Penny, estreitando os olhos. — O tipo que paga antecipado.

— Ah, aposto que sim.

— O que você quer com ele?

— Uma palavrinha.

Penny cruzou os braços.

— Você me ouviu dizer que ele é um dos meus melhores clientes, não?

— Ouvi.

— Ora, meus clientes esperam certo nível de privacidade, Lavoie — retrucou, e então olhou para Angelique. — E por que ela está aqui?

Era uma ótima pergunta. Uma que ele estava se fazendo desde que tinham saído do clube. De repente, Alex foi tomado por uma inspiração repentina.

— Para verificar sua contabilidade. A Duquesa mencionou que você não estava feliz com a queda de receita. Às vezes, o dinheiro escapa por frestinhas, não é?

— Ah! Eu não tinha me dado conta. Você deve ser a crupiê de *vingt-et-un* do sr. Lavoie.

Angelique olhou para Penny, assim como Alex, e a mulher notou os olhares confusos.

— Encontrei Gil ontem à noite — explicou, olhando para Angelique. — Você parece ter impressionado ela, o que é uma façanha e tanto.

Angelique olhou para Alex e deu de ombros.

— Ajudei como pude.

Penny encarou Alex com um olhar de suspeita.

— Então foi por isso que você a trouxe? Para olhar meus livros contábeis?

— Sim.

— Não — disse Angelique ao mesmo tempo.

— Angel é realmente brilhante com números, consegue fazer em minutos o que me levaria horas. Ela vai dar uma olhadinha e, se houver alguma discrepância nas contas, vai corrigir. Tudo isso no tempo que levarei para ter uma palavrinha com Seaton. Uma troca justa, não acha?

— Humpf — resmungou Penny, embora encarasse Angelique com certo interesse.

No entanto, ele viu Angelique balançar a cabeça.

— Eu não…

— Temos um acordo? — perguntou Alex, interrompendo-a.

— Temos — concordou a mulher, saindo de trás da mesa. — Mas se você sujar algum tecido de sangue, Lavoie…

— Ora, você me conhece. Sabe que eu nunca faria isso.

Ela fez uma careta.

— As roupas de cama são novas. Lembre-se disso. E não quebre nada.

— Prometo.

Penny suspirou e foi até a porta.

— Vou descobrir onde ele está e buscá-lo. E depois vou deixá-la com meus livros.

— Obrigado, Penny.

A madame lançou um último olhar aos dois e desapareceu pela porta, com suas botas ecoando do corredor até a ampla escadaria que levava ao andar superior.

— O que raios você pensa que está fazendo, Alex? — sibilou Angelique no segundo em que o barulho dos passos da mulher sumiu.

— O que é necessário para conseguirmos o que queremos.

— Duvido que Seaton tenha muito a dizer a você. Eu deveria ser a pessoa a falar com ele.

— Nem pensar.

— Eu poderia implorar pela proteção dele em troca de informação.

Alex diminuiu a distância entre os dois.

— Isso não tem graça, Angel.

— Mas, em vez disso, vou ficar trancada aqui cuidando da contabilidade de um maldito muquifo de ópio…

— Bordel. As salas de ópio são uma novidade que ela está testando para maximizar os lucros fora do horário de pico. Não se deixe enganar. Este bordel é exclusivo e metade dos cavalheiros do reino não possui a renda que este negócio tem.

Angelique revirou os olhos.

— Está bem… Cuidando da contabilidade de um maldito bordel enquanto você interroga Seaton?

— Deus, você é linda quando fica brava.

— Não mude de assunto. Eu deveria ir com você.

— Tenho limites, lady Angelique, e chegamos a ele. Eu a trouxe até aqui contra o meu bom senso, mas não vou levá-la para o mesmo cômodo onde seu ex-noivo está aproveitando a companhia de um cachimbo. E possivelmente de uma prostituta.

— Ele não foi meu noivo oficialmente. E não sou…

— Isso não é uma negociação. Não quero você perto desse homem. Não depois de tudo.

Alex não sabia se estava falando sobre o envolvimento de Seaton na história desastrosa do irmão dela, ou sobre como Seaton partira o coração de Angelique.

Ela comprimiu os lábios.

— Você tem uma habilidade rara com números. Sugiro que a use. Não só para conseguir o que queremos, mas também para ajudar uma vizinha e amiga.

Angelique grunhiu, irritada.

— E como você sabe que Seaton vai falar com você? Como sabe que ele vai dizer alguma coisa?

Alex ouviu os passos rápidos de Penny retornando.

— Não se preocupe, Angel. Eu tenho uma carta na manga.

Alex subiu as escadas e percorreu o corredor em silêncio. Ele nunca tinha visitado aquele andar do bordel, mas a disposição era a mesma do andar superior da D'Aqueus & Associados. Ali em cima, o cheiro de ópio era muito mais forte. Gargalhadas e gemidos ocasionais vazavam pelas portas fechadas, mais altos que som do pianoforte que ainda ecoava pelo edifício.

Ele parou em frente à porta com o número quatro pintado e tentou escutar alguma coisa, mas ouviu apenas murmúrios e palavras indecifráveis. Alex bateu baixinho na madeira, e a porta foi aberta por uma mulher de cabelo castanho-claro vestindo um robe marrom. Ela devia ser bonita, mas seus olhos opacos e as linhas sérias em seu rosto lhe tiravam qualquer encanto.

— Você é o sr. Lavoie? — perguntou ela, olhando-o dos pés à cabeça e parando na cicatriz perto dos lábios.

— Sou.

— Penny disse que você subiria — comentou em um tom provocante, agora encarando a frente da calça dele.

Alex apenas sorriu.

— Preciso de um tempinho do cavalheiro que se encontra aqui — disse ele. — Temos um assunto a discutir.

A mulher arqueou as sobrancelhas.

— Ora, você deveria ter feito isso antes de ele pegar no cachimbo — afirmou ela, fechando mais o robe e saindo para o corredor. — Embora ele não tenha usado muito.

— Hummm. — Aquilo poderia ser bom ou ruim, dependendo de quão alterado ele estaria. — Ele costuma vir muito? Para usar ópio, digo.

A mulher revirou os olhos.

— A chuva cai para baixo?

— Hummm.

— Boa sorte — disse ela, seguindo na direção da escada sem olhar para trás.

Alex a observou por um segundo antes de entrar no quarto, fechando a porta e trancando-a.

O cômodo era pequeno e quadrado, com a única janela na parede oposta coberta por uma cortina desbotada e iluminada nas bordas pela luz do dia. Uma grande cama dominava o espaço à direita, rodeada por cobertas no chão. Seaton estava deitado no centro da cama, nu. Ele estava de olhos fechados e murmurava algo bem baixinho, enquanto balançava a cabeça para a frente e para trás.

Perto de seus pés havia uma bandeja com um cachimbo de ópio e uma tigela. Alex já estava com dor de cabeça por respirar o ar ali dentro, então foi até as cortinas, afastou-as e abriu a janela o máximo que as dobradiças enferrujadas permitiam.

— Está frio — choramingou Seaton. — Feche a janela, Missy.

Alex pegou o casaco do visconde, que estava largado no encosto de uma cadeira, e o deixou cair no chão perto da cama. Então, pegou a cadeira e a colocou aos pés da cama, acomodando-se e cruzando um tornozelo sobre o joelho.

— Eu disse para fechar a maldita janela — reclamou Seaton, mais alto desta vez. — Você não está sendo paga para congelar minhas bolas, e sim para fazer o que eu quiser…

— Missy saiu por um momento, milorde. Eu pedi alguns minutos de privacidade — disse Alex.

Seaton sentou-se na cama.

— E quem diabo é você? — perguntou ele, do mesmo jeito que um bêbado fala quando está tentando convencer alguém de que não está bêbado.

— Até um homem mais insignificante do que eu poderia se sentir insultado por ter sido esquecido com tanta rapidez — zombou Alex, inclinando-se para a luz.

Seaton demorou alguns segundos até conseguir focar no rosto de Alex com pupilas como as de um gato.

— Lavoie!

— Muito bem, milorde.

— Saia! — ordenou, tentando se levantar da cama, mas seus movimentos eram lentos e descoordenados.

— Hummm.

Seaton finalmente conseguiu ficar de pé e começou a procurar suas roupas. Ele achou o casaco no chão e tentou vesti-lo, mas conseguiu colocar apenas uma manga antes de prender o segundo braço no tecido, perder o equilíbrio e cair de cara na cama.

O visconde ficou deitado por um tempo, ofegando como um cavalo de corrida, até conseguir virar-se de costas, embora seus braços ainda estivessem presos nas mangas do casaco. Ele estava fazendo um som estranho, e Alex não sabia se o homem estava rindo ou tossindo.

— O que você quer, Lavoie?

— Conversar — falou Alex, estudando o visconde. O ópio era uma substância estranha, pois afrouxava a língua de uns, mas tirava o juízo de outros. — A duração desta conversa depende de você — continuou, enquanto tirava uma faca do cinto. — Mas devo avisar que não sou um homem conhecido pela paciência.

Seaton encarou a faca de Alex com os olhos vidrados.

— Como você descobriu sobre o colar que o conde de Trevane mandou fazer para a amante?

— Meu Deus… — gemeu Seaton.

— Acho improvável que tenha sido ele — respondeu Alex. — Tente de novo.

— Por que diabo você está fazendo essas perguntas?

— Porque alguém precisa fazer, não? — replicou Alex, batendo a lâmina no joelho. — Desembuche.

— Foi a irmã dele que mandou você fazer isso?

Alex não respondeu.

— Ela já veio implorar pela minha ajuda, sabia? — disse Seaton, aparentemente tomando o silêncio de Alex como uma resposta afirmativa. — Mas nem eu, com todo o meu poder, posso salvá-lo. É uma causa perdida.

— Hummm.

— Não sei o que ela acha que você pode fazer que eu não posso — resmungou Seaton.

Alex examinou a borda da faca, mas Seaton riu de repente, um som perturbador.

— Você acha que ela vai levantar a saia para você se fizer isso, não é? — Ele riu. — Bom, acredite em mim, ela é péssima de ca...

Alex não havia se dado conta de que estava de pé, mas em um piscar de olhos estava pressionando a faca contra a carne macia do pescoço de Seaton.

— Tenha muito, muito cuidado, milorde, com o que vai dizer.

O visconde engoliu em seco, e o movimento fez uma pequena gota de sangue escorrer pela lâmina. Parece que o senso de autopreservação do homem ainda existia.

— Você não pode me matar — afirmou ele, como se estivesse tentando convencer a si mesmo.

— Ainda não decidi. Você sabe quanto dinheiro os médicos dão por cadáveres agora? E eles nunca fazem perguntas inconvenientes. Pelo menos não aqueles com quem eu faço negócios. Corpos simplesmente... desaparecem. Em pedacinhos, no caso. Matá-lo não só me faria sentir melhor, mas encheria meus bolsos. Mesmo depois de ter que pagar pelos lençóis arruinados.

Seaton estava suando muito, apesar do ar frio no quarto.

— Você é louco.

— De vez em quando. — Alex sorriu. — Mas a forma como você responder às minhas próximas perguntas determinará se esta é uma dessas ocasiões. Entendido?

O visconde assentiu, olhando pelo cômodo como se estivesse tentando se concentrar em algo.

— Agora, onde estávamos? Ah, sim. O conde de Trevane. Você mandou Hutton para a casa dele para pegar o colar enquanto se escondia nos arbustos, não foi?

— O quê? Não! — ofegou Seaton. — Eu não sabia de nada disso! Pensei que Hutton estivesse lá para ver a criada.

— Aham. — Alex não estava convencido. — E não pensou em entrar na casa também? Para participar da ação, quem sabe?

— Eu tenho padrões, Lavoie, mesmo que Hutton não tenha. Eu não durmo com a criadagem.

— Padrões. — Alex olhou ao redor. — Ah, sim, claro.

— Hutton não podia pagar por nada melhor.

— E por quê?

O visconde engoliu em seco de novo.

— Porque ele não tem dinheiro. Bem, ele tem, mas os malditos advogados ainda não liberaram a grana.

Alex encarou o visconde, pensativo. Se Seaton estava mentindo, ele era um mestre nisso, e Alex não achava que ele era tão bom assim em nada. Especialmente quando estava nu, sob o efeito de ópio e com uma faca na garganta.

— Então, quando Hutton lhe disse que precisava de dinheiro na semana passada, o que você fez?

Seaton franziu a testa, como se estivesse tentando se lembrar da ocasião.

— Nada. Eu não tinha a quantia que ele estava pedindo.

— E é por isso que você acionou seus amigos de Smithfield — afirmou Alex, jogando a informação na conversa para ver como o homem reagiria.

Seaton arregalou os olhos e ficou boquiaberto, sem saber o que dizer.

Alex tirou a faca do pescoço de Seaton, mas a manteve perto de seu peito.

— Seus… amigos não são tão leais quanto você pensa. Todo mundo tem um preço.

Alex deixou Seaton processar o que tinha acabado de ouvir.

— Bastardos gananciosos — resmungou o visconde. — Pago muito para eles fingirem que não sabem de nada.

— Parece que não paga o suficiente.

— E o que você quer?

— O que você tem — respondeu Alex vagamente.

— O que o Hutton disse? — indagou Seaton, olhando com raiva para o quarto, como se pudesse encontrar o homem em questão.

— O que faz você pensar que foi o Hutton quem me disse alguma coisa? Você achou que ninguém notaria como sua família enriqueceu nos últimos cinco anos? Sei que seu pai gosta de fingir que é apenas muito bom em gerir propriedades, mas acho que nós dois sabemos a verdade.

Seaton afundou a cabeça no colchão.

— Meu pai vai me matar se as pessoas souberem. Talvez ele mesmo me venda para um médico — comentou, rindo de repente, como se a ideia fosse divertida.

— O duque não precisa descobrir nada. Posso garantir isso.

Alex ainda não sabia do que estavam falando, mas Seaton levantou a cabeça e focou o olhar nele.

— Dou cinco por cento da próxima remessa.

— Vinte.

— Não estamos negociando malditos temperos com os chineses, mas o produto bruto! Sabe quantas pessoas recebem uma parte? Você não é tão especial assim para ficar com tanto do nosso lucro. Ofereço no máximo dez por cento da próxima remessa única de mercadoria para você manter sua matraca fechada.

De repente, Alex entendeu. O ilustre duque de Rossburn e seu filho estavam secretamente envolvidos no comércio de ópio.

Provavelmente financiavam os navios e as tripulações; um investimento de alto risco, certamente, mas que oferecia lucros gigantescos se feito da maneira correta. Isso explicava a riqueza repentina e secreta que a família acumulara nos últimos anos. Explicava a misteriosa oportunidade de investimento que Seaton oferecera a Hutton. E explicava também o que Hutton e Seaton estavam fazendo em Smithfield, conversando com agentes alfandegários corruptos que estavam sendo pagos para deixarem os navios atracarem ilegalmente.

Mas, acima de tudo, convencia Alex de que George Fitzherbert não tinha relação alguma com o que acontecera na casa do conde de Trevane.

Alex fingiu considerar a oferta. Ele podia apostar que um homem como o duque de Rossburn preferiria ser esquartejado do que admitir que sua riqueza vinha do comércio ilegal de ópio.

— Está bem. Dez por cento — respondeu, sorrindo. — Vou mandar alguém subir com a papelada adequada para você assinar antes de eu ir embora. É bom formalizar as negociações sempre que possível, não é?

— Falando assim, você até parece o Burleigh — suspirou Seaton — Ele anota tudo. Tudo! Capaz de você encontrar um recibo de cada prostituta que ele já levou para a cama. — E então riu antes de franzir a testa. — Talvez ele devesse lidar com os malditos agentes, não eu.

Aquilo chamou a atenção de Alex. O barão também estava envolvido no investimento de Seaton e do duque? Alex pensou em suas próximas palavras com cuidado.

— Só um tolo não garante que sua fortuna seja contabilizada.

— É o que ele não para de falar faz cinco anos! Toda vez que empresta dinheiro. Toda vez que compra um maldito navio — resmungou Seaton. — Mas *shhh*! Não conte para ninguém.

Alex fez questão de manter o rosto impassível, mesmo que o visconde não fosse notar nada de estranho. Angelique dissera que a família de Burleigh não era rica. Certamente não rica o suficiente para comprar um navio. Ou navios, como Seaton insinuara.

Ele não sabia nada sobre Burleigh, além do que Angelique dissera, e ficou irritado consigo mesmo por isso.

Alex não conhecia a situação financeira do barão nem tinha muitas informações sobre o homem em si. Sua cor favorita, sua comida favorita, sua prostituta favorita. Não sabia nada sobre o que o motivava, ou quais eram suas ambições ou desgostos.

Era possível que houvesse uma explicação razoável para aquilo. Era possível que Angelique não soubesse da riqueza de Burleigh. Ela mesma havia dito que não o conhecia bem. Era possível que Burleigh tivesse juntado capital suficiente, investido cedo e, com uma pitada de sorte, tivesse sido muito bem recompensado. E que havia reinvestido com ainda mais sorte.

Ou era possível que houvesse algo mais naquela história.

Mas Alex ainda não conseguia entender como tudo aquilo tinha relação com Gerald Archer, ou qualquer um dos Hutton. Exceto o tempo... *Cinco anos.* Alex não acreditava nem por um segundo que se tratava de uma mera coincidência.

— Salvou você de um casamento.

Era um palpite, mas um muito bom.

O visconde tinha fechado os olhos, e Alex achou que ele tivesse pegado no sono, mas Seaton voltou a abri-los ao ouvir aquelas palavras.

— Como é? — perguntou o visconde, confuso.

— O dinheiro que Burleigh lhe emprestou para financiar seu investimento inicial. Era o mesmo valor que você receberia como o dote de Hutton para aumentar a fortuna de Rossburn.

— Burleigh tem uma boca grande demais.

— Sou um homem inteligente, Seaton. Ninguém precisa me contar nada.

— O noivado nunca foi oficial — zombou Seaton. — Nunca quis me casar com ela. Nunca... casar com ela. Mas dei o que Angelique queria antes que ela se desse conta disso.

Alex sentiu uma fúria tão intensa que quase cambaleou. Sua visão ficou vermelha, e ele reconheceu que estava perdendo o juízo, dando espaço para emoções primitivas. Com muito cuidado, guardou a faca, com medo de que acabasse perfurando o desgraçado. Porque, embora isso o fizesse se sentir melhor, não seria nada prático.

E com certeza arruinaria os lençóis.

Capítulo 16

Alex pediu que Angelique o esperasse na bela sala de estar azul do escritório da D'Aqueus. Ele estava com uma expressão séria quando voltou do andar superior do bordel, sem dar muitos detalhes sobre o que Seaton dissera. Então, resmungou algo sobre precisar de mais informações da Duquesa, e que por isso estavam ali.

O garoto chamado Roddy os informou que a srta. Moore ia passar o dia em Woolwich e só retornaria à noite, mas Alex apenas franziu a testa e desapareceu na casa. Agora, ela podia ouvi-lo no corredor dando instruções abafadas ao menino. Será que dessa vez ele pediria para que ela verificasse os livros contábeis da D'Aqueus? Depois de cuidar da contabilidade do bordel, nada mais a surpreenderia. Ela devolvera os livros à madame com a sugestão de que dispensasse o médico que a cobrava muito caro para examinar regularmente as meninas. Deus sabia que Angelique lidara com médicos suficientes durante a doença da mãe, e nenhum deles jamais conseguira oferecer mais que uma expressão de lamento e uma injeção. Mas havia muitos médicos aposentados do Exército disponíveis que eram mais práticos e experientes. E mais baratos. Angelique também sabia disso.

Ela vagou pela sala de estar, mais uma vez observando a decoração luxuosa. *Digna de uma duquesa, de fato*, refletiu, pensando no apelido da srta. Moore usado não apenas por Alex, mas por todos que conheciam a mulher. Angelique parou na mesinha ao lado do sofá e notou uma partitura, provavelmente esquecida por alguém. Era *Giulio Cesare*, de Händel, e ela logo reconheceu a ópera. Quando mais nova, ouviu a ária interpretada por uma cantora de ópera com uma voz de anjo... Sua mão congelou sobre a partitura. A sensação de *déjà-vu* que teve ao conhecer a srta. Moore voltou, só que a explicação se apresentou com uma clareza surpreendente.

Ela já tinha visto a mulher que agora se chamava "srta. Moore" em um dos maiores palcos de ópera de Londres.

A mulher que fora o centro de um escândalo ao se tornar a duquesa de Knightley e então desaparecera após a morte do duque. Embora agora fosse óbvio que ela não havia desaparecido.

Angelique passou os dedos pela borda da partitura, até o lindo pratinho de porcelana ao lado da folha com um punhado de cartões. "D'Aqueus & Associados" fora impresso na superfície suave e aveludada, com o endereço da Covent Square no verso. Pareciam os cartões que seus pais usavam para anunciar sua chegada quando faziam visitas sociais. Quando mais nova, Angelique sempre desejou um cartão só seu. Sempre achou que teria um, com seu nome escrito em letras elegantes abaixo do de seu marido...

Ela pegou um cartão e franziu a testa, lendo e relendo o nome D'Aqueus, separando as letras e reorganizando-as em sua mente. Por um segundo, ficou olhando o cartão enquanto sentia um misto de surpresa e admiração, e foi incapaz de conter um sorriso que dominou seu rosto.

Então, percebeu um movimento na porta e se virou para encontrar um homem alto e forte dentro da sala, com as mãos às costas e a encarando com olhos cinzentos cheios de perspicácia e interesse. Ele estava vestido de preto, e seu cabelo loiro clareado pelo sol estava amarrado em um rabo de cavalo frouxo.

Além disso, levava uma espada guardada em uma bainha surrada na cintura, o que o fazia parecer ainda mais um pirata.

— Boa tarde — cumprimentou ela primeiro.

— Boa tarde, lady Angelique.

— Acho que estou em desvantagem, senhor — disse ela.

— Ah, claro. Peço desculpas. Capitão Maximus Harcourt, ao seu serviço — apresentou-se, com uma leve reverência.

O que era ridículo, pois o capitão Maximus Harcourt era o décimo duque de Alderidge. Angelique podia não participar da sociedade, mas também não vivia debaixo de uma pedra. Ela ainda lia os jornais, e caso as notícias fossem verdadeiras, aquele homem era riquíssimo, além de nada convencional.

— Eu deveria chamá-lo de Sua Graça, então.

Alderidge suspirou.

— Se for preciso… mas prefiro "capitão".

— Certo.

— Ah, que maravilha! Meu corsário favorito recebeu minha mensagem — falou Alex, entrando na sala com um livro encadernado em couro nas mãos parecido até demais com os livros que ela acabara de conferir no bordel. Ele franziu a testa. — Veio voando num navio mágico?

— Boa tarde para você também, Lavoie — respondeu o duque. — E eu ainda não tinha saído para as docas. Estava aqui.

— Nossa, que sorte, não? Presumo que a Duquesa o tenha informado da situação atual.

— É claro.

Em mais um momento de clareza, Angelique teve uma suspeita muito boa do motivo para o duque de Alderidge já estar na casa antes de eles chegarem. Pensativa, ela encarou o homem por alguns segundos antes de voltar sua atenção para Alex.

— Vai pedir para eu olhar os livros contábeis daqui agora? — perguntou ela, fazendo careta para o volume nas mãos dele.

— Não, longe disso.

— Por quê? Por acaso ficou preocupado que, olhando os livros, eu percebesse que a srta. Moore é uma duquesa de verdade?

Alex pestanejou.

— Isso é belíssimo — comentou Angelique, mostrando o cartão gravado que ainda segurava na mão. — Eu pensava que D'Aqueus era o nome de um homem. Acho que facilita a operação dos negócios, não?

— Ah… — disse Alex, estreitando os olhos para ela, enquanto o duque apenas a encarava.

— Mas D'Aqueus não passa de um anagrama inteligente — continuou Angelique, devolvendo o cartão ao pratinho de porcelana. — A srta. Moore é realmente uma duquesa.

— Sim — respondeu o duque, olhando de soslaio para Alex.

— Eu não contei isso para lady Angelique, embora ela tenha descoberto muito mais rápido que você, Alderidge — afirmou Alex, como se estivesse achando muita graça na situação.

O duque fez cara feia.

— Não percebi que era uma competição.

— Tudo com você é uma competição.

— Sua esposa está aqui agora? — perguntou Angelique a Alderidge.

— Não, ela... — Alderidge parou e lançou outro olhar mordaz em direção a Alex.

Alex ergueu as mãos.

— Também não contei isso. Mas você acabou de confirmar.

O duque balançou a cabeça, exasperado.

— Por que estou aqui, Lavoie? De que você precisa?

— Saber sobre navios da Companhia das Índias Orientais — respondeu Alex. — Especificamente os que negociam ópio com os chineses.

— Meus navios não transportam ópio.

— Sei disso. Mas você passou muito tempo na Índia, e não deve ter muitos ingleses com frotas de navios que fazem a rota entre Índia, China e a costa da Inglaterra, não?

Alderidge franziu a testa.

— Você ficaria surpreso. A Companhia das Índias Orientais tem muitas licenças de comerciantes privados para transporte de ópio, mas a maioria tem apenas um navio.

— Burleigh — disse Alex.

Angelique prendeu a respiração. Alex havia dito que Seaton, sob o efeito de drogas, acreditava que Burleigh era dono dos navios em que ele e o irmão de Angelique investiram. O que não fazia sentido. Burleigh nunca mencionara isso a ninguém, e não tinha dinheiro para...

— Acho que nunca ouvi esse nome — afirmou o duque.

Angelique não sabia se sentia alívio ou decepção. É claro que Burleigh não possuía navios.

— E Cullen? — perguntou Alex de repente.

— Sim — confirmou Alderidge. — Esse nome é familiar. Creio que tem pelo menos dois navios, mas não tenho certeza. Pode ser mais, embora não seja tão difícil de descobrir.

O quê?!

— Será que você poderia aproveitar para descobrir quando ele comprou esses navios? — perguntou Alex.

Alderidge deu de ombros.

— Claro. Mas garanto que ele tem navios há pelo menos quatro anos. Eu estava em Calcutá quando ouvi esse nome pela primeira vez.

— Calcutá? Já está planejando as próximas férias, capitão? — perguntou uma voz suave da porta.

Angelique tomou um susto e se virou.

Um homem havia entrado casualmente na sala e, por um breve momento, Angelique se perguntou se ele era um descendente perdido dos reis Tudor. Ele tinha traços patrícios, olhos azul-claros e cabelo loiro-avermelhado. Vestia trajes simples, mas imaculados. Um grande anel de rubi reluzia em sua mão, que repousava no topo de uma bengala de ébano com ponta prateada. *Um homem deslumbrante*, pensou Angelique. Quase lindo, não fosse pela aura de indiferença que a deixava arrepiada. Embora sua aparência fosse civilizada, era evidente que o sujeito era perigoso. Angelique soube disso por instinto, sem nem reparar como Alex e Alderidge tinham ficado tensos.

— Se está procurando uma pintura para roubar, o museu fica no final da rua, King — falou Alex. — Ouvi dizer que há um novo quadro em exposição que com certeza vai atraí-lo. Com uma jangada cheia de marinheiros mortos e moribundos.

— Ah, mas pode haver muita beleza na morte, sr. Lavoie, ainda mais quando capturada com tanto primor por um jovem artista habilidoso.

— O que você quer, King? — perguntou Alderidge, e seus olhos pareciam adagas.

O homem chamado King passou a mão na ponta da bengala.

— Nada que lhe diga respeito, capitão. Estou aqui para ver o sr. Lavoie — respondeu ele, pousando os olhos claros em Angelique. — É um prazer, milady — cumprimentou ele. — Gilda falou muito bem de você.

Angelique sentiu uma onda de nervosismo, imaginando quão famosa havia se tornado no submundo de Londres. Além disso, não tinha certeza se ficava confortável em receber elogios daquele homem.

— Quando se cansar do sr. Lavoie, milady, eu ficaria muito feliz em ter alguém com suas aptidões no meu cantinho humilde — continuou ele, pegando um cartão do bolso e atravessando a sala para entregá-lo a ela. — Acho que você consideraria um arranjo muito gratificante. E lucrativo.

Ela notou Alex se remexer ao seu lado, e a mão de Alderidge tocar o punho de sua espada.

Ela aceitou o cartão com cuidado. Era semelhante aos que estavam no pratinho de porcelana, mas este tinha apenas o formato de uma coroa no centro e *Fornecedor de Belas-Artes* escrito em um elegante pergaminho abaixo.

— Perdão, mas quem é você? — indagou ela, endireitando os ombros e encarando os olhos claros do homem.

Se tinha aprendido alguma coisa nos últimos anos, era que fugir de algo desagradável era inútil.

King sorriu da mesma forma que Gil, com uma aprovação astuta nos olhos.

— Um amigo.

Alex se aproximou de Angelique, como se quisesse protegê-la com seu corpo.

— Não é bem assim. Embora meu cunhado, que, por algum motivo insólito que eu não sei nem me importo, chame esse homem assim — explicou Lavoie, com uma expressão de desgosto.

— Seu cunhado? — perguntou Angelique.

— Duque de Ashland — respondeu King. — Aliás, como está sua irmã, Lavoie? Já se acostumou com a vida conjugal?

— Sua irmã é uma duquesa? — sibilou Angelique.

— Quando a convém — afirmou Alex, sem tirar os olhos de King.

O que diabo aquilo significava? E até onde se estendiam os tentáculos da D'Aqueus & Associados?

— Seu cunhado me mandou uma mensagem hoje à tarde. Ele mencionou que você o consultou no início da manhã, mas que não conseguiu ajudá-lo e achou que talvez eu tivesse a resposta. E estou sempre disposto a prestar assistência a um amigo leal.

— É mesmo? — debochou Alex, cruzando os braços. — Muito bem. Então sugiro que diga logo o que tem a dizer e vá embora, King, antes que o capitão aqui faça picadinho de você. Acho que ele ainda não superou a última vez que... você tratou de negócios com a esposa dele. E, por mais que eu odeie dizer isso, o duque é muito talentoso com essa espada que ele insiste em carregar por aí. E eu realmente gosto de uma boa luta de espadas.

King apenas encarou Alex com frieza.

— Tenho certeza de que você adoraria ver essa luta, Lavoie.

Alex sorriu, a cicatriz repuxando em seu rosto.

— Você perguntou sobre uma morte — continuou King. — Duas, para ser mais preciso.

— Sim.

— Você estava certo. O assassinato da moça que o marquês de Hutton supostamente eviscerou como uma leitoa na casa do conde de Trevane foi de fato encomendado.

Angelique piscou, confusa, tentando entender a frase. E a casualidade das palavras. Um assassinato encomendado?

— Esse trabalho chamou a atenção porque oferecia muito mais que um contrato dessa natureza costuma pagar. Um alvo fácil, uma morte limpa e rápida, sem necessidade de retirada de corpos ou encobrimento. Embora, pelo que entendi, a hora da morte era muito importante. E ouvi dizer que o cliente exigiu um recibo.

— O que disse? — indagou Alex.

— O cliente quis um recibo. Sem nomes, é claro, mas um documento escrito que explicitava os termos e o pagamento.

— Quem diabo faz isso? — perguntou Alderidge.

— É incomum, mas não se pode negar algo a um cliente. Alguns pedem a prova da morte na forma de um item pessoal retirado do corpo. Neste caso, o cliente queria um pedaço de papel. Chamem de troféu, se quiserem.

Angelique estremeceu, enquanto Alex parecia incomodado.

— E quem pagou pelo trabalho?

King meneou a cabeça.

— Não consegui descobrir.

— E o assassino?

— Sumiu por um tempo, como fazem os espertos — O homem fez uma pausa. — Devo conseguir encontrá-lo, mas pode demorar um pouco.

— Alguém mandou matar aquela menina? — perguntou Angelique, sentindo uma onda de náusea.

— Exato — respondeu King.

— E como você sabe disso?

— A gente escuta cada coisa por aí... — afirmou, tamborilando os dedos na bengala. — Assim como ouvi falar da morte de um marquês ocorrida em junho passado, em uma estrada ao sul de Bath.

King a olhava de forma impassível, mas com certa delicadeza, e Angelique tentou respirar fundo.

— Foi um assalto. Meu pai foi morto por um salteador.

King inclinou a cabeça.

— O assalto não foi o trabalho principal.

Angelique sentiu a mão de Alex na sua e a agarrou com força, como se o contato a ajudasse a manter o que restava de sua compostura.

— Por acaso está dizendo que meu pai foi assassinado?

— Sim. Minhas condolências, aliás.

— Meu Deus...

— Tem certeza? — questionou Alex.

— Sim. Mas o assassino está morto. Morreu no inverno passado pelas mãos de um cocheiro que foi mais rápido com a pistola. Receio que não seja possível rastrear o mandante após a morte do executor.

Angelique sentiu a visão turvar e se perguntou se estava prestes a desmaiar. Ela nunca havia desmaiado na vida, mas aquele momento parecia propício para uma primeira vez.

— Sente-se — ordenou Alex, e a conduziu para a poltrona mais próxima.

Enquanto isso, Alderidge buscou um copo com um líquido âmbar.

— Beba isso — ordenou ele. — Você está branca como papel.

— Acho que isso é normal quando se descobre que o pai foi morto por um assassino e que armaram para que seu irmão seja condenado como um — respondeu ela com a voz fraca, mas aceitou o copo e tomou um gole, permitindo que o líquido deixasse um rastro de fogo em sua garganta.

— Que intrigante — observou King. — Uma trama deveras diabólica.

— Embora eu agradeça sua ajuda, você já pode ir embora — declarou Alex.

— Ah, sim, é claro — disse King, nem um pouco abalado por ter sido expulso. — Bem, não deixe de dar meus cumprimentos à Duquesa. E não se esqueça da minha oferta, lady Angelique.

Quando Angelique olhou para trás, o sujeito já tinha desaparecido.

— O que esse homem faz?

— Muita coisa — murmurou Alderidge.

— Ele é um assassino? — perguntou ela, sem conseguir acreditar que estava fazendo esta pergunta.

— Não exatamente. Ele só parece conhecer todos os assassinos.

Ah, sim, claro. Porque isso era bem normal.

— E ele disse a verdade?

— Neste caso, sim. Se foi um pedido de Ashland, então King está sendo sincero.

Angelique tomou um gole maior da bebida. Seus olhos lacrimejaram, mas sua visão pareceu voltar ao normal. Ela olhou para Alex.

— Por que você perguntou ao seu cunhado sobre… sobre a menina? E sobre meu pai?

Alex soltou um suspiro.

— Acho que tudo o que aconteceu nos últimos cinco anos está conectado. Acredito que alguém está tentando destruir sua família há muito tempo.

— Mas por quê?

— Ainda não consegui descobrir, mas tenho uma ideia muito boa de por onde começar — afirmou ele, sentando-se ao lado dela. — Pelo que sei, navios são muito caros. No entanto, há pelo menos quatro anos, Vincent Cullen de alguma forma conseguiu dinheiro suficiente para comprar dois.

Angelique sentiu o coração parar por um momento enquanto entendia o que Alex estava sugerindo.

— Você acha que *Burleigh* estava extorquindo meu pai?

Não conseguia imaginar o homem nervoso e frágil como um criminoso astuto.

— A coincidência é bastante perturbadora, e odeio coincidências. — disse ele, abrindo o livro que tinha nas mãos. — Não encontro nenhum registro que sugira que Vincent Cullen seja algo diferente do que aparenta ser. Um barão mediano que vive com a mãe em uma casa modesta no sul de Londres. E nada que sugira que o pai dele tenha sido algo além disso, também.

— O pai dele era o melhor amigo do meu pai — comentou Angelique, tentando entender os possíveis motivos para aquilo que Alex estava sugerindo.

— Sim, ele era.

— Mas meu pai daria dinheiro a Vincent, caso ele precisasse — afirmou Angelique, infeliz. — Nem que fosse porque ele era filho do melhor amigo dele. Por Deus, meu pai pagou para Vincent estudar em Harrow porque sabia que a família não tinha dinheiro para isso! Não acredito que ele extorquiria meu pai. E para quê?

Alex retirou uma pilha de papel de uma pasta, e Angelique reconheceu os bilhetes anônimos que foram enviados tanto para seu pai quanto para seu irmão.

— Trouxe os bilhetes de extorsão — explicou ele, desdobrando o primeiro. — O capitão aqui tem certa experiência com isso. Talvez tenha algumas ideias.

Enquanto ele desdobrava um dos bilhetes, outro papel caiu no chão. Angelique se inclinou para pegá-lo. Era a carta da mãe de Burleigh, que acabara no meio das demais mensagens. Ela estava quase colocando a carta na mesinha quando congelou e todos os pelos de seu corpo se arrepiaram. Com as mãos trêmulas, pousou o copo de uísque no chão, com medo de deixá-lo cair.

Alex percebeu.

— O que foi?

Sem conseguir falar, Angelique colocou a carta no joelho de Alex, ao lado do bilhete que nunca havia sido entregue ao pai.

— Meu Deus! — sussurrou ele, comparando os dois papéis.

— Foi ela. Lady Burleigh. O trecho de Shakespeare. A chantagem.

— A caligrafia é a mesma.

— Eu não tinha reparado — comentou Angelique, levando a mão à boca. — Mas não consigo acreditar. Lady Burleigh era amiga da minha mãe. Fez companhia para minha mãe quando ela estava morrendo. Segurou a mão dela. — Angelique parou de repente. — Vincent sabe.

Alderidge pigarreou.

— A menos que Burleigh seja estúpido o suficiente para acreditar que a mãe plantou uma árvore de dinheiro no jardim, ele sabe — garantiu o duque, cruzando os braços. — Parece que ele é dono de navios que muito provavelmente foram pagos com a fortuna de seu pai.

— Vincent era a única outra pessoa que sabia que meu irmão precisava de dinheiro. Que sabia o quanto Gerald estava desesperado. E estava com ele naquela noite. Deve ter sido o responsável por enviar aquele bilhete... — sussurrou Angelique. Estava ficando muito difícil ignorar as peças que se encaixavam em um quebra-cabeça horrendo. — Foi ele quem mandou matar aquela menina? — Uma nova constatação a atingiu, pior que a anterior. — Ele mandou matar meu pai?

Alex olhou para as provas diante dele, com o rosto franzido em concentração.

— Mas por quê? — perguntou ela, já que ninguém respondeu. — Por que ele, ou melhor, eles, fariam isso? O que nossa família fez para que eles nos odiassem tanto?

— Acho que já passou da hora de descobrirmos — concluiu Alex.

Capítulo 17

A residência de Burleigh não era grandiosa, mas também não era uma simples casa de campo. Ficava em um pequeno terreno, cercado por casas mais novas que surgiram na última década — abrigando principalmente comerciantes ricos. O imóvel tinha dois andares, paredes de tijolos e telhado de ardósia. Rosas subiam por uma treliça do lado sul e, nos fundos, um jardim margeava um anexo que poderia ter sido usado como estábulo. Ao pôr do sol, a casa parecia uma pintura bucólica.

Angelique só tinha visitado o local uma vez, quando criança, e tinha uma vaga lembrança da ocasião. Seu pai e o falecido barão Burleigh passavam a maior parte do tempo juntos em um dos clubes do pai ou, na maioria das vezes, na residência dos Hutton. Lady Burleigh acompanhava o marido com frequência, quando os planos envolviam teatros, apresentações musicais ou bailes. Junto com a mãe de Angelique, eles formavam um quarteto feliz.

Angelique não conseguia nem imaginar o que havia mudado nos últimos anos.

Uma governanta abriu a porta após baterem, olhando desconfiada para os visitantes.

— Lorde Burleigh está? — perguntou Alderidge em um tom cortês. Ele insistira em acompanhá-los.

A governanta olhou para Alex e Alderidge, focando nos trajes caros.

— Ele não está — disse ela em um tom de incerteza. — Por pouco não o pegaram aqui. Saiu há menos de uma hora.

— Para onde ele foi?

— Não sei, senhor. Disse que ficaria fora por alguns dias. Gostaria de deixar um recado?

Angelique teve um péssimo pressentimento, e sentiu um arrepio de pavor. Era como se a temperatura do ambiente tivesse caído de repente. Ela ouviu Alex xingar baixinho.

— Sou o duque de Alderidge, não um senhor — respondeu Alderidge com frieza. — E não, eu não gostaria de deixar um recado. É uma questão de grande importância.

A governanta empalideceu.

— Claro, Sua Graça. Ajudarei como puder.

— Lady Burleigh está?

— E-ela está na igreja — gaguejou a mulher. — Estão fazendo um chá para os órfãos.

— Vá buscá-la. Imediatamente — ordenou o duque, soando como um perfeito esnobe, mas conseguindo o efeito desejado.

A mulher arregalou os olhos.

— Ela está correndo algum tipo de perigo?

— É bem possível que sim — respondeu ele, sem rodeios.

— Meu Deus! Sim, claro, Sua Graça. Vou agora mesmo.

— Ela passou por eles, correndo na direção da torre visível além dos telhados vizinhos.

— É por isso que é bom trazer um duque — falou Alex, enfiando o pé na porta antes que ela se fechasse.

Alderidge fez um som de zombaria.

— Acho que a apavorei.

— Você tem mesmo um jeitinho especial com as palavras — brincou Alex.

Ele esperou até que a governanta estivesse fora de vista para abrir a porta. Angelique e Alderidge o seguiram, parando dentro do pequeno, mas bem mobiliado, saguão. Angelique tentou ouvir algum outro som que indicasse que a casa não estava vazia, mas tudo estava silencioso.

— Escritório? — sugeriu Alex.

— O lugar mais provável para haver uma agenda ou um calendário que possam indicar para onde Burleigh foi — concordou o duque.

Ele gesticulou na direção de uma porta larga e fechada, próxima ao saguão.

Angelique encarou Alex.

— Não deveríamos esperar lady Burleigh? Precisamos ouvir o que ela tem a dizer.

— Eu quero saber o que ela *não* vai dizer — afirmou Alex, seguindo na direção da porta. — As pessoas são tão reservadas quando se trata de admitir coisas como extorsão...

Ele tentou abrir a maçaneta, mas estava trancada, então pegou uma bolsinha de couro do bolso interno do casaco e retirou uma série de objetos que pareciam grampos de cabelo.

Com cuidado, os inseriu na fechadura, e, em menos de um minuto, a porta estava destrancada.

— E é por isso que é bom trazer um espião — comentou Alderidge.

Alex fez uma careta e abriu a porta. A sala estava escura e cheirava a papel e livros velhos.

Angelique se apressou para abrir as cortinas, deixando a luz do fim da tarde entrar.

E então olhou abismada.

Com exceção da parede da porta, todas as outras eram forradas por estantes. E todas as prateleiras estavam cheias, mas não com tomos ou livros científicos ou romances, e sim com o que pareciam ser diários. A parede vazia tinha uma coleção de pinturas, várias composições de flores e frutas, e um grande retrato de um navio no meio. Uma grande escrivaninha enfeitava o centro da sala, e Alex já estava revirando os papéis que estavam em cima da mesa.

— Você acha que Burleigh fugiu? — perguntou Angelique.

— Não. Se ele tivesse ficado desconfiado ou paranoico o suficiente para fugir, não abandonaria a mãe. Ela está tão envolvida em tudo isso quanto ele. Até mais, talvez.

Alex abriu as gavetas da mesa e examinou seu conteúdo, mas ficou apenas carrancudo.

— Não há nada aqui que indique para onde ele foi. Ou qualquer tipo de prova de que ele fez o que pensamos que fez.

Angelique sentiu uma pontada de desespero frustrado.

— Burleigh nunca vai admitir nada.

— Claro que não. Ninguém nunca admite nada — resmungou Alex.

— É para isso que serve a masmorra de Lavoie — brincou o duque, puxando um diário de uma das prateleiras.

Angelique sabia que ele estava tentando amenizar a situação, mas não estava funcionando.

— O que aconteceu? — perguntou Angelique, sem esperar uma resposta. — O que será que meu pai fez?

— Estes são os diários do velho barão — falou Alderidge, folheando o livro que tinha na mão. — Começando, pelo que entendi, há quarenta anos. Talvez haja uma pista em um deles.

Ele devolveu o livro à estante e foi para o fim da parede, selecionando um volume diferente e consultando a data em uma das páginas.

— Novembro de 1812 — anunciou, passando os olhos pelas páginas enquanto sua expressão se mostrava incrédula. — O homem anotava tudo. Desde quanto custou a torta que comeu no almoço até a temperatura durante a noite.

Alex se aproximou das prateleiras.

— Estão todos em ordem cronológica. O último é datado de fevereiro de 1813, o mês em que o velho barão morreu.

Angelique juntou-se a eles, examinando as fileiras de volumes anteriores. Ela estava contando, passando os dedos pelas lombadas dos livros. Então parou de repente e inverteu a direção, retirando vários volumes e examinando as datas antes de encontrar o que estava procurando.

— Faltam três — afirmou ela. — Abril de 1794, setembro de 1795 e dezembro de 1806.

Alex a observava.

— Essas datas significam alguma coisa para você?

Angelique fez que não com a cabeça, frustrada.

— Algo estranho que possa ter acontecido entre seu pai e o barão? — tentou Alex. — Talvez alguma viagem ou algum tipo de transação comercial?

— Eu nem era nascida. Nasci em janeiro de 1795 — resmungou Angelique, tão frustrada quanto ele. — E... — Ela parou de repente, com uma sensação horrível.

— Angelique?

— Janeiro de 1795, junho de 1796 e setembro de 1807. São nossos aniversários. Meu, do meu irmão e dos gêmeos. Faça as contas, Alex.

— Os diários de nove meses antes do nascimento de vocês são os que estão faltando.

Angelique sentiu um frio repentino.

— Não tire conclusões precipitadas — ordenou Alex, voltando para a escrivaninha. — Não ainda.

Ele parou na frente da mesa, colocou as mãos na cintura e fez uma expressão de concentração.

— Conclusões? — repetiu ela, a voz trêmula.

Não, ela não tiraria conclusões precipitadas porque, se o fizesse, poderia vomitar.

— Onde um pirata esconderia seu tesouro, Alderidge? — indagou Alex, olhando para o duque. — Onde esconderia algo que não gostaria que fosse encontrado? Mas que pudesse ser admirado sempre que sentisse vontade?

Alderidge foi até onde Alex estava e se sentou na cadeira, recostando-se e olhando para a frente.

— Que bela pintura de um navio em uma batalha contra os elementos da natureza, não é? — perguntou o duque. — O artista podia ter feito um trabalho melhor no navio, mas ainda assim é um retrato em movimento. Especialmente cercado por um jardim cheio de interpretações insípidas de flores.

Alex foi até a pintura e a tirou da parede, colocando-a no chão.

— E é por isso que é bom trazer um pirata — afirmou Alex.

Em um buraco na parede havia uma caixa de madeira decorada com ébano. Alex a tirou do esconderijo e a colocou na mesa, abrindo-a sem hesitação.

No topo de uma pilha estavam o que Angelique imaginava serem os três diários que faltavam. Tudo o que havia neles os tornara valiosos o suficiente para serem escondidos, mas a leitura não seria rápida. Alex passou-os para ela, mas ela os deixou de lado por um momento.

Abaixo deles, havia uma fina pilha de documentos ornamentados — escrituras oficiais de navios que listavam um certo Vincent Cullen como único proprietário. Um grosso livro contábil estava logo abaixo, e uma rápida olhada mostrou que era um registro das cargas e das tripulações, assim como os registros das despesas e lucros de cada navio e cada viagem. Alderidge pegou o livro para examiná-lo.

Ainda mais embaixo, outro livro menor, este mais parecido com um diário feminino. Era encadernado com couro escarlate e tinha uma fita da mesma cor para marcar as páginas. Alex o colocou na mesa. Ele olhou para Angelique, e, pela primeira vez na vida, ela deixou outra pessoa assumir o controle, apavorada com o que encontrariam escrito naquelas páginas. Apavorada com o que não encontrariam. Alex abriu o livro.

As folhas foram divididas em colunas, com uma data e uma quantia escritas de forma ordenada em cada uma delas. A primeira entrada datava de dois meses após a morte do velho barão. As entradas nas primeiras páginas foram escritas no que Angelique agora reconhecia como a caligrafia de lady Burleigh. Nas páginas seguintes, algumas das entradas foram escritas por uma caligrafia diferente e mais pesada — a mesma que registrara a contabilidade dos navios.

A caligrafia de Burleigh.

— Quer apostar que esses valores correspondem ao dinheiro que falta nos cofres da sua família? — perguntou Alex.

Angelique estava mordendo o interior de seu lábio com tanta força que sentiu gosto de sangue.

No final do diário escarlate havia três papéis dobrados entre a contracapa e as páginas. Alex os tirou e desdobrou o primeiro.

Era um recibo. O nome Trevane se destacava, junto com uma data, um horário e uma quantia. A horrenda coleção de palavras continuava com expectativas detalhadas. Alguém rabiscara um "X" desleixado no fim da folha, e a assinatura de Burleigh estava ao lado. Vincent Cullen contratara alguém para matar uma jovem empregada.

— Que tipo de pessoa faz isso? — sussurrou Angelique, sentindo um arrepio.

Era como King havia sugerido. Um troféu, guardado em um esconderijo.

— Alguém que acredita que nunca será pego. Alguém que acredita que é mais inteligente do que todo mundo — afirmou Alex.

A segunda folha era mais um recibo, bem parecido com o que Alex segurava. Mas a data era de junho do ano anterior, e a quantia e o local eram diferentes. Alex virou o papel.

— Você não precisa ler isso.

Não importava. Ela já sabia o que estava escrito. Uma dormência pareceu se instalar em seu corpo.

— Sinto muito, Angelique.

Ela balançou a cabeça, sem conseguir falar.

— Esta é a prova de que seu irmão é inocente — apontou Alex.

— Sim.

Era a única boa notícia. Mas por que Burleigh faria tudo aquilo? O que sua família fizera para merecer tanto ódio?

O som de vozes e o latido frenético de um cachorro vieram de fora do escritório. Alderidge deixou o livro contábil na mesa e trocou olhares com Alex.

— Elas estão voltando? — perguntou Alex em voz baixa.

— Talvez. Vou descobrir. Vou atrasá-la, se necessário — afirmou o duque, e Angelique não deixou de notar a maneira casual com a qual ele apoiou a mão no punho da espada.

— Matthews ainda está na frente da casa, caso precise de ajuda — lembrou Alex. — Tente não matar ninguém até que essa mulher abra a boca sobre essa história toda, está bem? E, quem sabe, nos diga onde está o filho dela.

O duque se esgueirou para fora do escritório com uma velocidade incrível para um homem tão grande.

Havia um único papel no fundo da caixa polida, dobrado em um quadrado, e Angelique o pegou. Pelas bordas amareladas, ele era mais antigo que os outros, e estava escrito em uma caligrafia diferente. Angelique leu o final da folha e congelou.

— Foi assinado pelo meu pai — ofegou ela.

— O que é? — indagou Alex, tentando pegar o papel, mas ela se afastou.

Angelique precisava ler isso. Ninguém, nem mesmo Alex, poderia protegê-la do que estava naquele documento.

Ao lado da assinatura do pai estava a assinatura do velho barão, e ela começou a ler o documento.

— O que diz? — perguntou Alex. — É mais uma prova de assassinato?

Angelique terminou de ler, com a respiração ofegante.

— Pior. Muito pior.

Angelique estava branca como a neve, com todas as sardas visíveis, enquanto seus olhos pareciam assombrados. Alex pegou a folha da mão dela e leu rapidamente.

O que poderia ser pior do que descobrir que a prisão de seu irmão e a morte de seu pai foram orquestradas por alguém que você pensava ser um amigo?

Descobrir que seu pai não era seu pai.

Alex leu o documento pela segunda vez, como se esperasse que as palavras mudassem. E então, com muito cuidado, dobrou o papel de novo e o guardou no bolso do casaco, fora de vista. Mas não esquecido. Era impossível esquecer o conteúdo e as consequências do que estava escrito ali.

— Você não sabia — comentou ele. Era uma coisa estúpida de se dizer, mas Alex não fazia ideia de por onde começar.

Angelique negou com a cabeça, parecendo desesperada.

Alex a puxou para ele, e ela aceitou o abraço sem hesitar, apertando a camisa dele nos dedos e pressionando a testa em seu pescoço. Os dois ficaram abraçados por um longo minuto.

— Meu pai amava minha mãe mais do que a própria vida. Ele dava tudo que ela desejava — sussurrou Angelique. — Joias. Vestidos. Cavalos. Casas. Mas não podia dar a ela a única coisa que ela mais queria na vida.

— Sim. Ele não podia ter filhos.

Ela balançou a cabeça.

— Mas ele encontrou uma maneira de fazer isso. Encontrou uma maneira de dar tudo para ela. A felicidade da minha mãe valia mais do que o orgulho dele.

Alex olhou para as estantes ao longo da parede, sem focar em nada.

Ele seria capaz de fazer o que o marquês de Hutton fizera? Se tivesse uma esposa que amasse mais do que a própria vida, será que deixaria seu melhor amigo se deitar com ela para que ela tivesse tudo o que sempre quisera? Para que ela pudesse ser feliz e ele pudesse ter uma família?

Ele seria capaz de entregar Angelique para outro homem?

Alex a abraçou ainda mais forte, não aguentando a pressão avassaladora daquele pensamento. A ideia de imaginá-la com outro era insuportável.

— Por que raios os dois fizeram um acordo por escrito? — sussurrou ela, com a voz rouca. — O que estavam *pensando*?

Alex pressionou a rosto contra o cabelo de Angelique. Ele não podia responder por dois homens que já estavam em seus túmulos. A confiança que Hutton depositara em seu melhor amigo era, na verdade, incabível. Talvez fosse exatamente como se lia no documento: uma promessa de um homem para outro, de um amigo para outro. Que o que aconteceria era algo que jamais seria usado contra o outro. E os dois tinham assinado.

— Só posso supor que isso deveria ter sido destruído em algum momento — disse Alex. — Embora eu não consiga imaginar por que não tenha sido.

Ela se afastou para encará-lo.

— Lady Burleigh sabia. Ela deve ter descoberto a verdade. E era disso que meu pai estava tentando nos proteger. Proteger minha mãe — falou Angelique, desamparada. — "O céu não tem ira como o amor transformado em ódio, nem o inferno tem fúria como uma mulher desprezada."

— Shakespeare de novo?

— Não, William Congreve. Outro autor que minha mãe adorava — explicou ela, com olhos angustiados. — Sou uma bastarda, Alex. E meus irmãos também. E meu pai deu todo o nosso dinheiro para que ninguém descobrisse.

— Sim, uma bastarda. É isso que você é — falou uma voz baixa e suave.

Alex se afastou de Angelique e viu uma mulher no escritório. Seu cabelo grisalho estava preso em um coque apertado, e olhos duros e frios os encaravam em um rosto enrugado. Ela trajava um vestido caro e da última moda. Assim como a pistola que ela segurava.

— Lady Burleigh, presumo — disse Alex.

A arma era pequena, mas não menos mortal. Ele tentou ouvir alguma coisa fora do escritório, mas a casa continuava silenciosa, tirando o cachorro que ainda latia. Onde diabo estava Alderidge? Ou Matthews?

Lady Burleigh olhou para Alex como se ele não tivesse nenhuma importância antes de focar em Angelique.

— Lady Angelique — cumprimentou a mulher. — Bem, não exatamente uma "lady", não é verdade? — Ela riu, soando um pouco desequilibrada. — Todos esses anos você viveu pensando que era melhor que os outros, mas não é nada além de uma ratazana nascida de uma mãe prostituta.

— Você sabia disso? Esse tempo todo?

— Claro que não. Só descobri quando meu marido morreu. Encontrei todos os segredinhos sujos dele escondidos. — Ela gesticulou com a pistola para Angelique. — Você sabia que ele escrevia sobre isso nos diários? Sobre às vezes em que se deitou com sua mãe? E porque o amigo tinha pedido a ele. Ele era mais leal ao seu pai e àquela prostituta do que à própria esposa! — gritou, ficando vermelha. — Que tipo de homem faz isso?

— Então por que não contou para todo mundo?

— Porque isso não seria o suficiente! — exclamou a mulher, cuspindo. — Eu podia ter matado a prostituta de uma vez, mas queria que os filhos e o marido dela sofressem por suas mentiras e traições. Eu queria destruir o nome Hutton!

— Você matou minha mãe? — perguntou Angelique, baixinho.

Lady Burleigh escarneceu.

— Todos vocês, em volta da cama dela, acreditando que aquela mulher era uma santa. Vendo-a sofrer — falou, contorcendo a boca. — Você achava que ela tinha morrido de quê?

— Você a envenenou.

— Claro que sim.

— E depois chantageou meu pai.

— Recebi o que era meu e do meu filho por direito. Seu pai nos usou. Tirou de nós o que nunca foi dele. Então eu peguei de volta o que nos era devido. Enquanto ele continuasse depositando dinheiro em Threadneedle e não fizesse perguntas, seu segredo estava seguro. Ele estava tão desesperado para proteger a família. Tão desesperado para proteger a reputação da querida esposa.

— E então você mandou matá-lo — concluiu Angelique. — Deixá-lo pobre não foi o suficiente?

— Ele já não era mais útil. Não tinha mais dinheiro.

— E o meu irmão? O que ele fez para vocês?

— Ele *existiu* — sibilou lady Burleigh. — Eu queria que ele fosse destruído antes de ser morto. Queria que ele sentisse a mesma humilhação e traição que sua família me fez sentir. — Ela mexeu a pistola de novo. — Mas não se preocupe, docinho. Todos vocês vão morrer. Um por um. Vincent vai se certificar disso.

— Onde está Vincent agora? — perguntou Angelique.

Lady Burleigh sorriu, uma expressão horrível que fazia seu rosto parecer uma máscara horripilante.

— Foi tirar os outros passarinhos do ninho.

Alex sentiu Angelique recuar contra ele.

— Os gêmeos! Ele foi para Harrow! Vai matá-los!

Lady Burleigh gargalhou.

— Você nunca vai alcançá-lo a tempo.

Alex deu um passo à frente, considerando suas opções. Uma faca não seria útil até que a mulher ficasse sem munição. Naquele momento, lady Burleigh tinha a vantagem.

— Abaixe a pistola — falou ele.

Lady Burleigh ignorou-o e olhou para os papéis que estavam na mesa.

— Seu pai tratava Vincent como um caso de caridade, mas agora ele é um dos homens mais ricos de Londres. Ficará cada vez mais poderoso e rico, e não posso deixar que estraguem isso, não é? Esperava algo melhor para você, pequena Angelique, mas estou sendo obrigada a agir. Acho que vou matá-la aqui mesmo.

— Lady Burleigh, você tem *uma* pistola, mas somos dois — afirmou Alex em voz alta, tentando chamar a atenção da mulher que parecia hipnotizada.

Ela o encarou, mas já era tarde demais.

— Não importa. Só quero matar um de vocês — disse ela com um sorriso fatalista e apontou a pistola para Angelique.

Alex se jogou contra Angelique, ouvindo o barulho do tiro ecoar pela sala. Os dois caíram com força no chão, o corpo dele cobrindo o dela. Alex ficou deitado por um momento, esperando a inevitável dor que viria. Mas não sentiu nada. Ele não fora baleado. Como isso era possível? A mulher estava tão perto...

Meu Deus! Será que Angelique tinha sido atingida? Ele se afastou e ela se sentou, pálida e ofegante. Ele procurou por sangue, mas não havia nenhum.

— Não foi a pistola de lady Burleigh que disparou, Lavoie — falou o duque de Alderidge de algum lugar acima deles. — Foi a minha. Na verdade, foi uma das armas de Matthews.

Alex olhou para o duque e o viu segurando uma pistola familiar. Restos de fumaça flutuavam em torno de sua mão e o cheiro de pólvora impregnava o ar.

Lady Burleigh estava no chão, sem vida.

— Por que demorou tanto? — perguntou Alex, ficando de pé. — Cadê o Matthews?

— Ele foi pelos fundos para ver se a encontrava. Parece que a lady Burleigh voltou bem mais cedo do chá do que o esperado.

— E a governanta?

— Mandei-a postar uma mensagem urgente para Londres em meu nome.

Angelique também havia se levantado, com terror estampado em seu rosto.

— Os gêmeos! — falou ela. — Temos que ir!

— Vá — concordou o duque. — Ouvi o que ela disse sobre Harrow. Vou cuidar das coisas aqui.

— Temos o suficiente para tirar Hutton da prisão — afirmou Alex. — Mas ninguém pode saber dos diários. E o corpo...

— Conheci minha esposa enquanto ela desaparecia com um cadáver, Lavoie. Acha mesmo que não sei como fazer tudo isso parecer o que queremos que pareça? Está tudo sob controle. *Vão logo.*

Alex foi para a porta, seguido por Angelique.

— Se Burleigh aparecer na escola, os meninos aceitariam sair com ele?

Ela assentiu com a expressão abalada.

— Sim — sussurrou. — Eles o conhecem desde crianças.

Capítulo 18

A viagem para Harrow foi excruciante; um caminho silencioso, tenso e angustiante que parecia não ter fim.

Embora Matthews tivesse apressado os cavalos no início, não tivera escolha a não ser desacelerar o ritmo ou arriscar a vida de todos quando a escuridão caiu. Burleigh tinha uma hora de vantagem. Ele não deveria estar viajando com tanta pressa, mas a diferença de tempo era muito grande para ser compensada. Alex só podia torcer para que o alcançassem na estrada, antes que chegasse à escola. Antes que dois garotos sofressem por algo que não mereciam.

Ele carregou e equipou as duas pistolas de emergência que Matthews tinha e pegou seu florete na parte de trás da carruagem, deixando as armas no chão, perto de seus pés. Era tudo o que podia fazer. Odiava o sentimento de impotência. Ele já estivera naquela situação antes. Perseguindo, torcendo, rezando para que não fosse tarde demais. A sensação era como uma bigorna em seu âmago, comprimindo seu peito e dificultando sua respiração.

Não conseguia nem imaginar como Angelique estava se sentindo.

Alex a olhou. Ela estava sentada ao lado dele, imóvel e silenciosa. Seu mundo havia desabado como um castelo de cartas. Nada era o que parecia.

— Eles ficarão bem — falou Alex, pois queria dizer alguma coisa para tranquilizá-la. Qualquer coisa.

— Eles só têm 12 anos — murmurou Angelique. — Nada disso é culpa deles.

— Nem culpa sua.

Ela o encarou, embora Alex mal conseguisse ver o seu rosto na escuridão.

— Não posso perder o resto da minha família.

Ele acariciou as mechas de seu cabelo que haviam escapado do penteado.

— Você não vai perder sua família. Eu prometo.

Alex não tinha o direito de fazer promessas como aquela. Ele não era ingênuo. Não fazia promessas que não tinha certeza de que poderia cumprir. Embora tivesse certeza de que estava preparado para morrer tentando.

— Não estou triste por aquela mulher ter morrido — falou Angelique, em um tom um pouco menos desesperado e mais enérgico. — E vou matar Burleigh antes de deixá-lo machucar meus irmãos.

A carruagem de repente tremeu e Matthews xingou alto, gritando para os cavalos desacelerarem. Alex olhou para fora, mas estava tudo escuro. O veículo parou sacolejando, e ele ouviu o trotar de mais cascos e o relincho de cavalos estressados.

— Fique na carruagem — ordenou ele a Angelique.

Ela assentiu.

— Estou falando sério — afirmou Alex, entregando uma pistola para ela. — Você sabe usar isso?

— Sei.

— Ótimo.

Ele pegou a segunda pistola e o florete e abriu a porta do veículo. A temperatura havia caído e o ar estava carregado com a promessa de chuva.

— O que raios está acontecendo? — perguntou, pisando no chão de terra.

— Assaltantes de estrada. Pelo menos oito deles. Já tiraram a carruagem de algum engomadinho da estrada logo à frente — explicou Matthews, pegando as próprias pistolas.

Alex praguejou. Eles não tinham tempo para isso. À frente na estrada, uma lamparina estava pendurada em um ângulo estranho do lado de uma carruagem inclinada na vala. Sob a luz, Alex viu pelo menos um homem com um lenço enrolado sobre o rosto ocupado na frente do veículo, desamarrando os cavalos com uma velocidade que sugeria proficiência.

O homem que Alex presumiu ser o cocheiro do outro veículo estava caído na beira da estrada. Alex pensou que ele estava morto, até ouvi-lo gemer fracamente. Vivo então, mas de pouca serventia. Os ocupantes da carruagem ainda deviam estar dentro do veículo, supôs.

Seis homens se aproximavam em cavalos e com pistolas apontadas na direção deles. Sem dúvida atentos às armas que Alex e Matthews carregavam, por isso a devida cautela.

Alex avaliou as probabilidades, ciente de que o tempo estava passando.

Lutar não era uma opção inteligente. Estavam em menor número, e havia uma boa chance de que ele ou Matthews acabassem baleados. Seis salteadores em cavalos velozes não errariam todos os tiros.

Fugir estava fora de questão. Matthews poderia tentar acelerar com a carruagem na estrada, mas os cavalos cansados não aguentariam o esforço. Fugir a pé era impossível, eles seriam atingidos antes de darem dez passos.

— O que querem? — indagou Alex quando os homens estavam apenas a alguns metros deles.

— Estamos apenas recolhendo impostos — falou um dos assaltantes.

— Estamos em desvantagem — afirmou Alex. — E um tiroteio agora não é do interesse de ninguém. Quanto querem para nos deixar passar?

— Um homem de negócios — disse o ladrão, surpreso.

— Quanto? — insistiu Alex.

— Quanto você tem? Tenho nove bocas para alimentar em casa, e esse cara aqui tem seis — argumentou, balançando a cabeça na direção do sujeito à sua esquerda. — Somos todos homens de família, sabe?

— Um número, então...

— Harold? — perguntou Matthews, incrédulo. — É você?

O assaltante se sobressaltou e estreitou os olhos para enxergar o cocheiro de Alex.

— Quem quer saber?

— Quem você acha? — retrucou Matthews.

— Minha nossa, é o Matthews! — exclamou. Ele abaixou a pistola e a guardou na cintura antes de tirar o lenço do rosto. — Este homem salvou minha vida em um buraco fedorento perto de Badajoz.

O homem acenou com a mão, e seus companheiros também abaixaram as armas.

— Era mais uma vala — comentou Matthews.

— Eu não o reconheci nessa carroça chique. Achei que você era mais de andar a cavalo, não de carruagem.

— Pois é. Parece que conseguiram ensinar alguns truques novos para este cão velho.

— Estou impressionado.

— E a Marjorie e as crianças? — perguntou Matthews.

— Estão bem. Os pequenos crescem como erva daninha. Acabei de ser pai de novo. Um filho.

— Parabéns!

— Obrigado — disse o homem chamado Harold, radiante de orgulho.

— Pensei que você ainda estava em Londres.

O assaltante fez uma careta.

— Não. Muito apertado e muita concorrência, sabe? É possível lucrar mais em uma única noite na estrada do que em um mês inteiro na cidade, e ainda chegar em casa a tempo de dar boa-noite para as crianças. E não precisamos matar tanto por aqui. As carruagens chiques passam com ricaços o tempo todo, cheias até o teto com topo tipo de quinquilharia e joias.

— Como aquela? — apontou Matthews.

— Exato. O cocheiro tentou ser mais rápido, mas acabou quebrando um eixo da roda e tombando o veículo. Uma pena. A carruagem daria uma boa grana se conseguíssemos levá-la. Pelo menos Charlie está pegando os cavalos. Vamos ter que nos contentar com eles, um belo par de botas e um broche de turquesa. Só isso. O engomadinho não tinha bagagem alguma. Um sujeitinho desagradável, inclusive.

Alex estava ouvindo a conversa primeiro com uma sensação de alívio, mas depois com uma impaciência cada vez maior. No entanto, ao escutar a descrição do assaltante, congelou.

— Como é esse homem? — perguntou ele.

— Quem? O engomadinho?

— Sim.

Harold o encarou com uma cara confusa.

— Sei lá. Cabelo ralo e loiro, não muito alto.

— Ele ainda está lá? — perguntou Angelique, atrás dele.

Alex não tinha ideia de há quanto tempo ela estava ali, mas parecia ter sido tempo o suficiente.

— Angelique...

— Ele ainda está lá? — ela repetiu a pergunta ao assaltante, como se ele não tivesse o ouvido.

— Está — respondeu Harold, olhando de Angelique para Alex e Matthews. — É difícil correr descalço nesse chão.

— O ocupante da carruagem falou como se chama? — indagou Angelique, já caminhando em direção ao veículo tombado.

— Não costumo perguntar o nome de quem assalto — disparou Harold, dando um olhar questionador para Matthews. — Por quê?

Angelique não respondeu, apenas passou pelos cavalos, indo para a carruagem quebrada. Ela ainda segurava a pistola, mas Alex não sabia quais eram suas intenções. Enquanto Matthews explicava algo para os salteadores, Alex seguiu Angelique e entrou na frente dela, forçando-a a parar.

— Burleigh está naquela carruagem — falou ela. — Foi tirado da estrada por assaltantes.

— Sim — respondeu Alex, que teria rido da ironia da situação se Angelique não estivesse com uma expressão tão assustadora. — O que você vai fazer?

— Não sei.

— Vai matá-lo?

— Não. Sim. Não sei — disse ela, parecendo confusa.

— Pode me deixar lidar com isso?

Angelique o encarou, e seu rosto era um misto de emoções.

— Posso — disse ela por fim.

— Ótimo.

O ladrão que tinha desamarrado os cavalos os deixara de lado e fora para o meio da estrada ao ver Angelique se aproximando. Ele observava os dois com cautela.

— Gostaria de dar uma palavrinha com o senhor que está na carruagem, por gentileza — falou Alex em tom simpático.

O homem olhou para Harold e pareceu ter recebido algum sinal, pois se virou e foi até a porta do veículo para abri-la. Após uma troca de palavras abafadas, Burleigh foi arrastado para fora do veículo pela gola do casaco, tropeçando na terra desnivelada e usando apenas meias.

Alex se aproximou da carruagem e ficou embaixo da luz da lamparina.

Burleigh avistou Alex e empalideceu antes de sua expressão demonstrar alívio.

— Sr. Lavoie! Que bom que está aqui! Você precisa me ajudar! Esses homens assassinaram meu cocheiro e me abordaram de um jeito horrível.

Alex apenas encarou o homem, ciente de que Matthews havia se aproximado. Ele passou sua pistola para o cocheiro, que a pegou com uma expressão sombria.

— Quer que eu atire nele, sr. Lavoie? — sugeriu Matthews, esperançoso.

— Ainda não.

Burleigh observou a conversa com olhos arregalados.

— O q-que está fazendo? — gaguejou ele.

Alex empunhou seu florete, testando seu peso e equilíbrio.

— Decidindo se devo matá-lo aqui mesmo.

— O quê? Por quê? — esganiçou o homem.

— Porque eu me sentiria melhor — falou Angelique, aparecendo atrás de Alex. — Eu sei de tudo.

Burleigh arregalou ainda mais os olhos antes de tentar disfarçar sua surpresa.

— Você não sabe de nada.

— Tem razão — sibilou Angelique. — Não sei de tudo. Você ia cortar a garganta deles, Vincent? Ou pensou em apenas atirar? — perguntou ela, e suas palavras eram tão afiadas quanto o florete de Alex. — Ou talvez você fosse pagar alguém para fazer o trabalho sujo. Como se executam crianças nos dias de hoje?

O rosto do barão havia mudado, e a inocência que exibira segundos antes foi substituída por uma máscara de ódio e rancor.

— Não sei do que está falando.

— Sua mãe mandou você fazer isso ou foi ideia sua?

— Você não tem o direito de falar da minha mãe! — gritou ele. — A sua existência é uma praga na vida dela! Nesta terra! A filha de uma prostituta não tem direito a nada! — exclamou ele, antes de entender o que Angelique havia dito. — O que você fez com minha mãe?

— Não fiz nada — disse ela com toda a sinceridade.

— Onde ela está?

— O que você quer que eu diga, Vincent?

— Você a machucou?

— Ela está morta.

— Eu não acredito em você! — berrou Burleigh, desvairado, e avançou na direção dela, mas Alex o empurrou com a ponta do florete. Ele caiu de costas contra a carruagem e usou as mãos para se firmar.

— Tem certeza de que não posso atirar nele? — perguntou Matthews novamente.

— O que você quer fazer, Angelique? — questionou Alex. — A decisão é sua.

— Não o mate — falou ela baixinho. — Isso faria de mim uma pessoa tão ruim quanto ele. Ou quanto a mãe dele.

— Quer levá-lo de volta a Londres?

— Sim. Imagino que tenha uma vaga recém-aberta na Torre Branca. Ele pode enfrentar a justiça que merece lá.

— Ele fará alegações — alertou Alex.

— Mas ele não tem mais provas — lembrou ela, olhando para Alex. — Certo?

— Não, ele não tem mais provas. As alegações serão consideradas apenas delírios de um lunático. A Duquesa e seu pirata garantirão isso. Confie em mim.

Angelique ainda o encarava, mas parecia exausta.

— Sim, eu confio em você.

Angelique se afastou e Alex avançou para agarrar Burleigh. Tarde demais, viu o barão tirar a mão da parte de trás de seu casaco. Tarde demais, notou a pequena pistola que Burleigh segurava. Tarde demais, Alex pulou na frente da arma.

Seu florete acertou o braço de Burleigh quando a arma disparou, e Alex sentiu uma dor lancinante que descia de seu quadril para a perna. Ele tropeçou para trás, com dificuldade de manter o equilíbrio na vala da estrada, e caiu enquanto seus ouvidos zuniam. Tentou ficar de pé e empunhar seu florete, mas sua mão tremia e sua perna não funcionava direito.

O rosto do barão estava retorcido de raiva, e ele cambaleou na direção de Alex. Pareceu estar gritando algo, mas Alex não ouviu nada por conta do zumbido em seus ouvidos. O tempo parecia ter desacelerado, e Alex pensou sentir mãos embaixo de seus braços puxando-o para longe da carruagem.

O barão deu mais um passo e avançou. Alex piscou e percebeu a forma de Matthews embaixo da luz oscilante da lamparina, com as duas pistolas fumegando. O mundo retomou a velocidade normal, e os sons da noite voltaram.

— Você deveria ter me deixado atirar nele antes, sr. Lavoie — falou o cocheiro.

— Alex! — exclamou uma voz.

Naquele momento, mãos estavam levantando sua camisa, e ele as afastou. A grama sob suas costas estava fria e coçava.

— O que está fazendo? Estou bem — falou ele e tentou se virar.

— Pelo amor de Deus! Faça algo de útil e segure-o! — ordenou Angelique, mandando alguém fazer algo em um tom de voz que ele nunca a ouvira usar. Agora havia mais mãos em seu corpo, assim como um círculo de rostos preocupados flutuando acima dele.

— Você não está bem — retrucou Angelique. — Está sangrando como um porco na sangria. Pare de se mexer!

— Não vimos pistola alguma quando paramos ele — falou Harold, nervoso, fora do campo de visão de Alex.

— Nossa, é muito sangue! — exclamou outra voz.

No instante seguinte, Alex sentiu uma lâmina fria contra a pele em sua cintura e, em seguida, ouviu o som de tecido sendo rasgado.

Sua calça perdeu uma das pernas e o ar noturno gelou sua pele exposta.

— O que você está fazendo? — resmungou ele, tentando se sentar, mas alguém o empurrou para que se deitasse de novo.

— Você disse que tem uma esposa? — perguntou Angelique.

Quem? Harold?

— Sim — respondeu o assaltante.

— Você mora aqui perto?

— Não é muito longe.

— Quão boa ela é com uma agulha? Especificamente, quão boa ela é com uma agulha e carne?

— Você esqueceu o que eu faço para viver? Quantas vezes você acha que minha esposa já teve que costurar algum machucado nosso? E, só para constar, isso vai precisar de bem mais que uma agulha.

— Eu estou bem — insistiu Alex, mas parecia que ninguém estava prestando atenção nele.

— Vamos levá-lo até lá. Esse tiro deve ter atingido algum vaso. Ele está perdendo muito sangue.

Alguém levantou e apertou sua perna, e então pressionaram algo com força suficiente para fazê-lo ver estrelas. Que inferno! Que dor insuportável!

— Vamos colocá-lo na carruagem — ordenou Angelique.

— Agora mesmo, milady — respondeu alguém que Alex tinha quase certeza de que era Matthews.

Ele balançou a cabeça. Não, Alex não queria ir para a casa de Harold. Precisava voltar para Londres. Mas parecia estar perdendo o controle de tudo e, de repente, estava cansado demais para descobrir o que fazer a respeito.

— Você consegue fazer esse corpo desaparecer? — perguntou Angelique para outra pessoa. — Não quero que sejam culpados por algo injustamente e não quero que ele seja encontrado. Nunca.

— Mas é claro — falou Harold. — Temos ótimos esconderijos por aqui.

— Ótimo. E certifique-se de que seja um buraco bem fundo — instruiu ela.

— Entendido. E a carruagem?

— Do jeito que está, parece apenas que a carruagem quebrou. O cocheiro ainda está desmaiado?

— Sim.

— Que bom. Leve-o para a estalagem mais próxima e arranje um quarto. Diga a verdade ao estalajadeiro. Que ele levou um tombo quando o eixo da carruagem quebrou e que precisa apenas de uma boa noite de descanso. Deixe os cavalos e o arreio nos estábulos. Vou cobrir o valor do que vocês teriam conseguido pelos animas e o custo da hospedagem.

— E quando ele acordar? — perguntou o homem.

— Na melhor das hipóteses, ele não se lembrará direito do que aconteceu. Na pior das hipóteses, vai se lembrar do assalto. Mas, se o barão tiver deixado um recado dizendo que seguiu viagem em um veículo fretado, que todos os cavalos estão no estábulo e que a carruagem só precisa ser recuperada para reparos, ninguém poderá acusá-los de nada além de serem bons samaritanos.

Harold começou a dar ordens rápidas para seus homens. Um estrondo de trovão soou em algum lugar no horizonte, e algumas gotas pesadas de chuva começaram a cair.

— Graças a Deus! — exclamou Angelique. — Já estava imaginando como iria explicar todo esse sangue.

Mãos fortes levantaram Alex e o levaram para sua carruagem, o que foi ainda mais insuportável que o latejar em sua perna. Ele não precisava ser carregado como uma jovem desmaiada.

— Coloque-me no chão — exigiu.

— Coloque-o na carruagem. E rápido — rebateu Angelique, ignorando-o.

Ele foi colocado no interior da carruagem, em cima do que suspeitava ser uma estopa. A porta do veículo foi fechada e seu entorno mergulhou na escuridão. Eles partiram quase instantaneamente.

— Alex — chamou Angelique ao seu lado, tirando o cabelo dele da testa.

— Deixe-me sentar — resmungou.

— Por favor, não. A maldita bala fez um buraco na sua coxa e você vai precisar tomar um monte de pontos. Seu estofado nunca vai se recuperar se você se mexer.

— Hummm. Eu já disse o quanto você fica linda quando está brava? — comentou ele, lutando contra uma estranha tontura, e sua perna estava queimando como se mil vespas estivessem o picando.

Alex a ouviu fazer um barulho abafado.

— Já.

— Por acaso você acabou de mandar um malfeitor esconder um corpo?

— Claro que mandei — respondeu Angelique, sem um pingo de remorso. — Que tipo de idiota deixa um corpo no meio da estrada?

— Meu Deus...

Ele estava ofegante. Talvez fosse a vontade de rir.

— Alex — chamou ela de novo, com preocupação na voz. — Apenas pare. Pare de se mexer. Pare de falar. Pare de *pensar*. Você vai ficar bem. Estou aqui com você.

— Eu que deveria falar isso.

— O quê?

— Que estou aqui com você. Eu que deveria dizer isso. Eu que deveria salvá-la.

Angelique ficou quieta por muito tempo, e Alex começou a duvidar se tinha falado alguma coisa, de tão tonto que estava. A escuridão começava a dominar sua mente. Deus, como ele estava cansado...

— Mas você me salvou — disse ela de repente. — De todas as formas que importam.

Alex sentiu a mão de Angelique em seu cabelo, a respiração dela em sua pele, e os lábios dela roçarem os seus na escuridão.

— Eu te amo, Alex — sussurrou ela.

Algo explodiu no peito dele, preenchendo cada espaço e cada cantinho de seu corpo com um calor quase sufocante. Era essa a sensação de felicidade e a alegria extrema de que sempre falavam? Parecia que sua mente e seu corpo estavam flutuando. Alex queria se jogar nesse sentimento, queria se afogar nele. Ele se lembraria daquele momento, daquele sentimento, para sempre enquanto vivesse. Porque a amava também.

E então não se lembrou de mais nada.

Capítulo 19

Alex tinha sido enviado para o inferno.

Sua perna havia sido cauterizada e costurada do quadril ao joelho, e ele lutou contra uma febre por quase dez dias antes que ela e o inchaço vermelho na coxa diminuíssem. Angelique ficara ao seu lado até a febre passar, ou pelo menos foi o que a mulher durona chamada Marjorie lhe dissera. Então, Angelique partira para Londres, deixando-o fraco como um gatinho e à mercê de um assaltante, sua esposa e seus nove filhos.

Ele havia recebido sua própria cama de palete na casa de dois cômodos que era sua prisão e, desde que recobrara os sentidos, fora bombardeado por dedinhos pegajosos que ofereciam tigelas de mingau, pedaços de pão e brinquedos favoritos que não passavam da junção de pedaços de madeira e de tecido esfarrapado.

Com frequência, Marjorie examinava e cutucava o trabalho que fizera na perna dele, resmungando e ameaçando amarrá-lo se ele não parasse de se mexer. Alex suportou tudo, sabendo que devia sua vida a ela. Tinha sorte de pode sair vivo daquela casa em Harrow com apenas uma cicatriz.

Uma semana depois de ter recobrado os sentidos, Alex estava pronto para escalar as paredes. Depois de quinze dias, ele já estava pensando em se jogar no poço mais próximo.

Matthews o visitou uma vez depois daquela primeira semana, mas as súplicas de Alex para ser levado de volta a Londres entraram por um ouvido do cocheiro e saíram pelo outro. O homem também tinha medo de Marjorie, e Alex não sabia se conseguiria perdoá-lo algum dia. No entanto, Matthews levara uma cópia do *Times* com a história das ações heroicas de um tal Gerald Archer, marquês de Hutton, na primeira página. Em uma operação secreta com Bow Street, leu Alex, o jovem marquês havia arriscado sua própria segurança em um plano para capturar o assassino de uma garota inocente. Vincent Cullen, o barão Burleigh, agora era procurado por assassinato. Infelizmente, parecia que o barão e sua mãe haviam fugido do país. Não havia vestígio deles em lugar algum.

Aquela história tinha a cara de Ivory Moore, embora estivesse claro que o duque de Alderidge ficara tão experiente em administrar escândalos quanto sua esposa. Não houvera uma única menção ao falecido marquês de Hutton. Nenhuma referência à extorsão ou a uma fortuna perdida, muito menos sobre algo que ligasse as famílias Cullen e Archer a não ser os esforços do novo marquês para levar um assassino à justiça.

E não havia menção alguma sobre Angelique. Não poder falar com ela, tocá-la ou estar ao seu lado era mais doloroso do que qualquer ferimento de bala.

Eu te amo.

Ela confessara para Alex na carruagem. Quando acreditou que ele estava morrendo. As pessoas diziam coisas estranhas quando se deparavam com uma possível morte, e Alex não sabia se essa era uma dessas situações. Porque agora que Angelique sabia que ele estava recuperado, não enviara uma carta sequer, como se estivesse colocando espaço e distância entre eles de propósito. Alex recebera notícias de Jenkins sobre o clube, assim como um punhado de documentos que precisavam de sua assinatura. Também recebera uma mensagem amorosa, embora mordaz, de sua irmã, acusando-o de levar uma faca para um tiroteio e prometendo que nunca o perdoaria se ele fizesse isso novamente. Mas não havia nada além de silêncio por parte de Angelique.

Ele tentara escrever para ela, mas cada tentativa acabara em um fracasso agonizante. Como um soldado que havia se tornado dono de um clube de jogos pedia à filha de um marquês para ficar com ele para sempre?

Angelique não precisava mais de Alex. O irmão dela não era mais um criminoso, e sim um herói, e a nobreza não mediria esforços para tranquilizá-lo de que nunca acreditara que ele era culpado daquelas acusações.

Conhecendo a Duquesa, era até possível que parte da fortuna de Hutton tivesse sido recuperada. Angelique poderia voltar à vida que desejasse ter.

E então ele assinou os documentos de Jenkins, respondeu à irmã, deu algumas instruções para Matthews e o viu desaparecer por mais uma semana, sofrendo por algo que não tinha certeza se era alcançável. Sofrendo por algo que achou que nunca desejaria até deixar escapar.

Angelique estava sentada na escrivaninha com uma pilha de livros de registro à sua frente, franzindo a testa, concentrada. Aquilo era mais complicado do que seus casos habituais, pois não estava procurando por erros e ineficiências, e sim buscando uma maneira de fazer com que aqueles números parecessem ser algo que não eram.

Contrabandistas são muito complicados, resmungou ela, embora não pudesse negar que gostava do desafio.

Alguém bateu na porta e Jenkins enfiou a cabeça pela fresta.

— Quer que as mesas de *vingt-et-un* sejam preparadas agora, milady?

Angelique olhou para o relógio acima da lareira, assustada com a hora. Estava tarde, e ela já deveria estar se arrumando.

Os livros teriam que esperar até o dia seguinte.

— Sim, obrigada — respondeu.

Além da porta, podia ouvir a música competindo com uma multidão considerável. O público vinha aumentando ultimamente, o que a deixava muito feliz.

— Pode pedir para a Esther vir me ajudar com o vestido, por favor? — perguntou ela.

— Claro, milady — respondeu Jenkins, assentindo antes de fechar a porta.

Ela olhou para o quarto, para a seda azul-turquesa estendida na beirada da cama.

Angelique suspirou, seus pensamentos indo para o mesmo lugar de sempre: para o homem de cuja presença ela sentia mais falta a cada respiração que dava. *Pelo menos mais uma semana*, dissera Matthews quando voltara de Harrow da última vez. Marjorie não deixaria Alex estragar todo o seu trabalho só porque estava com pressa de retornar para um clube em Londres. Fora difícil deixá-lo, mas Angelique sabia que ele estava em boas mãos. Ela poderia fazer mais por Alex ali do que sentada ao lado dele em uma casa apertada. E, se quisesse ser honesta consigo mesma, ela havia fugido, sim, nem que fosse para atrasar a realidade por mais um tempinho.

Ela dissera a Alex que o amava porque era a verdade. O que era irônico, porque era a única verdade que Angelique nunca confessara a ele em meio às inúmeras conversas francas que tiveram. Ela não tinha ideia se Alex escutara sua declaração na carruagem, após perder tanto sangue. O que talvez fosse melhor. Ele nunca tinha prometido o seu amor a ela.

Alex nunca prometera mais do que poderia dar.

Angelique ficou de pé e começou a arrumar as pilhas de papel na mesa e a guardar o pote de tinta e as penas quando ouviu a porta abrir e fechar.

— Obrigada por ter vindo, Esther — falou, sem olhar para cima.

— Esther não vem.

Angelique se virou, arquejando.

Alex estava encostado à porta, lindo como sempre. Usava roupas pretas, sua pele contrastando com o branco da camisa, e seu rosto ostentava a sombra da barba por fazer. Seus olhos eram da mesma cor do líquido âmbar que ele rodopiava no copo de cristal que segurava. Ele parecia perigoso e divino, e num piscar de olhos ela reconheceu o desejo intenso e familiar.

Com um frio na barriga, Angelique sentiu seu pulso acelerar e a respiração ficar ofegante. Era assim desde o início. Não importava o quanto ficasse longe de Alex, por quanto tempo ficasse sem vê-lo, ela sentiria tudo aquilo até o dia de sua morte.

— Alex... — falou, estranhamente congelada ao lado da mesa. — Não sabia que você estava de volta.

Sua mente era uma confusão de pensamentos.

— Hummm. Eu pedi a Matthews que me levasse algumas roupas civilizadas quando fosse me buscar, para que eu pudesse entrar pela porta da frente. Queria ver com meus próprios olhos como meu clube ficou na minha ausência.

Alex não fez nenhuma menção de ir até ela.

— Ah...

Angelique mordeu o lábio, esperando que Alex continuasse. Como ele não o fez, ela perguntou:

— Como está se sentindo?

As palavras mal saíram de sua boca e ela já tinha se arrependido da pergunta.

— Não estou mais morrendo, obrigado por perguntar — respondeu, tomando um gole lento do uísque e olhando o fundo do copo. — Você sabia que vi um rapaz servindo bebidas alcoólicas em meu clube no caminho até aqui?

— Ah, sim.

— Desde quando este clube tem homens servindo bebidas?

— Desde que mais de um terço da sua clientela é composta por mulheres.

Ele piscou, confuso.

— Suas clientes mulheres são três vezes mais propensas a comprar bebidas alcoólicas se forem servidas por um jovem... atencioso. A experiência é extremamente promíscua. Ou foi o que ouvi dizer.

— Três vezes?

— Sim. Acompanhei ao longo de cinco noites. Você não acha que eu contrataria dois garçons sem ter os números para comprovar, não é?

— Entendi — falou ele, mas Angelique não conseguia ler sua expressão. — Também fui informado de que meu clube agora serve *rum*.

Agora ele estava fazendo uma leve careta.

— Sim.

— Por acaso Alderidge está cuidando da minha adega? Isso parece muito a ideia de um pirata.

— Não, foi ideia minha. Quando misturado com uma variedade de sucos de frutas e um toque de absinto, acompanhado de um nome exótico, ele é vendido pelo dobro do preço de um copo de conhaque francês.

— Mas rum é barato.

— Você não deixa nada passar, não é? — comentou ela com ironia.

— E *vende*?

— As pessoas gostam de coisas exóticas, mesmo que seja apenas uma ilusão. Tenho quase certeza de que foi você quem me ensinou isso.

— Hummm.

Alex ficou com uma expressão mais séria e perigosa e começou a andar até Angelique.

— Você tem estado ocupada.

Ela se controlou para se manter firme.

— Você pode reverter qualquer mudança que fiz agora que está de volta — afirmou, satisfeita com seu tom de voz estável.

Porque, naquele momento, seu coração batia tão forte em seu peito que ela pensou estar prestes a explodir.

— Hummm.

Ele parou em frente à mesa.

— E como está seu irmão?

— Sóbrio.

— Que bom — comentou Alex, ficando em silêncio por um momento. — Matthews me disse que ele decidiu fazer uma viagem, conhecer os pontos turísticos do continente. Expandir seus horizontes, por assim dizer…

Angelique assentiu.

— A srta. Moore achou melhor que ele fosse afastado de toda essa situação até as coisas… se acalmarem.

— Ou seja, até surgir um novo escândalo que faça o marquês de Hutton ser esquecido.

— Algo assim. Meu irmão, no entanto, deixou a supervisão da fortuna dos Hutton nas mãos de um tal duque de Alderidge, que generosamente ofereceu sua significativa experiência e orientação na área de investimentos marítimos, especificamente de importação e exportação com a Índia.

— A fortuna dos Hutton?

— Você sabia que fornecedores de belas-artes também são ótimos fornecedores de belas falsificações?

Angelique notou quando Alex entendeu o que ela estava dizendo, viu seu olhar endurecer e ele apertar o copo.

— King...

— Sim. Ele tem uma coleção fascinante de registros contábeis — disse ela. — Levei quase um dia inteiro para ver tudo, o que é notável. King é um sujeito muito peculiar. E detalhista. Mas o falsificador dele também. Você não imagina quão aliviados os advogados dos Hutton ficaram ao recuperar as escrituras de propriedades e rendas, assim como a documentação comprobatória do banco. Eles, como eu, não tinham ideia de que meu pai havia investido tanto em transporte marítimo. Quase tudo foi recuperado e contabilizado. A vida agora pode voltar ao normal.

O rosto de Alex era quase como granito.

— Ao normal. É claro... E o que isso significa para você?

Por um segundo, Angelique sentiu como se tivesse 19 anos de novo e estivesse à beira de um salão de dança, tentando criar coragem para entrar.

Ela pegou um cartão de uma pilha na mesa e o entregou a Alex.

— O que é isso?

Ele ergueu o papel contra a luz. No centro estava a figura de um anjo, com a silhueta feminina e asas graciosamente abertas. Abaixo, em letras destacadas, estava escrito *Escrituração e Serviços de Contabilidade*, logo acima do endereço do clube.

— É o meu cartão. Sempre quis um — falou Angelique.

Alex olhou para ela e, em seguida, para a pilha de livros no canto da mesa.

— Isso não é meu.

— Não.

— De quem são?

— De um cliente.

Os olhos dele não revelavam nenhuma pista de seus pensamentos, o que era enervante.

— Você abriu um negócio?

— Sim. Espero que não se importe de ter usado o seu endereço. Eu... bom, Gerald vendeu a casa de Bedford Square. Parecia tolo mantê-la sem ninguém morando lá.

Alex colocou o copo na borda da mesa.

— O que você ainda está fazendo aqui, Angelique?

— O clube não ia funcionar sozinho — afirmou ela, levantando o queixo.

— O clube poderia ter sido fechado. Ou Jenkins poderia ter se saído bem o suficiente para garantir que seguisse aberto e que não pegasse fogo.

Ele deu a volta na mesa para ficar de frente para ela.

— Mas por que *você* está aqui?

Angelique sentiu sua pulsação acelerada, o ar sumir de seus pulmões. Ela tinha chegado até ali e não estava mais disposta a se esconder. Precisava entrar no salão de dança.

— Porque essa sou eu — respondeu, olhando para o escritório. — E essas são as coisas em que sou boa. Números, livros contábeis e jogos de cartas.

Alex sorriu com as palavras dela, um sorriso que a deixou radiante. Ele ergueu a mão e acariciou seu rosto.

— É verdade.

— E porque acho que podemos ser muito bons juntos.

Angelique viu quando ele ofegou, quando algo mudou no olhar de Alex.

— Também é verdade.

Ele deslizou os dedos pelo pescoço dela, parando na borda de seu corpete.

— Porque eu te amo.

A mão de Alex parou e ele fechou os olhos por um segundo.

— Eu não estou morrendo.

— O quê?

Ela o encarou.

— Pensei que você tivesse dito isso porque achou que eu estava morrendo — confessou ele em voz rouca.

Angelique riu, um som até um pouco desesperado, pois estava apavorada com a emoção no rosto de Alex. Apavorada por sentir esperança.

— Por Deus, Alex, se eu achasse que você estava morrendo, eu teria perguntado onde guarda a chave da gaveta da mesa.

Ele fez um barulho abafado, e Angelique de repente foi puxada pelas mãos dele, a boca de Alex sobre a sua, os braços dele ao seu redor.

— Eu te amo, Angel. Muito. Fique, por favor. Fique comigo — murmurou ele contra seus lábios.

Angelique se afastou, tremendo com a onda avassaladora de alegria e amor que atravessou seu corpo.

— Não existe outro lugar onde eu queira estar — sussurrou ela. — Não existe outro lugar ao qual eu pertença.

Alex soltou uma respiração trêmula e encostou sua testa na dela.

— E não vai pertencer a nenhum outro lugar.

Depois de um momento abraçados, ele se endireitou e, com muito cuidado, tirou um papel desgastado e dobrado de seu bolso, um que havia sido guardado no fundo de uma caixa de madeira de ébano por anos. Um canto da folha agora estava manchado de sangue seco. Ele o estendeu para ela.

— Talvez eu devesse ter destruído isso antes, mas queria colocar esse poder em suas mãos. A decisão é sua.

Ela pegou o papel; o segredo que custara tanto de sua vida. Sem desdobrá-lo, ela foi até a lareira e o jogou nas chamas. As bordas fumegaram e se enrolaram antes de todo o papel ser devorado pelo fogo. Era estranhamente anticlimático, pensou ela, enquanto observava as cinzas minúsculas desaparecerem. Embora reconhecesse a necessidade de enterrar aquele segredo para sempre, para garantir e proteger o futuro dos irmãos, Angelique sentia-se afastada de tudo aquilo.

Porque ela já sabia quem era. E seu verdadeiro eu não tinha nada a ver com quem seus pais tinham sido.

— Nada do que aconteceu no passado pode fazer com que você seja menos que uma dama — afirmou Alex, como se estivesse lendo a mente dela.

Angelique o encarou enquanto era inundada por uma felicidade intensa.

— Nada do que aconteceu no passado pode me fazer menos do que eu quero ser, seja lá o que isso for.

Ela foi até Alex, uma onda de desejo substituindo a de felicidade. Ele parecia estar sentindo a mesma coisa, pois seus olhos âmbar reluziam de luxúria. Angelique parou na sua frente, ciente de que estava ofegante.

— Quem você quer ser? — Alex estava recostado na mesa, as mãos segurando as bordas.

— Quero ser parceira de um assassino e espião — afirmou ela, ficando a um sussurro de distância, acomodando-se entre as pernas dele. — Quero ser sua amante e sua amiga. Ser sua para sempre.

Ela alcançou os laços de seu vestido e soltou o corpete, deixando-o deslizar pela cintura. Alex prendeu a respiração e apertou as bordas da mesa, mas Angelique continuou a se despir, tirando a saia e deixando o tecido cair aos seus pés, ficando apenas de camisola.

Inclinou-se para a frente e roçou os lábios nos de Alex, sentindo seu gosto delicioso. Então, deslizou as mãos pelas lapelas de seu casaco, sobre os botões de seu colete, e parou na frente da calça.

— Angel — gemeu ele.

Alex passou as mãos por suas costas, por seus ombros e depois para seus seios. Ela sentiu os dedos dele desamarrando o laço de sua camisola, que também escorregou por seus ombros. As mãos de Alex descansaram sobre o peito dela, em seu coração, e Angelique as segurou.

— Às vezes, quando precisar, vou querer ser uma dama — falou ela, encarando aqueles belos olhos que brilhavam de amor e um pouquinho de lascívia. — E às vezes — sussurrou com um sorriso, afastando as mãos e deixando a camisola ir para o chão —, vou querer ser tudo, menos uma dama.

Agradecimentos

Mais uma vez, sou muito grata às pessoas que ajudaram a tornar meus sonhos realidade. Agradeço a orientação e os conselhos da minha agente, Stefanie Lieberman, e a atenção infalível aos detalhes da minha editora, Alex Logan. Agradeço também a toda a equipe da Forever, que trabalha arduamente nos bastidores para dar vida a cada história.

E, claro, muito obrigada à minha família pelo apoio infinito.

Este livro foi impresso pela Vozes, em 2025, para a Harlequin.
O papel do miolo é Ivory 65g/m² e o da capa é Cartão 250g/m².